文化中国

边缘话题

主编⊙乔 力 丁少伦

挚诚情缘

千古遗恨《长生殿》

周锡山/著

济南出版社

图书在版编目(CIP)数据

挚诚情缘:千古遗恨《长生殿》/ 周锡山著. —
济南:济南出版社，2013.3(2023.5 重印)
(文化中国/乔力,丁少伦主编.边缘话题.第 3 辑)
ISBN 978 - 7 - 5488 - 0749 - 0

Ⅰ.①挚… Ⅱ.①周… Ⅲ.①《长生殿》—戏剧研究
Ⅳ.①I207.37

中国版本图书馆 CIP 数据核字(2013)第 052154 号

策　　划　丁少伦
责任编辑　贾英敏
装帧设计　侯文英

出版发行　济南出版社
地　　址　济南市二环南路 1 号(250002)
发行热线　0531 - 86131730　86131731　86116641
印　　刷　肥城新华印刷有限公司
版　　次　2013 年 8 月第 1 版
印　　次　2023 年 5 月第 3 次印刷
成品尺寸　168 毫米 × 230 毫米　1/16
印　　张　14.25
字　　数　170 千字
定　　价　45.00 元

(济南版图书,如有印装质量问题,可随时调换。联系电话:0531 - 86131736)

编辑委员会

中国传统文化悠远深沉、丰厚博广，犹如河汉之无极。对历史文献的发掘、梳理、认知与解读，则是一个持续不断的过程。而《文化中国：边缘话题丛书》，借以丰富坚实的史料，佐以生动流畅的散文笔法，倚以现代的思维和理性的眼光，立以历史的观照与文化的反思，将某些文化精神进行溯源与彰显，以启发读者的新审美、新思考和新认知。

何谓"文化中国"？"周虽旧邦，其命维新。"文化中国乃以弘扬中国文化为主旨，以传承中国文化为责任，以求提升中国民众的人文素质。而传统文化的发掘与传承，需要新的努力；传统文化解读与现代意识反思之间的纠葛与交融，需要新的形式。正如陈从周先生在《园林美与昆曲美》中所说的那样：

文化中国·边缘话题

主编人语

中国园林，以"雅"为主，"典雅"、"雅趣"、"雅致"、"雅淡"、"雅健"等等，莫不突出以"雅"。而昆曲之高者，所谓必具书卷气，其本质一也，就是说，都要有文化，将文化具体表现在作品上。中国园林，有高低起伏，有藏有隐，有动观、静观，有节奏，宜欣赏，人游其间的那种悠闲情绪，是一首诗，一幅画，而不是匆匆而来，匆匆而去，走马观花，到此一游；而是宜坐，宜行，宜看，宜想。而昆曲呢？亦正为此，一唱三叹，曲终而味未尽，它不是那种"嘣嚓嚓"，而是十分婉转的节奏。今日有许多青年不爱看昆曲，原因是多方面的，我看是一方面文化水平差了，领会不够；另一方面，那悠然多韵味的音节适应不了"嘣嚓嚓"的急躁情绪，当然曲高和寡了。这不是昆曲本身不美，而正仿佛有些小朋友不爱吃橄榄一样，不知其味。我们有责任来提高他们，而不是降格迁就，要多做美学教育才是。

《文化中国：边缘话题丛书》，亦如陈从周先生所言之"园林"与"昆曲"，正是以展示中国文化此种意蕴与神韵为己任的。

何谓"边缘"？20世纪80年代后期，学术降落民间，走向大众，体现了对大众文化和下层历史的更多观照。由此，"大历史观"下的文化研究，内容日趋多元化，角度渐显层次，于是，那些不处于主流文化中心的，不为大多数人所熟悉的，或散落在历史典籍里的，但却是中国传统文化重要组成部分的人或事，日渐走进人们的视野，丰满了历史的血肉。对于这些人或事的阐述与解读，是对中国文化精神进行透视与反思的一个重要方面，其意义亦甚为厚重而深远。

何谓"话题"？《文化中国：边缘话题丛书》，为读者提供了一种文化解读的别样文本，讲求深入浅出、雅俗共赏，采用"理含事中，由事见理"的写作风格，由话入题，由题点话，以形象化、生动化的表述，生发出个人新见和一家之言。这种解说方式是以学术研究为基础的，绝不戏说杜撰，亦非凿空立论，正是现如今大多数中国读者所喜闻乐见的讲述方式，呈现出学术与趣味的统一，"虽不能至，固所愿也"。

《文化中国：边缘话题丛书》第三辑共计五种。然而，它却与此前已经面世的第一、第二两辑，表现出颇为明显的类型性差异。换句话说，即第三辑不再像以前那样，择取某些历史文化人物、事件、现象或横断面为关注题材，自拟书目以叙写我们的重新发现和特定的认知理解，而是依托中国传统文化经典宝库的一些文学作品所生成——其实，这种显著的不同，也更充分体现在《文化中国》另一并列的系列《永恒的话题》已出版过的几十种书上面。在这里，固然也循例述说相关文学作品的缘起、流变、思想内容及影响，评论其艺术特征、审美理想，但是，它却并非文学史性质或相应作家作品研究的专题著作。

要言之，本辑与大型丛书系列《文化中国》的总体旨趣、撰写取向仍然相一致，据此以阐发、析论这些古典戏曲巅峰之作（是可谓"极品"）所贯注的某种文化精神，那深层所含蕴勃动着的、持续彰显出的时代意义（古代的和现代的）；并以之追寻那终极价值的认定，或参与到有关集体情感的繁杂艰难重塑过程里。"浩茫连广宇"，因时间而空间，上溯古人形象，下及读者群体，期待能臻达心灵深处的契合感应，接受我民族传统里本有的一种纯洁美好，日渐疏离那些世俗的浮躁和阴霾……

所以，依据本辑的主题，即它穿透漫长岁月编织就的重重云雾，却依然不变的那份恒久持守，便径直命名为"永远的青春与爱情"（这在《永恒的话题》和《边缘话题》两大书系中，则属另类专有）。因之它的整体风格面貌，也自然特别于此前的凝重端严或轻便闲适，转而趋向了热烈浓挚，不时流溢出蓬勃的生命活力与丝丝温润柔和情味，甚至还笼罩着一些纯净的理想主义色彩——这也许是当下的"最稀缺资源"。简单说来，就是从所处时代氛围中，立足于现代人的视觉、意识去重新看待古典戏曲的那些人和事，由文学而及文化层面，作个体生命现象与社会人生意义的再解读。如果仍然以整个丛书所习用的依类相从的方法，这五种却又各有所侧重：

《西厢记》历来就被文学史、戏剧史家们激赏作"天下夺魁"，虽万口莫有异辞。它的情节美、人物美、意境美、曲词美，犹如"花间美人"，集众美于一体，是中国古典戏曲的辉煌标志。不过，《爱情范本：纯真明朗〈西厢记〉》还更关注其所创具的艺术范型意义，从其诞生后的几个世纪以来，这个喜剧早已经从虚构的故事演变成为人生的真实愿望，牢牢根植在社会大众心底，它"愿天下有情人都成了眷属"的鲜明主旨，至今也仍然能够让人们充分意识到人性的美好和自由的可贵，认清楚束缚人们的自由心灵、阻挠人们的纯真爱情、摧残人们的良善人性的势力是多么可恶可憎，更相信人生幸福必须要靠自己去争取奋斗。

《牡丹亭》描写了"情不知所起，一往而深。生者可以死，死可以生"的"至情"，它与《西厢记》虽然同样关注个体生命之爱，但是，《痴情穿越：浪漫唯美〈牡丹亭〉》更强调了对生命尊严和个性自由的热切呼唤，张扬了青年男女对幸福爱情的执着追求，并认为剧中的这个"情"字，深刻触及社会的人性伦理、道德秩序，乃至其时代人格和艺术品格之坚持，实开启着"人情之大窦"。你看，那一灵未泯、人鬼抵死缠绵的曲折离奇故事，对所有的有形无形束缚羁绊的不懈抗争，浓墨重彩地渲染夸张青春与情欲之美，都抹去了《西厢记》的轻喜剧色调，涉及到更为复杂广阔的社会现实生活。在"妙处种种，奇丽动人"的艺术境界里，激烈冲撞伴随着浓挚灼热的情缘相共生。

向称"南戏之祖"的《琵琶记》与通常类型的爱情剧有显著不同，它并没有对男女恋情多费笔墨，却将夫妻之情融合在历史人生大背景下，就古代读书人的普遍遭遇，展现出一个典型的家庭悲剧。故而严格说来，将其视作婚姻类型的社会剧更恰切些。《真情持守：凄苦缠绵〈琵琶记〉》认为，综览此剧的立意主旨，或许是在于说明那个时代与世风，那些礼教观念和社会制度对个人命运的严密制约，对人自由自主的严酷压抑。所以，剧中塑造的主要人物形象虽无一不备具美好的人性、善良贤德，他们之间所产生的沉重感情纠葛却既非来源自本身，也更难以判断是非，遽作取舍。无解之下，也只能以相互退让，凭谦恭包容求得"大团圆"式的欢喜结局了。

至于《长生殿》和《桃花扇》二剧，则皆为那种基本上依托于或多或少的历史真实，且与国家政事密切关联交融，甚或直接推动决定了情节走向与结束的"准爱情"类型。在这里，情侣双方之间的关系，以及两个人各自的遭际命运，都无不受制约而被动于当时的军国政治局势和朝野上下某些事件的发生影响，而当事者本人却对自我人生道路的选择颇为无奈。《挚诚情缘：千古遗恨〈长生殿〉》尤揭示出此种"宿命"，尽管主角拥有皇家帝室的特殊尊贵身份，仍显隐不等地主导或参与到大唐王朝由盛转衰的关捩中来。它紧紧把握住历史的主脉，再去全面梳理、分析这段史上最受关注、最为著名的情变故事，其超迈许多政治与爱情背叛的泥沼所建立起的挚诚恋情，却终至毁灭的曲折历程，那因多种可能选择组成的扑朔迷离的结局，以及"男女知音互赏"、"爱情背叛者悔恨痛苦"、"仙界团圆浪漫神秘"的新表现模式，使之成为中国文学史和艺术史上流传久远、已经佳作迭现的"李杨爱情"题材的最后巨制。

　　《桃花扇》也同样取借历史上的真实人物作为男女主角，不过，与前者所不同之处在于，它只是对二人原先较为平淡短促的悲欢聚散经历加以渲染点化，用之贯穿勾连起南明弘光小朝廷的兴亡。那么，其篇幅所占比重自然便有限。《离合兴亡：文人情怀〈桃花扇〉》画龙点睛式地认为，爱情固然亦作为本剧之主线，但却并非以描写儿女私情为主旨；它着重表现的是南明王朝一载即败亡覆灭的始末本源，关注对历史教训的深刻反思，不时流露出对故国的深沉悼念，浸染着浓重的家国意识。并特别指明，《桃花扇》的作者置身在异族入主中原的新朝伊始，犹及亲自见闻于前朝遗老风范与故都风物，且有意多所交接历览，故之那份种族兴替的巨大创痛、朝代更易的沧桑变感，也便会迥异于其他剧作者而更加切实深永了。

　　诗云："鹤鸣于阴，其子和之。鹤鸣九皋，声闻于天。"《文化中国：边缘话题丛书》洋溢着对中国传统文化的热情，贯通着对优秀文化传承倡扬的理想追求。它也依然循守这套大型丛书系列的整体体例和价值倾向，即根柢于可征信的确实文献史料，透过新时代意识的现代观照，出之以清便畅朗的"美文"与图文并映互动的外在形式，以求重新解读那些纷杂多元的历史文化话题及文学现象，就相关的人物、事件给出一些理性评说和感性触摸。所以，它因其灵活生动的巨大包容性，强调"可操作性与持续发展之张力"，已经形成为一个长期的品牌选题，分若干辑陆续推出，以期最终构建起大众文化精品系列群。

乔力　丁少伦
于 2013 年季春之月

目 录

引　言

001

挚诚情缘
千古遗恨
《长生殿》

WEN

HUA

ZHONG

GUO

《长生殿》是中国戏曲史上的一部辉煌巨著，也是中国和世界文学史、艺术史上的一流代表著作，具有非常崇高的地位。

《长生殿》描写的李杨爱情是中国文化史上最著名的爱情题材之一，是文艺作品反映最多、最吸引诗人作家艺术家从事经久不衰创作的一个爱情题材。鲁迅也想创作《杨贵妃》，但终因难度太高而未成。

《长生殿》中的女主角杨玉环，名列中国古代四大美女之一，而且是四大美女中唯一来历最清楚、经历最丰富、结局最复杂、名声横跨中日两国且最响亮的一位超级大美女。

《长生殿》中的男主角唐玄宗，是中国历史上最著名的皇帝之一。他所建立的"梨园"，被历代戏曲界看作是戏曲的代称；他本人也被看

作是中国戏曲的祖师爷，是"百戏之祖"——昆剧的祖师爷。

中国戏曲的崇高地位和辉煌成就

中国戏曲是在中国文化史和世界文化史上地位最高、成就最大的文学艺术体裁之一。直到 20 世纪，中国戏曲还和中国画并列为领先于世界的第一流的艺术，与西方戏剧和绘画双峰并列，交相争辉。

钱穆先生指出，中国的传统戏曲（包括昆剧、京剧和多种地方戏），"一切严重的剧情，则如飞鸟掠空，不留痕迹，实则其感人深处，仍会常留心坎，这真可谓是存神过化，正是中国文学艺术之最高境界所企。若看西方戏，因其太逼真，有时会使人失眠，看了不能化。在中国则能人生而戏剧化。其戏剧中之忠孝节义感人之深，却深深地存在，这正是中国艺术之精妙处"①。

中国戏曲产生于南北宋交替之际。从世界戏剧史的范围看，我国是世界上产生戏剧最早的国家之一。古希腊悲喜剧产生并成熟于公元前 5 世纪，是世界上最早的。其次是罗马帝国和印度。古罗马在公元前 8 世纪就有了自己的戏剧，印度的古典梵剧在纪元前后日臻成熟。而中国戏曲的正式产生要到公元 12 世纪，为世界第四。其他国家的戏剧都比中国成熟得晚。

我国戏曲在诞生时间上虽屈居第四，但历史却是最长的。自 12 世纪戏剧产生至今，已有近九百年的毫无间断的发展历史，是他国所不及的。中国古典戏曲不仅在作家、作品的数量上领先，在质量上也可与古希腊、英、法诸国并肩比美。在世界戏剧史上，名家辈出、成就辉煌的戏剧时代共有四个，即古希腊悲喜剧时期、中国元杂剧时期、

---

① 钱穆：《中国京剧之文学意味》，《中国文学论丛》，三联书店 2002 年版，第 175 页。

英国文艺复兴时代（以莎士比亚为代表）的伊丽莎白时期和中国明清传奇时期（梵剧因剧本流传不多而未能窥见全貌），中国戏曲即占了一半。

公元12世纪前期到14世纪中期，两个多世纪中，在我国的宋元南戏和元杂剧迅速发展、极度繁荣之时，环顾世界剧坛、文坛，却是一片萧条。古希腊、罗马的戏剧和印度古典梵剧都先后成为历史陈迹，而我国的宋元戏曲一枝独秀，独步一时。

在这两百年中，是以戏曲为代表的我国文学在执世界文学之牛耳，换言之，中国戏曲代表着当时世界文学的最高成就。

自明后期（16世纪60年代）起，我国戏曲的传奇（主要是昆剧）兴起，至17世纪末为止，以戏曲、小说为主要代表的中国文学与英、法、德、西诸国以戏剧、小说、诗歌为代表的欧洲文学遥相对峙，都处在世界文学的前列。

元杂剧在整体成就上大致与古希腊悲喜剧相同，而明清传奇的总体成就无疑超过了以莎士比亚为代表的英国伊丽莎白时期的戏剧。

宋元以后，戏曲则应运而生，产生了一系列无愧于前代的伟大的作品，在元明清三代不断放出耀眼的光芒。戏曲无疑代表着中国诗歌史后期的伟大成就。

中国戏曲的一个重要特点是中外交融性：

（一）戏曲中的音乐带有突出的中亚（古称"西域"）成分。戏曲演奏所使用的乐器基本来自中亚，如琵琶、笛（羌笛）和胡琴。中亚的音乐、歌舞在盛唐时大量传入中土，后为戏曲所吸收。

（二）戏曲文学吸取了印度文化的精粹，尤其是佛教文化。

（三）近代以后又吸收了西方文化和美学的有益内容。昆剧、京剧、越剧、沪剧、黄梅戏和河北梆子都改编上演过西方戏剧，包括古希腊悲剧和莎士比亚的名作。因此，当代戏曲都是以中为主、三美

挚诚情缘
千古遗恨
《长生殿》

WEN

HUA

ZHONG

GUO

（中国、印度和西方三大体系的文学、美学）皆具的产物。

我国以上两个戏曲的黄金时代，即元杂剧、南戏时期和明清传奇时期，都长达一个半世纪，其总体成就与古希腊时期和英国伊丽莎白时期（以莎士比亚为旗手）大致相当，但名家名作的数量和繁荣期的长度都大大领先。

中国戏曲在近千年的发展中，取得了独特、巨大的成就，其中有多项贡献，在世界文艺史上具有首创性。我们至少可以列举为以下四个方面：

首先，在艺术上戏曲取得了多项首创性的成果：在世界文艺史上我国是首先产生了史诗性的戏剧作品的国家之一，首创了情节的双线结构、知音互赏式的爱情模式和瑰丽多彩的仙魔鬼魂形象。

其次，在思想内容方面戏曲也有颇多首创性的卓特成果，尤其是戏曲艺术地反映和描绘了封建社会的真实面貌，深入地反映和反思了民族的命运，生动地表现了声势浩大的群众运动，取得了令人瞩目的巨大成就。

再次，在艺术载体上的首创性贡献，是戏曲音乐的民间性、符号性和通约性，戏曲的表演和舞蹈的写实与写意的完美结合。

最后，在理论上的首创性贡献，可举两项为例：写意派戏曲美学，意志悲剧说和意志喜剧说。

此外，中国戏曲的演出以武功和内功为基础。武功和内功已经深入到戏曲表演之中。在西方芭蕾舞剧之前，中国戏曲在世界艺术史上首先将以武功和内功为基础的舞蹈与戏剧相结合，创造了文武结合的高难度艺术。

在戏曲中，武术中的走步成为舞台走步动作的基础。演员在台上的众多重要走步形式，如碎步、挫步、退步等，重要的腿部动作如劈叉、高举和挥舞、跳跃等，以及手的表演动作，例如甩、舞水袖等，

都是以武功为支撑，才能呈现出力量和美感。全身动作更要靠腰腿的功力才能到位和持久。腰腿动作成为舞台演出的基础，文戏演员也要做吊毛、僵尸等动作，例如《贵妃醉酒》中的后翻腰、嘴衔杯等高难动作，必须要有较好的武功基础才行。

拳术中的跳跃动作，如二起腿、旋风腿、摆莲腿、打叶子（旋子）等，已成为戏曲表演中的基本动作。武术中使用的武器，以刀、枪、棍、剑为代表的十八般兵器全已成为戏曲武戏中的兵器。内功的根本要求是气沉丹田、气收丹田、气发丹田。戏曲唱功要靠丹田之气，所以练的是唱"功"，而不是仅仅掌握发声层面上的唱法。练丹田之气，表面是练唱，实际上无意之中已经练出内功。

以上唱功和做功的训练，使演员练就了一定的内功。所以过去演员能一天连演两场大戏，主角能日夜连轴演唱而能从容应对，长年坚持，靠的就是这样的内功。

总之，中国戏曲在世界艺术史、文化史上做出了众多首创性的重大成就，取得了极高的艺术成就。其中，《长生殿》的贡献非常令人瞩目。洪昇先创作了《沉香亭》、《舞霓裳》，再改为《长生殿》，花了十五年功夫。

在中国浩瀚的史书、诗歌、小说和戏曲文学中，对于帝王后妃之恋的描绘丰富多彩，尤其是《长恨歌》及其相同题材的唐诗、元曲和明传奇所表现的李杨爱情，作品众多，风采各异，各呈胜场。

《长生殿》是继白居易《长恨歌》之后，杨贵妃题材的最为杰出的一部"借离合之情，写兴亡之感"的作品。

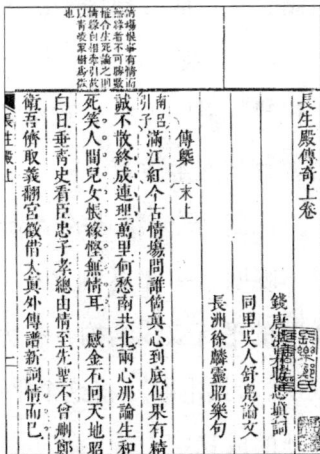

005

挚诚情缘
千古遗恨
《长生殿》

WEN

HUA

ZHONG

GUO

《长生殿》所取得的巨大艺术成就

中国戏曲中成就最高的五大名剧中，元代有两部：杂剧《西厢记》和南戏《琵琶记》；明代有一部：《牡丹亭》传奇，但此剧不是用昆山腔演出的。清朝权威曲家叶堂重新用昆山腔为此剧谱曲，才使此剧成为昆剧名作。清代传奇《长生殿》是第一部昆剧经典著作，艺术成就超过了晚明清初百花齐放、争奇斗艳的众多昆剧名作，在戏曲史上的地位仅次于《西厢记》，而高于《牡丹亭》，可谓中国戏曲第二；或可说与《牡丹亭》并列为第二。

对于《长生殿》的极高艺术成就，清代著名曲论家一致赞不绝口。焦循指出"为近代曲家第一"。梁廷枏说："《长生殿》为千百年来曲中巨擘，以绝好题目，作绝大文章，学人才人，一齐俯首。"

《长生殿》作为一部完美的艺术经典，其艺术成就与《西厢记》一样，是全面的。

（一）深刻精到的主题思想

《长生殿》既热情歌颂李隆基和杨玉环的生死恋情，又严厉批评李杨两人的骄奢淫逸和误国殃民，"占了情场，弛了朝纲"，并将两者有机结合，组成一部完美的艺术杰作。

《长生殿》反映了大唐由盛转衰的广阔的社会生活，表达了作者推重仁政、爱国爱民的政治理念和思想，给观众以正确的历史教育、社会教育和人生教育。

（二）严谨精巧的情节结构

晚明第一部昆剧名作《浣纱记》首创"借离合之情，写兴亡之感"的平行双线结构，有力总结历史经验，又以强烈的抒情色彩吸引观众。《长生殿》将这个平行双线艺术结构，推向新的艺术高峰，取得了新的成就。

《长生殿》则首创了情节对比结构，全剧 50 出，前 25 出用现实主义手法写乐，后 25 出用浪漫主义手法写悲。

洪昇还在剧中组织了多层次的对比，将好几组对比交叉在一起，一环套一环，难分难解。从大局上看，上下两卷形成强烈而鲜明的对比：上卷乐极，下卷哀极。这中间又有两组对比纠缠交织在一起而难以分割。第一组：上卷，唐玄宗作为帝王享尽荣华富贵；下卷，唐明皇被迫让位，"离宫寥寂，暮景苍凉"。第二组：上卷，李隆基和杨玉环这对情人"花摇烛，月映窗，把良夜欢情细讲。莫问他别院离宫玉漏长"；下卷，孔升真人（即李隆基）坐在宫中，心里充满"景物依旧，人事全非"的凄凉之情，他不免哀叹："猛想着旧欢娱，止不住泪痕交。"这样强烈的情绪对比，组成全剧的对比结构，有力地为主题和人物塑造服务，艺术手段高超。

（三）准确全面的人物定位

《长生殿》将既是历史人物又是剧中角色的唐玄宗和杨贵妃这两个著名人物，做了全面、准确的历史和艺术定位。既推翻了"女祸"的历史成见，将造成天下大乱、民族浩劫的历史罪责正确地指派给身为皇帝的唐玄宗，又有力地表现了杨贵妃争风吃醋、推波助澜的能量和影响。

（四）超越前人的爱情描写

《西厢记》在中外文学艺术史上首创了"知音互赏"式的爱情新模式，即文化修养深厚、智商悟性高超的青年男女，用高雅的文艺手段表达和递增爱情，达成灵与肉的完美结合。《长生殿》通过把唐明皇和杨贵妃塑造成因共同创作、演出惊世艺术名著《霓裳羽衣曲》而将普通的帝妃之爱转化为技艺高超的艺术家的爱情，为"知音互赏"式爱情增添了令人惊叹的新篇章。

不宁唯是，《长生殿》通过李隆基深切思念杨玉环和追悔自己未能实践生生世世为夫妇的誓言，从而建立了背叛者的后悔与痛苦的爱情

挚诚情缘
千古遗恨
《长生殿》

WEN

HUA

ZHONG

GUO

新模式，取得了超越前人的艺术成就。

（五）神秘浪漫的爱情结局

《长生殿》以不同凡响的艺术想象力，虚构了李隆基通过不懈的努力，上穷碧落下黄泉，在天宫寻到杨玉环，两人终于在仙境团圆的美丽结局，为李杨爱情画上了圆满的句号。

（六）琳琅满目的人物群像

《长生殿》在精心描绘唐明皇和杨贵妃两个主角的同时，也精心塑造了郭子仪、陈元礼、雷海青等忠臣义士，韩国夫人、虢国夫人和秦国夫人等豪门贵妇，杨国忠、安禄山等奸相叛臣，李龟年和李謩等艺术家，以及高力士这样的精明灵活的太监，还有牛郎织女、众多宫女、仙女、农夫、村妇、店家和江南市民等，众多人物组成琳琅满目的人物群像，皆能表演出色，从而满台生辉。

（七）变化多端的场面构思

《长生殿》的戏剧场面的构思，极具匠心。剧中，气势宏伟的大场面和精巧优美的小场面，优美抒情的场面和令人惊恐的场面，错落有致，美不胜收。尤其是其描绘的大场面。钟鸣先生精辟指出："《长生殿》传奇是一出非常善于创作大场面的作品。对于大场面中群像人物的塑造、集体人物的活动和调度、人物关系的交代和运用，是一门非常复杂的技巧。"如第五出《禊游》，作者"通过多重线索的安排，写出了一场唐代鼎盛时期冠盖京华、纷纷攘攘的皇家游乐活动"；"这场戏前前后后写了十二个或唱或白的次要演员，如此众多的人物和线索居然丝毫不感到混乱，剧情推进浑然一体，充分显示了剧作家驾驭场面的能力"。① 围绕着这个大场面，全剧的第一个高潮，作者在此前后

---

① 钟鸣：《场面戏与"不出场"——谈〈长生殿〉剧作美学》，《文史知识》2013年第5期。

描绘了一系列的场面予以铺垫和发展，人物性格、心理、谋略、追求，无不纤毫毕现而又含蓄蕴藉。

钟鸣先生还指出，洪昇"开拓着一种或可称之为'不出场'的场面技巧"。这种重要人物"不出场"的精彩场面，如《窥浴》描写宫女偷看贵妃洗浴，是在贵妃下场之后，通过"次要人物的行动、唱念，来侧写或旁写重要人物的生活与状态，是通过选择第三视觉来刻画主要人物"。尤其奇妙的是《絮阁》，杨妃因唐明皇偷偷与梅妃幽会而醋性大发，怒冲冲前去"踩场"，梅妃却始终不出场，而她的魅力、影响则笼罩着所有出场人物，弥漫全场。因而在此出戏中，"她引发的矛盾冲突始终贯穿在主要人物身上，人物的交流反应始终和她有关；也由于她不出场，观众全神贯注在生、旦身上，不会受到干扰，也不会发生转移。同时，也从另一个方面保护了'李、杨'爱情的主题"①。

（八）精致华美的文字语言

《长生殿》的语言以精练华美为基调，而又富于变化，刚柔相济，表现力强。本书中列举的各出，可见一斑。

（九）精美严密的音乐结构

昆山腔的曲调流丽悠远，打磨精细，有"水磨腔"之誉，音律极为严格。《长生殿》的唱词，平仄、韵脚都极守音律，也即每一句唱词的音乐皆能规范而精美；每一个曲调的填词都能做到音律严整，声腔流丽。且在安排宫调、曲牌的组合方面，结构精美严密，匠心独具。王季烈极誉《长生殿》，"不特曲牌通体不重复，而前一折宫调与后一折宫调，前一折主要角色与后一折之主要角色，决不重复"。因此，《长生殿》全剧，音乐极为动听，而且表现手段严整规范，丰富多彩。

---

① 钟鸣：《场面戏与"不出场"——谈〈长生殿〉剧作美学》，《文史知识》2013年第5期。

因严整规范而又优美动听，所以不少经典唱段，是学戏开蒙的极好教材。因其丰富多彩，艺术表现力极强，所以不少曲调具有震撼人心的艺术力量，尤其如李龟年流落江南时唱的北曲【九转货郎儿】，达到超过元曲的令人惊叹的杰出成就。

（十）完美齐整的综合艺术效应

《长生殿》将以上出色的成就水乳交融地结合在一起，产生了巨大的综合艺术效应，从而达到"古今传奇、词采、结构、排场并胜，而又宫调合律，宾白工整，众美悉具，一无可议者，莫过于《长生殿》"（王季烈《螾庐曲谈》卷二）的高度。日本汉学权威、戏曲研究家青木正儿在其一代名著《中国近世戏曲史》中对此深表赞同："细阅此剧，作者用意之周到，真足令人惊叹者。"

盛唐时期的政局和唐玄宗的表现

唐玄宗

前任忠诛後尧邪克
靡不有初鲜克有终

唐代自开国起，就形成了一个坏的传统，即宫廷政变的传统。唐朝充溢着诡秘的阴谋风气。唐太宗的杀兄政变就起了坏的带头作用，政变成了唐代前期宫廷的恶疾。

唐朝自 618 年建立，至 712 年唐玄宗李隆基（685～761）即位，离开国近一个世纪。他是唐朝第七个皇帝。神龙元年（705），张柬之等发动政变，武则天失权，迎中宗复位，恢复了唐朝。这次政变，李隆基就参与其中。中宗是一个昏庸的皇帝，他当了大约五年皇帝，既怕老婆韦氏，又不能约束女儿，纵容皇后和公主胡作非为。韦氏想步婆婆武

则天的后尘当女皇，害死了自己的丈夫。这就给早在一旁伺机而起的李隆基及其姑母以可乘之机。李隆基的姑母就是武则天的掌上明珠太平公主。李隆基与太平公主合谋杀掉韦皇后，睿宗李旦在妹妹太平公主和儿子李隆基的保驾下，再次登上皇帝的宝座，李隆基因功被立为太子。两年后，李旦倦于政事，让出皇位，李隆基即位。由于此前李旦曾分别让皇帝位于母后及兄长，这次又让位于儿子，所以史书说他"三登大宝，三以皇帝让"。李隆基即位后，又杀掉了太平公主。

李隆基在马嵬驿兵变之后，又面临两次政变：众兵擅杀当朝丞相的政变和太子李亨夺李隆基之权自立皇帝的政变。因此，从唐太宗到唐玄宗为止，已经发生了十余次政变。

在唐玄宗参与的这些政变中，充分显示了他的才力和魄力。

李隆基七岁时就敢于呵斥宫中受宠的武将。这个武将因为在女皇武则天掌权的情势下藐视李氏皇族，年方龆龀的李隆基，神态威严地呵斥倨傲的大臣，他的祖母"（武）则天闻而特加宠异之"。

《明皇杂录》记载武则天考验皇孙们的气宇和志量："唐天后尝朝诸皇孙，坐于殿上，观其嬉戏，命取西国所贡玉环钏杯盘列于前后，纵令争取，以观其志。莫不奔竞，厚有所获，独玄宗端坐，略不为动。后大奇之，抚其背曰：'此儿当为太平天子。'遂命取玉龙子以赐。"

唐玄宗在位初期，任用贤臣姚崇、宋璟、张九龄等为相，励精图治，大有作为。他大力革除武则天晚年的弊政，纳谏净，明赏罚，裁减冗官，检田括户，兴修水利，提倡节俭，整军经武，维护边防。如

唐玄宗手书《鹡鸰颂》

挚诚情缘

千古遗恨《长生殿》

WEN

HUA

ZHONG

GUO

此便形成了"开元之治"：政治清明，社会安定，经济发展，文化繁荣，国力强盛。

可是自天宝之后，他逐渐自满骄横，贪图逸乐，宠爱杨贵妃，以李林甫、杨国忠为相，政治日趋腐败。此时，均田制、府兵制皆已瓦解，军备空虚，边将乘机拥兵自雄，又加上玄宗用人失当，终于酿成安史之乱。

再说，唐朝前期的一系列政变，造成了政局的多次混乱。而唐玄宗时期的天宝之乱却是首次天下大乱，京城长安被四次攻破。这在整个中国历史上是名列第一的，一般京城遭到攻破都是在王朝灭亡时。第二名是清朝，北京于1860年被英法联军占领，1900年被八国联军占领。

在当时唐朝阴暗诡谲的政变风气的熏染下，李隆基成为一个不断背叛别人又不断遭到别人背叛的怪异角色。他与杨玉环之间的真挚爱情，在很大程度上，是文艺作品尤其是《长生殿》塑造的结果。

四大美人和红颜祸水

杨贵妃是与西施、王昭君、貂蝉并列的中国古代四大美人之一。由于其他三人的具体故事太少（貂蝉还是《三国演义》中虚构的人物），所以描写杨贵妃的文艺作品最多，对其争议也最大。

四大美人都是政治和军事斗争中的悲剧人物。西施被当作"卧底"而送至吴国，供吴王阖闾玩乐。按照《墨子》揭示的真相，越国消灭吴国后，她死于非命。王昭君则作为"和亲"的礼物送给匈奴单于当小妾，她的最终结局没有记载，但是《汉书》和《后汉书》中记载她的儿子和女儿都死于非命，可见她的下场也不佳。[①]

---

① 周锡山：《王昭君及其子女与侄子》，《文史知识》2004年第3期；周锡山：《汉匈四千年之战》（修订本），上海锦绣文章出版社2012年版。

四大美人中西施和杨贵妃的名气最大，她们也是被列入"女祸"的最著名的代表人物。

"女祸"有两种：

第一种，指君王宠信女子或女主执政而使国事败坏。《新唐书·睿宗玄宗纪赞》："自高祖至于中宗，数十年间，再罹女祸，唐祚既绝而复续。"这是指武则天等人。

第二种，指受君王宠信或亲自执政，而给国家带来灾祸的女子。清代魏源《默觚下·治篇三》："故汉唐宋女祸、夷狄、乱臣、贼子迭出而不至遽亡。"杨贵妃则被归入第二种的前面一类。

当代学者一般都高度肯定和赞赏《长生殿》打破女人是"祸水"的历史偏见和错误观点。笔者对此也很赞同。

013

挚诚情缘

千古遗恨
《长生殿》

WEN

HUA

ZHONG

GUO

第一章

《长生殿》李杨爱情的
历史背景和依据

　　《长生殿》是一部历史剧，其所描写的李杨爱情具有宏大的历史背景。当时正处于大唐盛世的历史转折点，其所描写的内容大多有历史依据。但是洪昇基于歌颂李杨挚真情缘的需要，对历史素材做了高明的取舍。本章介绍作为李杨爱情背景的宏富历史资料和有关文艺创作，揭示《长生殿》创作的原始依据，以利大家对《长生殿》的欣赏。

一、汉皇重色思倾国

　　大汉盛世是后世的光辉榜样，西汉的政治、经济、军事成就高于盛唐，因此唐代的诗歌都以汉代作为比照。唐军面对的是入侵的东西突厥、吐蕃等强敌，但是诗歌中歌颂的却是汉军与匈奴的战争。唐朝

盛世的皇帝是唐玄宗，而唐诗则常常将他称作汉皇，所以传诵唐玄宗与杨贵妃爱情的经典诗歌《长恨歌》，开首第一句即说"汉皇重色思倾国"，而不说"唐皇"。白居易将唐玄宗比作具有雄才大略而又与绝世美人有着爱情佳话的汉武帝，是对唐玄宗的一种抬举。

李隆基与杨玉环的挚真情缘

也许李隆基更在乎的是心心相印的爱情，在武惠妃死后，他悼念不已。尽管"后宫佳丽三千"，与其说"无可悦目者"，倒不如说"无当意者"。"悦目"仅指美貌，而"当意"却是需要心灵的感应。这样就不难理解玄宗初见"肌态丰艳，晓音律，性警颖，善承迎上意"的杨贵妃是何等欣喜。已经快六十岁的唐玄宗再一次获得了充满活力、善解人意的伴侣和红颜知己，这在他的帝王生涯中又是何幸如之！尽管最后是以悲剧终场，但玄宗给予杨贵妃的仍然是与惠妃同样的历久弥新的爱恋。①

身为失去了至高权力的太上皇，李隆基在乱后返回长安旧宫之后，尝到了失去挚真爱情的极度痛苦，对自己背弃杨玉环也深感后悔。此时，尽管杨玉环与他已阴阳遥隔，他心中的思念却日甚一日。垂垂老矣的李隆基，不再接触其他嫔妃，他的心中独独珍藏着自己至爱的杨玉环，直到离开人世。因此，从这个结局来说，李杨爱情终是一段名垂千古的挚真情缘。

出于创作的需要，《长生殿》没有采用两《唐书》记载的李杨二人背叛别人爱情的大量史料，但李隆基其人的政治、家庭背景及其爱情、婚姻经历，在剧中已经熔铸在他的性格和气质之中。熟读史书的读者了解李杨爱情的背景和"前史"，能够正确理解史实和艺术中的李

---

① 吴丽娱：《美人迟暮与帝王悲情》，《文汇报》2012 年 11 月 28 日。

015

挚诚情缘
千古遗恨
《长生殿》

WEN

HUA

ZHONG

GUO

杨故事，并将其作为欣赏和评论的双重依据。

《长生殿》将杨贵妃作为未曾出嫁的姑娘处理，也描写了李杨爱情建立之后的曲折：唐玄宗与虢国夫人和梅妃的情感纠葛，以及杨贵妃对此的嫉妒和恼恨。此外，《长生殿》以其极为出色的艺术虚构，重笔描绘了杨贵妃和唐玄宗并肩相拥，一起谱写《霓裳羽衣曲》和共同演出这个经典舞蹈的动人场面，有力地表现了他们挚真情缘建立的美妙过程；又用很大的篇幅描写了太上皇李隆基对已故杨贵妃的深切思念，敦请高人入地上天寻找贵妃灵魂的曲折奇境，结构出李杨二人终于团圆的美妙结局，重笔浓彩地描写他们痛悔自己骄奢淫逸的生活造成天下大乱，最终重续旧缘，重建挚真爱情。

《长生殿》以历史反思和时代精神的高度，描写出李杨二人作为"胜了情场，弛了朝纲"的帝妃，只有通过精神境界的提升、灵魂的洗礼，才能建立流芳千古的挚真情缘。

二、天生丽质难自弃

杨玉环（719～756），开元七年（719）六月初一生于蜀州（今四川崇州）。"玉环"，这个名字很美，也很恰切：体态丰腴，肤如凝脂，犹如美玉，光彩照人。

杨玉环的出身与婚姻

杨玉环祖籍弘农华阴（今属陕西），其祖先后来迁居蒲州永乐（今山西永济）。生父杨玄琰任蜀州司户，故而她出生于四川，美丽的巴山蜀水哺育了这个千古美人。杨玉环十岁时丧父，寄养在叔父杨玄璬家。杨玄璬时任河南府士曹，因此她是在洛阳长大的。关于杨玉环幼年和少女时代的情况，文献中鲜有记载，仅知道她从小能歌善舞，通晓音律，又娴熟各种乐器。

开元二十三年（735），她十七岁（古人都照虚龄算），被选为唐玄宗第十八子寿王李瑁的妃子，后被册封为寿王妃。杨玉环比她的丈夫大一岁，从此这对少年夫妇作为皇家成员的新一代，开始了新的生活，享受着大唐帝国鼎盛时期的荣华富贵。李瑁前程无量，因为他的生母武惠妃，是唐玄宗独宠的妃子。当时王皇后早已于开元十二年（724）秋七月被废为庶人，三个月后，她就在痛苦中离世了。唐玄宗没有立新的皇后，武惠妃成为实际上的皇后。王皇后未能生育，赵丽妃的儿子李瑛被立为太子。武惠妃谗言诬告太子，太子李瑛于开元二十五年（737）四月被废为庶人，并迅即与另两个兄弟一起被赐死。唐玄宗因为宠爱武惠妃，也就特别喜欢她生的寿王李瑁。在武惠妃的要求下，唐玄宗要立李瑁为太子，可是由于张九龄等大臣极力反对，此事就拖延下来。

杨玉环被册封为寿王妃后，进入了她人生的第二个阶段。她与李瑁非常风光而和美地生活了一年半，接着就是在大起大落的生活波涛中浮沉。首先是大起。太子被废、被杀，李瑁在母亲的极力推动下，只差一步就做上了太子。这对金童玉女，当时在美丽的憧憬中生活，心中的甘甜，旁人是难以体会的。接着是大落。没有想到，太子和另两个庶人死后不久，三人的"鬼魂"会缠绕着他们的母亲。而这位性格刚烈、智慧出众的武惠妃，竟然害怕被她不费吹灰之力而消灭的三个少年的虚无缥缈的"鬼魂"，最终"怖而成疾"。在她的生死冤家被害八个月之后，年仅四十余的武惠妃也去世了。

武惠妃一死，李瑁更不可能被立为太子，也就当不上皇帝了。于是，杨玉环的皇后美梦也随之破碎了。

人们常说，造化弄人。关于她人生的第三阶段是如何开始的，《旧唐书·杨玉环传》郑重记载：

挚诚情缘

千古遗恨
《长生殿》

WEN

HUA

ZHONG

GUO

惠妃薨，帝悼惜久之，后庭数千，无可意者。或奏玄琰女姿色冠代，宜蒙召见。时妃衣道士服，号曰太真。既进见，玄宗大悦。不期岁，礼遇如惠妃。太真姿质丰艳，善歌舞，通音律，智算过人。每倩盼承迎，动移上意。宫中呼为"娘子"，礼数实同皇后。

唐玄宗喜欢美丽聪明、灵慧过人的女子。武惠妃是这样的美人，杨玉环更是这么一个色艺双绝的女子，所以得"玄宗大悦"。

杨玉环进宫为妃和得宠

《春睡》

杨玉环以她的姿色、智慧、才华和灵性，很快就俘获了唐玄宗的心，于是在宫中没有皇后的情况下得到"礼数实同皇后"的待遇。杨贵妃能歌善舞，通晓音律，又娴熟各种乐器，这与唐玄宗的爱好完全相同，所以"汉皇重色思倾国，万千宠爱在一身"。杨贵妃不仅懂得音乐，善于舞蹈，而且还会写诗。《全唐诗》中保存了她的一首诗，即《赠张云容舞》：

罗袖动香香不已，红蕖袅袅秋烟里。轻云岭上乍摇风，嫩柳池边初拂水。

杨贵妃当时李瑁约岁，作为杰出的舞蹈家，她不仅不妒忌张云容的舞技，还作诗赞扬。诗中，她以烟里红蕖、岭上轻云、池边嫩柳等一系列生动的形象形容张云容舞姿的轻盈优美动人，这是难能可贵的。凡此种种，都使得杨贵妃得到了唐玄宗超乎寻常的宠爱。

杨玉环也没有辜负唐玄宗对她的爱，她曾经两次"救驾"，帮助唐玄宗渡过难关。第一次，据宋乐史记载，贺怀智曾对唐玄宗回忆杨贵妃的往事说："昔上夏日与亲王棋，令臣独弹琵琶，贵妃立于局前观之。上数枰子将输，贵妃放康国猧（wō）子（一种供人玩弄的小狗，又称猧儿）上局乱之，上大悦。"（《杨太真外传》卷下）这说明杨贵妃聪慧过人，善解人意，看到玄宗的棋要输，关键时刻用巧妙自然的方式，挽回了皇帝的面子，成功"救驾"。第二次救驾则是杨贵妃满足了御林军的要求，在马嵬坡自尽，让他们保护唐玄宗逃到四川。

杨玉环毕竟是唐玄宗的儿媳，唐玄宗横刀夺爱，不管怎么说，都是名不正言不顺的。为了掩饰这一点，故意使杨贵妃"来历不明"，唐玄宗让杨玉环离开李瑁后，以为玄宗母亲窦太后祈福的名义，敕书杨氏出家为女道士，然后再召进宫来。尽管这是掩耳盗铃，但总算走了应有的程序，是合法合理的了。诚如陆游的诗句所说："身后是非谁管得，满村争说蔡中郎。"唐玄宗死后，后世人在编修历史时，还是明白揭示了杨贵妃的身世来历。

宋代大文豪欧阳修等编修的《新唐书·后妃列传》说：杨玉环"始为寿王妃。开元二十四年（736年），武惠妃薨，后廷无当帝意者。或言妃姿质天挺，宜充掖廷，遂招内禁中，异之，即为自出妃意者，丐籍女官，号太真，更为寿王聘韦昭训女，而太真得幸"。《旧唐

太真遗像

019

挚诚情缘
千古遗恨
《长生殿》

WEN

HUA

ZHONG

GUO

书·杨贵妃传》则明白记载杨贵妃充当女道士的时间为开元二十八年（740）十月，杨贵妃先以女道士之名义召入宫中，不久被册为贵妃，是年二十一岁。司马光著《资治通鉴》卷二一五《唐纪·玄宗》载："初，武惠妃薨，上悼念不已。后宫数千，无当意者。或言寿王妃杨氏之美，绝世无双。上见而悦之。乃令妃自以其意乞为女官，号太真，更为寿王娶左卫郎将韦昭训女，潜内太真宫中。"而据史学权威陈寅恪先生考证，杨贵妃做女道士之事发生在开元二十九年正月初二（741 年 1 月 23 日），于是就有了《度寿王妃为女道士敕》这篇文章，并且留存千载。那年杨太真二十三岁，唐玄宗五十七岁。不久，杨玉环就暗中入宫，成为唐玄宗的宠妃。天宝四载（745）七月，二十七岁的杨玉环被册封为贵妃，距杨玉环被册封为寿王妃整整十年。

依据上述两则北宋历史学家的记载，杨玉环出家并非自愿，而是被动之举，她不过是一个被幕后之人操纵的傀儡。但她毕竟是已经嫁为人妇的皇帝的儿媳，如果她真的反抗，唐玄宗还不至于恶劣到杀子抢媳的地步。

洪昇创作的《长生殿》，强调唐玄宗和杨玉环之间是真正的爱情。他不理会历史怎么说，他着眼的是艺术作品有权利这么说，有权利这么虚构。他改变了杨玉环的出身，说她本是宫中的一个宫女，在宫中可以说毫无地位，但在情场上的地位很高。

我们再回到历史上来。中国历史悠久，无奇不有，曾有三个国君夺娶儿媳，据为己有。前两件都发生在春秋时期。

第一件，《史记·卫康叔世家》记载：卫国国君卫宣公（公元前718～前700年在位）的太子伋，去齐国迎娶齐女，宣公见齐女美，便夺来自娶，为太子伋另娶他女。宣公与齐女生子寿、朔兄弟二人。后太子伋母夷姜死，齐女与朔进谗言陷害太子伋，又因宣公为夺齐女亦恶太子，便命太子伋持白旄出使齐国，而暗中约边界盗见持白旄者拦

杀之，另立朔为太子。此事被寿得知，寿即劝太子伋不要出使齐国，伋不听劝告。于是寿持白旄旗先驰至边界代死，边界盗见持白旄者，以为是伋，果然杀之。接着太子伋赶到边界，对边界盗说："所当杀乃我也。"边界盗又杀之。此事造成父子相杀和兄弟相灭。

第二件，公元前527年，楚平王（？～公元前516年）为他年方十五岁的太子建迎娶秦哀公的妹妹孟嬴。楚多次对吴国作战，多为所败。楚太子娶秦女本意是通过联姻，增强国力，可是他见秦女极美，便改变主意，夺而自娶。后来，楚平王又听信费无极谗言，赶走了太子，杀掉了太子傅伍奢、伍尚父子。十年后，伍奢的长子伍子胥带领吴国军队为父报仇，攻破楚京城郢都，楚平王被掘墓鞭尸。

第三件即是唐玄宗夺娶儿媳杨玉环，他的儿子寿王无权无势无能，所以此事并没有造成祸害。但是他与杨贵妃骄奢淫逸的生活，却导致天下大乱。

在夺娶儿媳这件事上，唐玄宗与卫宣公和楚平王相比，虽然他们国破人亡的结局类似，但在男女关系上却有本质上的不同：卫宣公和楚平王与他们的美人无非是权色交易，而李杨两位虽然起先也是如此，但后来则建立起挚真的爱情。所以有大诗人白居易，大戏曲家白朴、洪昇等，反复讴歌他们的爱情。人已死，而情常在，歌颂他们爱情的艺术作品百花争艳，传唱至今。

三、渔阳鼙鼓动地来

唐玄宗和杨贵妃的爱情生活，未能达到他们渴望的天长地久，很快就发生了天宝之乱，即安史之乱。他们两人，杨贵妃在乱中自缢身亡，玄宗则在乱中失去皇帝的权柄，政治生命死亡。唐肃宗乘乱即位，依靠郭子仪平叛，回到京城，逐渐恢复了唐朝的统治，可是封建盛世

021

挚诚情缘
千古遗恨
《长生殿》

WEN

HUA

ZHONG

GUO

至此终结，大唐王朝一蹶不振，北方的经济和社会生活遭到彻底破坏。幸得中国地域广大，中华民族具有蓬勃的生机，江南提供了中华民族的历史新契机：社会经济与文化中心南移，江南支撑起中国近一千三百年的新发展。

乐极生悲：天宝之乱

李杨爱情建立时正值开元、天宝盛世。范文澜评论："开元、天宝年间，唐朝的殷富达到开国以来未有的高峰。史书说开元末年，西京、东都米价一石不到二百钱，布帛价也很低廉，海内安富，行人走万里远路，用不着带武器。又说天宝末年，中国盛强，自西京安远门（西门）直到西域，沿路村落相望，田野开辟，陇右富饶，天下闻名。全国各州县，仓库里都堆满粟帛。杨国忠奏准令州县变卖旧存粟帛为轻货，新征丁租、地税也折合成布帛，都运送到京师来。这样，收藏天下赋税的左藏，财物确实多得惊人。七四九年，杨国忠请唐玄宗亲率百官到左藏察看，早就极度骄侈的唐玄宗，更觉得财物同粪土一样，毫不足惜。"①

杜甫《忆昔》诗："忆昔开元全盛日，小邑犹藏万家室。稻米流脂粟米白，公私仓廪俱丰实。九州道路无豺虎，远行不劳吉日出。"追怀开元末年的一派经济繁荣景象。《通典》记载此时的物价，"开元十三年封泰山，米斗至十三文，青齐谷斗至五文。自后天下无贵物，两京米斗不至二十文，麵三十五文，绢一匹二百一十文。"但是仅过十余年，至天宝十四载十一月，杜甫《自京赴奉先县咏怀五百字》诗，即记载安史之乱爆发前，已经"朱门酒肉臭，路有冻死骨"，又云："入

---

① 范文澜：《中国通史简编》修订本第三编第一册，人民出版社 1965 年版，第 124 页。

门闻号咷，幼子饥已卒。所愧为人父，无食致夭折。""生常免租税，名不隶征伐。抚迹犹酸辛，平人固骚屑。"王国维说："盖此十年间，吐蕃、云南相继构兵，女谒、贵戚穷极奢侈，遂使禄山得因之而起。君子读此诗，不待渔阳鼙鼓，而早知唐之必乱矣。"

首先，天宝之乱的起因是唐玄宗懒于朝政，贪图享受。早年的唐玄宗虽曾经宏图大展，大有作为，但因他生性喜欢音乐，又卓有音乐才华，执政初期已经颇思享受音乐的乐趣，经大臣开导、劝说才作罢，将主要精力用在朝政上。到了后期，他满足于繁荣的现状，沉溺于声色而不可自拔。

其次，李杨二人骄奢淫逸的生活，给百姓带来了灾难。两《唐书》和《长生殿》对此都有记载和描写，《长生殿》中还描写一个瞎子被急送荔枝的驿使之马踩死，场面生动而悲惨。

杨贵妃在她十几年的宫廷生活中，一直得到玄宗的宠信。《新唐书·陆贽传》曾指出："天宝之季，嬖幸倾国，爵以情授，赏以宠加。纲纪始坏矣。"

第三，唐玄宗为了讨好杨贵妃而重用杨国忠这个无德无能的奸邪小人，更是恶化了朝政，激化了矛盾，推动了安禄山的叛逆。

对于李杨爱情，《长生殿》固然歌颂其真挚动人的一面，但对于其败坏政局、残害百姓的一面，也给予了应有的批判。所以，吴舒凫在《长生殿序》中说：

汉以后，竹叶、羊车，帝非才子；《后庭》、《玉树》，美人不专。两擅者，其惟明皇、贵妃乎！倾国而复平，尤非晋、陈可比。稗畦取而演之，为词场一新耳目。

……是剧虽传情艳，而其间本之温厚，不忘劝惩。或未深窥厥旨，疑其诲淫，忌口滕说。余故于暇日评论之，并为之序。

吴舒凫实际上说了两个问题。其一是说，《长生殿》是部"传情

023

挚诚情缘

千古遗恨
《长生殿》

WEN

HUA

ZHONG

GUO

艳"的作品，历史上的李隆基与杨玉环之间确有真情，洪昇不但真实地写出了他们的"情艳"，而且还能以其新意"为词场一新耳目"。其二是说，作者在写李杨情缘的同时，"不忘劝惩"，寓有一定的政治性意图。这是吴舒凫对《长生殿》主题的正确认识。

《长生殿·定情》出［东风第一枝］说："端冕中天，垂衣南面，山河一统皇唐。层霄雨露回春，深宫草木齐芳。《昇平》早奏，韶华好，行乐何妨。愿此生终老温柔，白云不羡仙乡。"吴舒凫在此曲上的眉批云："明皇，英主也，非汉成昏庸之比。只因行乐一念，便自愿终老温柔，酿成天宝之祸，末路犹不若汉成。昇十数语，足为宴安之戒。"吴批多次强调原作批判李杨爱情"终老温柔"、"弛了朝纲"、"乐极哀来"的负面影响和"垂戒来世"的意味。

吴舒凫与洪昇是同里挚友，又是同门学友，他们向以元白相标榜。洪昇的《闹高唐》、《孝节坊》等剧皆由其评点。吴氏还把《长生殿》"更定二十八折"，作为伶人演出的范本。洪昇对此也给予充分肯定，说："且全体得其论文，发予意所涵蕴者实多。"所以吴舒凫完全了解洪昇的创作道路和创作思想。

虽然在艺术上杨贵妃与唐玄宗成就了一段珍贵的知音互赏式的爱情佳话，但是作为皇帝和后妃这样的政治人物，他们不仅没能做到热衷国事，互相促进，反而荒淫豪奢，耽误国事，最终走向了自取灭亡的道路。

史家一般认为李隆基曾经是个成熟的政治家，他的出色治理能力，将唐朝推进到开元盛世的顶点。实际上，他不能算是一个优秀的政治家，晚年错用奸佞；也不是一个成熟的军事家，安史之乱爆发后，应对失策。

天宝十四年（755）十一月九日，安禄山伪称"奉命讨伐杨国忠"，率众十五万，号称二十万，造反于范阳。安禄山率兵南进，唐朝

君臣耽于安乐，武备松弛，"所过州县，望风瓦解，守令或开门出迎，或弃城窜匿，或为所擒戮，无敢拒之者"（《资治通鉴》卷二一七）。

这是什么原因呢？范文澜说："唐玄宗极端骄傲，总以为自己的想法一定是对的。在安禄山反叛以前，他对朝臣担保安禄山'必无异志'，给予兵权毫不吝惜。安禄山反叛以后，他转过来对将帅猜忌，只要不合已意，就认为可疑，或杀或逐，毫不犹豫。既然认为自己是对的，那么，除了李林甫式的奸相和宫廷奴隶——宦官，此外再没有值得真正可信任的人了。"[1] 白寿彝总主编的《中国通史》评论说："至德元载（756）六月，由于玄宗指挥失误，潼关失守，通往长安的大门被打开了。玄宗与杨贵妃等连夜逃离京师。"

千古遗恨：大唐盛世不再

由于名将郭子仪等的卓绝努力，唐军终于平定了叛乱。可是安史之乱造成的后果，已经不可逆转：经济遭到严重破坏，北方人口锐减，"人烟断绝，千里萧条"（郭子仪《请车驾还京奏》，《全唐文》卷三三二），"洛阳四面数百里皆为废墟"（《刘晏传》，《旧唐书》卷一二三）。当时人的平均年龄只有二十七岁。

安史之乱对文化的摧残所造成的损失更难以估量。以盛唐三大诗人为例，在这次动乱中，他们都受到沉重的打击，陷入人生绝境。王维陷入敌手后，被迫担任伪官，平乱后差一点被判死罪；李白依附永王李璘，因"附逆"而遭到严惩；杜甫流落到成都，生活艰难，最终贫病而死。

与《新唐书》作者完全将乱国之祸的责任全怪于"女祸"不同，

----

[1] 范文澜：《中国通史简编》修订本第三编第一册，人民出版社 1965 年版，第136 页。

025

挚诚情缘
千古遗恨
《长生殿》

WEN

HUA

ZHONG

GUO

《长生殿》正确地将主要责任放在唐玄宗身上。而两《唐书》的客观记载，也显示出唐玄宗应该承担主要历史罪责。

纵观历史大局，西晋末年的"五胡乱华"和女真、蒙古南下，三次逼迫中原先进文明南移。自东晋以后，经济重心及文化精英南移，以长江、淮河为界的南北两大地域的差异越来越凸显。历经近三百年的南北朝分裂对峙，特别是受"五胡乱华"等影响，北方经济受到严重摧残，从而形成了南北方社会经济发展水平、民族文化等颇有差异的两大地域承载板块。

唐朝前期，北方重新恢复繁荣，才百余年又惨遭毁灭性打击，从此一蹶不振。与东晋、南宋时人口南渡不同的是，安史之乱时因交通阻塞，北方官民无法南逃，只能坐以待毙，境况极其凄惨！

因此，东晋、南宋的两次南渡，直接导致了经济、文化重心南移，而安史之乱时期的唐朝，留下的全是负面影响。

四、后宫佳丽三千人

白居易的《长恨歌》说唐玄宗只爱杨贵妃一人："后宫佳丽三千人，三千宠爱在一身。"其实，这是诗人对李杨爱情的美化，并非是史实。史实则是唐玄宗在与杨贵妃甜情蜜意时，得陇望蜀，又看上了杨玉环的胞姊虢国夫人，同时又与梅妃旧情不断，这自然让杨玉环大吃其醋。杨贵妃也因此陷入困境，两次被逐。

杨氏满门富贵，鸡犬升天

《旧唐书·杨玉环传》介绍，杨玉环"有姊三人，皆有才貌，玄宗并封国夫人之号：是曰大姨，封韩国；三姨，封虢国；八姨，封秦国。并承恩泽，出入宫掖，势倾天下"。杨玉环的这三位姐姐——韩国夫

人、虢国夫人、秦国夫人，皆为绝色。

虢国夫人（？~756），原随父居蜀，后嫁裴氏。在杨玉环的三个姐姐中尤为美艳过人，性格戏谑放肆。且夫死独居，故赢得玄宗欢心。天宝七载（748），玄宗封其为虢国夫人。

天宝初，杨玉环被册封贵妃后，杨氏满门富贵：其父玄琰，累赠太尉、齐国公；母封凉国夫人；叔玄珪，光禄卿。再从兄（隔房的堂兄）杨铦，任鸿胪卿；杨锜，为侍御史，尚（高攀公主为妻）武惠妃女太华公主。这位公主因为其母为武惠妃，唐玄宗特别宠爱她，礼遇高于其他公主，赐甲第，连于宫禁（与皇宫相连）。杨妃父母、叔父、三个姐姐、两个堂兄，皆授高官厚禄。后代也与皇室联姻。"韩国夫人婿秘书少监崔峋，女为代宗妃。虢国男裴徽尚肃宗女延光公主，女嫁让帝男。秦国夫人婿柳澄先死，男钧尚长清县主，澄弟潭尚肃宗女和政公主。"儿子娶公主，女儿嫁高官，甚至王子，几乎都成了皇亲国戚。

他们的权势通天，所以"韩、虢、秦三夫人与铦、锜等五家，每有请托，府县承迎，峻如诏敕，四方赂遗，其门如市"。地方官对他们的请托之事，都当作圣旨看待，而各地到他们五家贿赂的人士，摩肩接踵，他们的府邸经常门庭若市。

唐玄宗每年赏赐韩、虢、秦三夫人钱千贯，作为脂粉之资。杨铦授三品、上柱国，私第立戟。"姊妹昆仲五家，甲第洞开，僭拟宫掖，车马仆御，照耀京邑，递相夸尚。每构一堂，费逾千万计。"甚至看到后造的房屋规模比自己家的宏伟，就拆掉自己的豪宅，重新建造更豪华的。土木工匠，不分昼夜地为他们忙碌。

唐玄宗看到他们竞豪夸富，为显公平，颁赐给他们的财富珍宝，五家完全相同，派出的宫中使者不绝于路。开元以来，豪贵雄盛，无人可与杨家相比。

027

挚诚情缘

千古遗恨
《长生殿》

WEN

HUA

ZHONG

GUO

《禊游》

玄宗凡有出游巡视，贵妃无不随侍，乘马则由高力士执辔授鞭。

玄宗每年十月幸临华清宫。《旧唐书·杨贵妃传》载，"国忠姊妹五家扈从，每家为一队，着一色衣，五家合队，照映如百花之焕发"。他们满身佩挂的金钗银钿、玉石珠宝，繁多而拥挤，不慎遗落的金银、珠玉、翡翠等，竟"璀璨芳馥于路"。

《明皇杂录》卷下又记载：玄宗驾临华清宫，贵妃姊妹竞相装饰车服，牛车上装饰着金银翠玉，还夹以珠玉，一车的费用，不下数十万贯。后来因为太重，牛拖不动，就向皇帝报告，请求各自乘马。于是又竞购名马，衔笼用黄金制作，障泥（马鞯，垫在马鞍下，垂在马背两旁以挡泥土之用）则用组绣（五彩缤纷的丝织阔带）。他们在杨国忠宅中集合后，一同进入禁宫，炳炳照灼，观者如堵。自国忠之宅到达城的东南角，大批仆人驾驭着车马，纷纭奔驰。他们争相显示骄奢之态，愚昧地膨胀着各色欲望。他们积聚的财宝，如太平公主玉叶冠，虢国夫人夜光枕，杨国忠锁子帐，都是稀世之宝，无法计算其价值。

杨氏一家攀龙附凤，一时骄奢淫逸，富贵豪华。可是好景不长，安史之乱爆发后，他们立马跌入深渊，终是落得个家破人亡的悲惨下场。

虢国夫人与唐玄宗

在杨玉环的三位姐姐中，虢国夫人因是寡妇，美人寂寞，无人护花，身居丞相高位的杨国忠，乘机与她发展私情；还不避众目，每次入朝或外出，往往同车同往，也不设帷幔，任人观赏。

唐玄宗看到杨玉环三个绝色的姐姐，也垂涎万分；最终将独守空房的虢国夫人揽入怀中，肆意享乐。正史对此没做记录，《旧唐书·杨玉环》仅说李隆基因小故而两次驱走杨贵妃，关于他与虢国夫人的私情，并没有涉及。而野史和文艺作品则有明确的描写，尽管具体情节语焉不详。

得到虢国夫人这个绝色美人，唐玄宗欣喜万分，而杨玉环则十分痛心，不禁醋意大发。唐玄宗一时怒起，将杨贵妃逐出皇宫，送至其堂兄杨国忠的宰相府邸。可杨贵妃离去后，玄宗百无聊赖，思念若渴，以致饭食不进。于是当夜又将她召回，"开安兴里门入内，妃伏地谢罪，上欢然慰抚。翌日，韩、虢进食，上作乐终日，左右暴有赐与"。

《明皇杂录》卷下记载虢国夫人恩宠一时，"每入禁中，常乘骢马，使小黄门御，紫骢之骏健，黄门之端秀，皆冠绝一时"。而且，她"大治宅第。栋宇之华盛，举无与比"。

当马嵬坡诛杀杨国忠的消息传来——

> 虢国夫人闻难作，奔马至陈仓。县令薛景仙率人吏追之，走入竹林。先杀其男裴徽及一女。国忠妻裴柔曰："娘子为我尽命。"即刺杀之。已而自刭，不死，县吏载之，闭于狱中。犹谓吏曰："国家乎？贼乎？"吏曰："互有之。"血凝至喉而卒，遂瘗于郭外。

《复召》

029

挚诚情缘
千古遗恨
《长生殿》

WEN

HUA

ZHONG

GUO

虢国夫人最后死于狱中，下场也是够悲惨的了。

杨贵妃与安禄山

深宫之中的美人没有丝毫的人身自由，犹如被关在监牢中的女囚。一般来说，宫中美人不可能产生桃色事件。

可是杨贵妃竟然被传说与安禄山有暧昧关系，而且这个传闻还出自权威史著《资治通鉴》。宫中皆昵称禄山为禄儿，让他随便出入宫掖。"自是禄山，出入宫掖不禁。或与贵妃对食，或通宵不出，颇有丑声闻于外，上亦不疑也。"（《资治通鉴》卷二一六，《安禄山事迹》卷上）新、旧《唐书》俱无类似记载，不知《资治通鉴》的根据何来。

可是后世史家一般都不信杨贵妃与安禄山有染，虽有"通宵不出"的"丑声"，但都像当事人李隆基一样，"亦不疑也"，也不深究。原因是杨贵妃与安禄山的私情不合情理，可能是乌有之事。

根据两《唐书》可知，安禄山极其丑陋：

禄山肚大，每着衣带三四人助之，二人抬起肚，猪儿以头戴之，始取裙裤带及系腰带。

晚年益肥壮。腹垂过膝，重三百三十斤，每行以肩膊左右抬挽其身，方能移步。（《旧唐书》卷二百）

每乘驿入朝，半道必易马，号"大夫换马台"。不尔，马辄仆。故马必能负五石驰者乃胜载。

及老愈肥，曲隐常疮。（《新唐书》卷二百二十五，《逆臣传》）

的确，杨贵妃喜欢拿安禄山取乐。例如禄山生日后三日，贵妃以锦绣为大襁褓，裹安禄山，使宫人以彩舆扛着嬉戏，也只不过是聊以取乐而已。

杨贵妃出身官宦人家，又是一位身兼音乐家、舞蹈家而举止谈吐高雅的大美人，有着英俊高大、才华杰出、气质高雅的皇帝做伴侣，她绝对不会青睐这么一个丑陋、恶俗、野蛮的男子。

《长生殿》出于艺术构思和人物塑造的需要，不写杨贵妃与安禄山的私情，也不写她拿安禄山取乐的事，净化李杨爱情，得到了观众和学者的认可，无疑是高明之举。

五、此恨绵绵无绝期

杨贵妃死后，玄宗看着张挂于别殿的贵妃肖像，"朝夕视之而歔欷焉"。不过，玄宗的痛苦，是他自食其果，有其必然性。

唐玄宗应该承担的双重历史罪责

唐玄宗执政早期，重用贤臣姚崇、宋璟为宰相。姚崇自开元元年（713）起为相，开元四年（716）辞职，荐举宋璟继任。后又有能臣张说为相，直至开元九年（720）去世，接着是张九龄为相（736年被罢相）。

唐玄宗主要靠这些贤能的大臣，取得了盛世的成就。

在开元后期，大约自开元二十一年（733）起，玄宗骄惰荒政。晚年重用口蜜腹剑的李林甫和奸邪小人杨国忠，朝政日坏，从而引发安史之乱。

031

挚诚情缘
千古遗恨
《长生殿》

WEN

HUA

ZHONG

GUO

后来，又由于他一系列的政治和军事失误，遂使局面不可收拾。北方的经济被彻底摧毁，从此一蹶不振，中国的经济、文化重心从此转到南方，"天下仰给东南"。

如果进一步分析，唐玄宗则应承担双重的历史罪责。

第一层，是他消极颓废的人生态度造成的。

首先，天宝之乱是唐玄宗厌于政治、贪图享受、沉迷女色的结果。

其次，他丢弃了曾祖父唐太宗"居安思危"的历史经验。

第三，他丢弃了唐太宗"任贤能纳谏诤"的历史经验。五十岁以后，玄宗越来越不耐烦那些给自己找麻烦的骨鲠之臣，而是重用李林甫、杨国忠等善于奉承的奸邪之徒。

第四，他把军国大事先后全副交托给李林甫、杨国忠二人，又重用安禄山这样的野心家，说明他在执政后期已经完全丧失了识人的能力。

第二层，是他的执政能力严重不足造成的。

以上所指出的罪责，既与他的才华不足有关系，同时也因其消极颓废、贪图享受而一叶障目，造成他的种种失误，但是他遇事缺乏决断则是他的根本弱点。黄敬钦先生曾具体分析说："虽然安禄山、杨国忠、杨贵妃，皆为该变乱之要角。究竟无法如玄宗一般，一举一行皆足以决定大唐帝国之命运。……据《唐书》所云，玄宗英断，余颇不以为然，此或美人主之言欤？盖玄宗遇事每犹豫难决，询诸左右，左右曰可，然后行。故而得姚崇、宋璟、张九龄为相，则国治民安，成为开元太平之治。任李林甫、杨国忠等奸佞，则国运日衰，竟而引起天宝之乱。其乱治之间，取决于所信之人而已。试观于通鉴（按指《资治通鉴》）乃知其言不谬矣！"①

① 黄敬钦：《〈梧桐雨〉与〈长生殿〉之比较研究》，《宋元明清戏曲研究论丛》第三集，大东图书公司1979，第32、33~34页。

唐玄宗在马嵬驿事件中充分暴露了他临事缺乏应变、决断的弱点，所以惊惶失措，束手无策，只能听凭事态恶化，被禁卫官兵牵着鼻子走。两《唐书》和《长生殿》都写出了唐玄宗的这个虚弱本质。

杨贵妃应负的相应责任

当代学者一般都高度肯定和赞赏《长生殿》打破女人是"祸水"的历史偏见和错误观点，认为主要的历史责任应由昏君承担，不能让无权的女子做替罪羊。我对此也很赞同。

《长生殿》同时又写出了杨贵妃的妒忌、吵闹，不顾大局地对唐玄宗的追求和"独霸"，以及骄奢淫逸的豪华生活和醉生梦死的生活追求。她本人也和唐玄宗一样，完全缺乏居安思危的政治意识，这一切也影响了政治和历史的发展，给大唐帝国带来了很大的危害，给当时的人民造成了很大的苦难。鲁迅先生也曾指出杨贵妃此类女子的危害，此处不赘。

反观唐史中真实的杨贵妃这个历史人物和《长生殿》中的杨贵妃这个艺术形象，唐玄宗固然应负主要的历史罪责，但杨贵妃也并非全无责任。她的贪图享乐，她的妒忌发火，她的献媚撒娇，即使唐玄宗想认真治国，也会被搅乱心境，影响治国智慧的正常发挥。何况唐玄宗已经是一心贪图享受的昏庸之君，她软硬兼施地诱使唐玄宗为了她一己私利，置国家大事于不顾，全心全意讨她欢心，为她服务，自然加深了唐玄宗不思国计民生的错误。这与周幽王为了讨好褒姒，屡次无端烧起烽火，连累西周灭亡的性质不同。因为褒姒不喜欢周幽王，内心对他是抵制的，是周幽王硬要讨好她。《长生殿》恰当地将沉迷女色、荒废国事、引发祸乱的历史罪责派定给唐玄宗，同时也谴责杨贵妃对唐玄宗的荒淫误国起了推波助澜的作用，这是洪昇高超史识的体现。如果杨贵妃能够利用自己的魅力，对唐玄宗施展正确的影

挚诚情缘
千古遗恨
《长生殿》

WEN

HUA

ZHONG

GUO

响，劝阻他的荒唐行为，提醒唐玄宗居安思危，帮助唐玄宗限制甚至杜绝对于外戚的使用，支持唐玄宗任人唯贤，努力治国，这才是优秀后妃的正途。中国历史上并不乏这样年轻有为的后妃和亲自执政的临朝太后。

因此，两《唐书》和《长生殿》通过客观地描绘杨贵妃的具体表现，写出了女人作梗的能量和影响。

此外，杨贵妃和唐玄宗两人在生活极端奢华方面也是一拍即合，他们一心追求享受，将骄奢淫逸的生活推向极至。

奸佞杨国忠正是利用了杨贵妃的裙带关系，才得以平步青云，执掌国政，蠹政害民，促成了天宝之乱。《新唐书·陆贽传》指出："天宝之季，嬖幸倾国，爵以情授，赏以宠加。纲纪始坏矣。"当然，杨国忠得到重用，虽然不能完全归咎于杨贵妃，但杨贵妃既不劝阻唐玄宗重用杨国忠，也未劝阻杨国忠胡作非为。从这个角度，我们仍可以说她对天宝之乱负有一定的责任。《长生殿》明确地描写她死后对于此事的反思和后悔，这应该是"此恨绵绵无绝期"的一个重要部分。

杜甫对杨贵妃的哀悼

唐玄宗在马嵬坡事变中，为自保而抛弃了杨贵妃。《长生殿》描写唐玄宗到了成都后，就开始思念杨贵妃了，当然也思念他的旧日京华长安。

《明皇杂录》记载："明皇既幸蜀，西南行，初入斜谷，属霖雨涉旬，于栈道雨中闻铃，音与山相应，上既悼念贵妃，采其声为《雨霖铃》曲，以寄恨焉。

时梨园子弟善觱篥者，张野狐为第一。此人从至蜀，上因以其曲授野狐。"

不仅唐玄宗在成都思念杨贵妃，与此同时，身陷沦陷区长安的杜甫也在怀念杨贵妃。

唐肃宗至德元年（756）秋，杜甫离开鄜州，正要去投奔刚在灵武即位的唐肃宗，为平叛效劳，却在途中被叛军抓获，还被掳至沦陷了的长安。杜甫身陷险境，不忘旧地，特来凭吊。眼见景物依旧，而人事全非，不免触景伤怀，痛苦万分。第二年春，杜甫沿长安城东南的名胜曲江行走，感慨万千，哀恸欲绝。《哀江头》就是当时心情的真实记录。此诗借眼前景色，哀悼贵妃之死。

《哀江头》的头四句：

少陵野老吞声哭，春日潜行曲江曲。

江头宫殿锁千门，细柳新蒲为谁绿？

曲江，又名曲江池，在长安城南十里，朱雀街东，有流水屈曲，所以称为曲江。此地秦朝时为宜春苑，汉朝时称乐游园，唐开元时疏凿，池水澄澈，江侧菰蒲葱翠，柳荫四合，碧波红蕖，依映可爱，成为胜景。

在昔日柳绿花红、繁华富贵、游人如织而今人影稀少的沦陷之地，只有这个吞声饮泣的老人，偷偷地在曲江的冷僻角落里，偶偶独行。

曲江四围，千门万户，如今都关门落闩，昔日的繁华已如云烟般散去。皇帝和贵妃已经逃离、死亡，而新绿的袅袅柳丝和青青水草依旧蓬勃生长，江山换了主人，美景没了游人，正是"风景依旧，人事全非"，只有无限伤心和无限凄凉，浮现在诗人心头。

至于"江头宫殿"，《杜臆》云："曲江，帝妃游幸之所，故有宫殿。"天宝之后毁坏，剩下一片荒芜，所以唐文宗（809～840，于827～840年在位）在七十年后读到杜甫此诗，"乃知天宝以前曲江四岸皆

挚诚情缘

千古遗恨
《长生殿》

WEN

HUA

ZHONG

GUO

有行宫台殿"。

此诗本哀杨妃，却以"江头"行幸处为题目，首段先写曲江萧条，下即转至正题：

忆昔霓旌下南苑，苑中万物生颜色。

昭阳殿里第一人，同辇随君侍君侧。

辇前才人带弓箭，白马嚼啮黄金勒。

翻身向天仰射云，一箭正坠双飞翼。

第二段回忆安史之乱以前春临曲江的繁华景象和玄宗贵妃同游的情景。曲江在都城东南，其南面即芙蓉苑，故称南苑。唐玄宗开元二十年（732），自大明宫筑复道夹城，直抵曲江芙蓉苑。玄宗和后妃公主经常通过夹城去曲江游赏。"苑中万物生颜色"，极写御驾莅临和与君同车的贵妃、宫女们游苑时的豪华与张扬。前人说："此忆贵妃游苑事，极言盛时之乐。苑中生色，佳丽多也。昭阳第一，宠特专也。同辇侍君，爱之笃也。射禽供笑，宫人献媚也。"

"同辇随君"，典出《汉书·外戚传》。耽于酒色、使西汉进一步衰落的汉成帝游于后宫，曾想与妃子班婕妤同辇共载。班婕妤正色拒绝道："观古图画，圣贤之君，皆有名臣在侧，三代末主，乃有嬖女。今欲同辇，得无近似之乎？"如此说来，唐明皇所为就是这种"末主"的行径，杨贵妃也不知自己正兴高采烈地扮演着"嬖女"的角色。"才人"是指宫中的女官，她们戎装侍卫，身骑以黄金为嚼口笼头的白马，风华绝代，技艺过人。此时的皇帝，不认真训练军队以备内忧外患，却训练宫女以供自己玩赏，且装备如此奢华。笑声朗朗的美人，不知乐极生悲，大难即将临头了。这一段全是严厉的批评，但写得不露锋芒，婉转深邃，达到古诗"温柔敦厚"地批评君王和现实的极高境界。

第三部分也即最后一部分，又回到了残酷的现实：

明眸皓齿今何在？血污游魂归不得。

清渭东流剑阁深，去住彼此无消息！

人生有情泪沾臆，江水江花岂终极？

黄昏胡骑尘满城，欲往城南望城北。

前四句写马嵬坡事变，深致乱后之悲：妃子惨死，成为游魂；明皇逃亡剑阁，死别生离极矣。后四句，江草江花，触目增愁，城南城北，心乱目迷。

诗人将诗的第二、三部分进行对比，第二部分是造成第三部分的原因：正因为当年的骄奢淫逸才造成今日的凄惨结局。"明眸皓齿"的杨贵妃，"今何在"？她已惨死在外，成为"游魂"，长安被敌酋占领，即使"魂归"，也已"归不得"。过去"同辇随君"的杨贵妃，现已埋在渭水之滨的马嵬坡，和逃往四川剑阁的明皇，人天遥隔。最后四句，简洁明快又淋漓尽致地写出了当今铁蹄横行、京城沦丧的严峻局面，没有"终极"的江水江花，象征着无限的悲愤，诗人以无限的悲恸和愤恨作结，将"哀"情笼罩全篇，显示了杜诗沉郁顿挫、意境深邈的风格。

此诗之后，杜甫又于春末再来，写了《曲江二首》、《曲江对酒》。《曲江二首》开首即说："一片花飞减却春，风飘万点正愁人。"乱后，哀愁成为杜甫生活的基调，借曲江之景抒发排解。

唐明皇与杨贵妃的离合悲欢，成为他个人命运的写照。此恨不是那恨，而杜甫和众多唐代诗人反复描写杨妃的今昔，是因为杨妃的喜怒哀乐、生死存亡牵动着大唐的命运。

唐玄宗对杨贵妃的刻骨相思

《新唐书·后妃上》记载：帝至自蜀，道过其所，使祭之，且诏改葬。礼部侍郎李揆曰："龙武将士以国忠负上速乱，为天下杀之。今葬妃，恐反仄自疑。"帝乃止。密遣中使者具棺椁它葬焉。启瘗，故香囊犹在，中人以献，帝视之，凄感流涕，命工貌妃于别殿，朝夕往，必为鲠欷。

《明皇杂录·补遗》记载：唐玄宗自蜀回，夜阑登勤政楼，凭栏南望，烟云满目，上因自歌曰："庭前琪树已堪攀，塞外征夫久未还。"盖卢思道之词也。歌歇，上问："有旧人乎速明为我访来。"翌日，力士潜求于里中，因召与同至，则果梨园子弟也。其夜，上复与乘月登楼，唯力士及贵妃侍者红桃在焉。遂命歌《凉州词》，贵妃所制，上亲御玉笛为之倚曲。曲罢相睹，无不掩泣。上因广其曲，今《凉州》传于人间者，益加怨切焉。

可见，唐玄宗在后宫，经常触景生情，以泪洗面，思念贵妃。劫后余生的诸多宫人，也一起伤心落泪，既是陪皇帝一起悲伤，也是自伤身世。

《明皇杂录·补遗》记载：至德中，明皇复幸华清宫，父老奉迎，壶浆塞路。时上春秋已高，常乘步辇，父老进曰："前时上皇过此，常逐从禽，今何不为？"上曰："吾老矣，岂复堪此！"父老士女闻之，莫不悲泣。新丰市有女伶曰谢阿蛮，善舞《凌波曲》，常出入宫中，杨贵妃遇之甚厚，亦游于国忠及诸姨宅。上至华清宫，复令召焉。舞罢，阿蛮因出金粟装臂环，云："此贵妃所与。"上持之凄怨出涕，左右莫不呜咽。

杨贵妃平时善待太监、宫女和女伶，所以大家也都发自内心地同情她的悲惨遭遇，与唐明皇一起伤心落泪。

《杨太真外传》记载：至德中，复幸华清宫。从官嫔御，多非旧人。上于望京楼下命张野狐奏《雨霖铃》曲。曲半，上四顾凄凉，不觉流涕。左右亦为感伤。新丰有女伶谢阿蛮，善舞《凌波曲》，旧出入宫禁，贵妃厚焉是日，诏令舞。舞罢，阿蛮因进金粟装臂环，曰："此

贵妃所赐。"上持之,凄然垂涕曰:"此我祖大帝破高丽,获二宝:一紫金带,一红玉支。朕以岐王所进《龙池篇》,赐之金带,红玉支赐妃子。后高丽知此宝归我,乃上言:'本国因失此宝,风雨愆时,民离兵弱。'朕寻以为得此不足为贵,乃命还其紫金带。惟此不还。汝既得之于妃子,朕今再睹之,但兴悲念矣。"言讫,又涕零。

后来,唐玄宗周围的人都被遣散,他更加孤苦。偶尔遇到一位当年的女伶,犹如故知相逢,分外亲切。每有遗物,唐玄宗更是触目伤怀,难以自已。

以上记载,反复强调李隆基回到长安后,终日沉浸在对杨贵妃的极度思念里。杨贵妃一直让他魂牵梦系,就这样走完他人生最后的岁月。

039

挚诚情缘
千古遗恨
《长生殿》

WEN

HUA

ZHONG

GUO

第二章

才高运蹇的戏剧家洪昇

洪昇与蒲松龄、孔尚任并称为清初三大杰出文学家，他创作的《长生殿》是中国戏曲史和文学史上最杰出的作品之一。与蒲松龄和孔尚任一样，他也是一位才高运蹇的戏剧家和文学家。

一、洪昇的家世、婚姻与人生道路

洪昇（1645～1704），字昉思，号稗畦，又号稗村、南屏樵者。清代浙江杭州府钱塘县人。他出身于名门，家境富裕，婚姻美满，早慧有才，照理应该一生顺利、幸福，但是洪昇自从危难中出生起，一生曲折，直至悲惨去世。

洪昇的家世简况

洪昇的先祖洪氏，世籍鄱阳。南宋初，洪皓出使金国，不屈，回

国后升迁徽猷阁直学士，赐第于钱塘西湖之葛岭。其仲子同知枢密院事洪遵，即洪昇的祖先，就留在钱塘家居，遂为钱塘望族。四传至洪捷中，宋末任浙东安抚使，元兵南下时，携家避居上虞。又五传至洪有恒，正值明朝兴起，于是就返居钱塘。洪有恒在明朝出仕，为国子监丞。其子洪薪，徽州界口批验所大使。洪薪之子洪钟，官至刑部尚书。洪钟之子洪澄，中书科中书。洪澄之子洪椿，政和县知县，赠都察院右都御使，即洪昇的高祖。洪昇的祖父、父亲生活的时代，正值明朝灭亡、清兵南下之时。

洪昇的父亲洪清，喜好读书，善于谈论。母亲黄氏，钱塘人，大学士黄机之女。洪家为名门望族，家中藏书丰富，有"学海"之称。

洪昇为家中长子，下有二弟：仲弟洪昌，字殷仲；季弟名不详，字中令。二弟皆有才华，但仲弟早夭。还有妹二人，也能文，但也颇早亡故。

洪昇之妻黄氏，字兰次，黄机女孙，庶吉士黄彦博女。能诗，解音律。《杭城坊巷志》引姚礼《郭西小志》：稗畦妻黄兰次，以诗名于时。吴雯《莲洋诗钞》卷五《怀昉思》："林风恋道韫，安稳事黔娄。"将黄兰次与东晋才女谢道韫相比，可知黄氏工于吟咏。

妾邓氏，吴人，善歌。

有子二人。长子之震，字浵修，诸生；次子之益，为邓氏所生，嗣与亡弟洪昌为子。有女二人。一早夭；一名之则，能文。

有孙一人，名鹤书。《两浙輶轩录》卷二十六对其做了如下记载："洪鹤书，字希声，号花村。钱塘人。昇孙，之震子。著《花村小稿》。《碧溪诗话》（钱塘朱文藻撰）：'花村先生为文藻七岁时业师。戊寅之冬，见先生于东园朱氏宅，适病疡，扶筇坐语。谓文藻曰："予年衰就木，相见无几。先两世遗诗，及予所作，存稿无多，并藏箧中。异日当托以传。"语竟，泪涔涔下。次年竟不起。'"由于家贫，洪昇、洪昇

041

挚诚情缘
千古遗恨
《长生殿》

WEN

HUA

ZHONG

GUO

子洪之震、洪昇孙洪鹤书，子孙三代写作的诗歌，都无法刻印出版。洪鹤书临终流泪托付给自己的学生朱文藻保存，希望不要流失。而今，洪昇本人的诗歌得以刻印传世，而他的子孙的诗歌早已经湮没无传了。

洪昇的后人中，以其女儿洪之则的名声最大。一则，她记载了洪昇对《牡丹亭》的珍贵评论；二则，她为著名的《吴吴山三妇合评牡丹亭》作跋。

洪昇出生时的苦难

洪昇出生于顺治二年（1645）七月初一日。顺治二年，是江南地区遭受浩劫的年代，清兵没有遭到有效抵抗，即渡江进入江南。于是洪昇出生时即历经坎坷：当时清兵南下，正好到达杭州，因畏惧清军烧杀掳掠，其母腹中怀着他，逃难于山中，寄居于一姓费的农妇家，过了一个多月才回家。洪昇有诗《燕京客舍生日怀母作》回忆其母告知他的当年惨况：

母氏怀妊值乱离，凤昔为余道其苦。（母亲怀着我的时候，正好是兵荒马乱百姓惨遭烧杀淫掠的凄苦之时，过去她为我讲述过当时的苦难。）

一夜荒山几度奔，哀猿乱啼月未午。（躲藏在荒山中，一夜数惊，几次奔逃，半夜只听到悲哀的猿猴乱叫，根本不能睡觉。）

鬼火青青照大旗，溪风飒飒喧金鼓。（因清军杀人极多，到处都闪耀着鬼火，夜色中的鬼火照出清军的大旗，山溪中的风声夹杂着清军战鼓的喧闹声。）

费家田妇留我居，破屋覆茅少完堵。（幸亏费家的农妇收留我们住下，但是茅草盖着的破屋，多面墙壁残破。）

板扉作床席作门，赤日黄云梁上吐。（用门板做床，用席子挂着做门，夏日酷暑难挡。）

是时生汝啼呱呱，欲衣无裳食无乳。（这时生下你这个婴儿，没有衣穿，没有奶吃，一味啼哭。）

乱余弥月还郡城，门卒持戈猛如虎。（战乱已有一月有余，回城时，清兵手持武器守着城门，像虎狼一样凶恶。）

见汝含笑思攫之，口不能言怆心腑。（看到你含笑可爱，竟然想要抢走你，我嘴上不敢出声，心中凄伤，痛彻心扉。）

褓襁中的洪昇遭到如此苦难，幸亏天佑大才，他总算安全回家。大约家里人马上奉上金银，清兵才放了他。身在清朝的洪昇将这个事件写到这里就戛然而止了。

清兵凶狠残暴的行径持续多年，抢人、劫财、占地、夺屋，无恶不作。百姓颠沛流离，困顿不堪。

洪昇的爱情与婚姻

洪昇幼时与外公黄机家关系亲密，他常常住在外公家，他的中表妹黄兰次是舅舅黄彦博的女儿。洪昇生于七月初一，黄兰次生于七月初二，两人生日相差一天。在外公家，他每日与兰次编荆游憩，青梅竹马，两小无猜，亲密无间。

顺治十四年（1657），十三岁的黄兰次随父去燕幽。他们两人从小亲密相处，习惯于每日相见、游玩、谈笑，所以这次黄兰次离乡北上，给洪昇带来极大的失落感。他心情沉闷，日夜盼望，等候她南归。

康熙二年（1663）冬，两人一别六年后，黄兰次终于从北京回来了。洪昇在第二年所作的《寄内》诗中说："去冬子南还，饥渴慰心期。"

他们的婚姻也是水到渠成。在黄兰次回来的第二年，康熙三年七月，洪昇与黄兰次缔结姻缘。两人结婚时，年龄正逢二十"初度"，又因两人生日仅隔一日，友人作《同生曲》相贺。

挚诚情缘

千古遗恨《长生殿》

WEN

HUA

ZHONG

GUO

婚后，七月初七日，洪昇作《七夕闺中作四首》，其中一首题为《七夕，时新婚后》：

> 忆昔同衾未有期，逢秋愁说渡河时。从今闺阁长携手，翻笑双星惯别离。

牛郎织女只有七月初七才能得到一年一度的相会，此外，他们星河遥隔，只能靠相思度日。在新婚甜蜜的日子里，两人回忆过去渴望成婚，但不知何时能够顺遂，每逢秋天就忧愁地谈论牛郎织女渡河相会的时刻之难得。我们从此长相守，不分离，携手度日，反过来笑论牛郎织女两颗星星竟然已经习惯于别离了。二人相恋多年，终于结成连理，其喜不自胜的心情，跃然纸上。

婚后，黄兰次按例归宁，洪昇即写《思内》诗，叙述饥渴思念之情。

洪昇与妻子伉俪情深，生活美满幸福。他作《闺中四时歌》说：

> 流苏帐启映红云，晓日微笼百草薰。唤着且须停彩笔，妆成眉黛欲劳君。

> 楚篁吴绡夏亦凉，谁言三伏罢红妆。青铜写出芙蓉影，仿佛帘栊处处香。

> 贪看鸳鸯不肯归，瑶天清露满罗衣。彩云一片如相识，昨夜相思梦里飞。

> 坐拥梅花醉不眠，楼头月出弄娇弦。画屏莫看银灯亮，黯处看人亦可怜。

他以一年四时都感到婚姻的幸福为题，描绘闺中长乐的情景，饱含着无限的深情。

洪昇一生坎坷，生活贫困，幸得妻子与他同舟共济、甘苦与共。

洪昇的人生道路

洪昇读书用功，又早慧，十五岁时开始作诗，列作者之林，经常与同邑文人交游。柴绍炳在《与洪昉思论诗书》中说他十五岁"便能鸣笔为诗。覃思作者古今得失，具有考镜"。

康熙七年（1668）春，他二十四岁，赴京，入国子监，肄业。

国子监是隋朝以后的中央官学，以前称为"太学"，为中国古代教育体系中的最高学府。北京国子监始建于元朝大德十年（1306），是我国元、明、清三代国家管理教育的最高行政机关和国家设立的最高学府。《清史稿·选举志》记载："世祖定鼎燕京，修葺明北监为太学。顺治元年，置祭酒、司业及监丞、博士、助教、学正、学录、典簿等官。设六堂为讲习之所，曰：率性、修道、诚心、正义、崇志、广业。一仍明旧。"可是洪昇的科举考试一直不顺，从未考中。

洪昇到北京一年多后，虽然裘马豪雄，但自伤不遇，心情抑郁。此后的几年中，他游历周围大名、长垣、滑县等地风景。康熙十年，到杭州，又游历严州、越中、开封。

这时他遭逢"天伦之变"，情怀怫郁，从此流寓困穷，备极坎壈。那时他的生母亡故，其父续娶钱氏，这位后母来到洪家后引起纠纷，造成家庭不和。自遭家难，洪昇只能与父母别居，贫困不堪，甚至断炊。

洪昇二十八岁时到大梁，本想觅得仕进机会，可是在彼地沦落无聊，意绪悲怆，经瓜州而还。

康熙十二年（1673），洪昇与严曾榘坐皋园，谈论开元天宝间史事，感李白之遭遇，作《沉香亭》传奇。这一年女儿之则出生。仲冬，因家难转剧，遂离乡赴京。

康熙十三年春，过扬州，经山东，到北京后，凄惶无所依，于是

挚诚情缘
千古遗恨
《长生殿》

WEN

HUA

ZHONG

GUO

以诗卷投拜李天馥。天馥大为赞赏，于是就馆于天馥家。两人讨论词赋，昼夜不辍。

李天馥，字湘北。此时他任吏部左侍郎。后官至内阁学士，充经筵讲习官，工部尚书，历刑、兵、吏诸部，康熙三十一年拜武英殿大学士。天馥在位时，留意人才，培养、提携了多位后学，皆为名臣。

天馥招宴宾客或出游，常携带洪昇。而洪昇情性脱略，为时俗所嫉，全赖天馥周护。重九共游城南庄，风物甚美，洪昇意气飞扬，浩然长啸，酒酣落帽，四座惊怪，而天馥独容疏狂。

次年三月，三藩之乱影响杭州。耿精忠从福建反，遣兵攻略江西、浙江州县。清兵入浙，双方都取道杭州，杭州大受掳掠，"鸡犬庐舍一空，妇女皆被淫污"。

洪昇因母家在杭，忧念深切，梦系魂绕。故次年暮春，离京返杭。秋又离杭赴京。秋末，洪昇父因事获罪，自远道至京，借居萧寺。洪昇前去看望，痛苦涕下。除夕，与父和仲弟洪昌共度，寒月照坐隅，欢娱暂忘愁。

次年秋，洪昌侍父南归，洪昇送至河浒，悲不自胜，作《送父》六首。李天馥将洪昇的诗作推荐给王士禛，王士禛也嗟赏有加。洪昇不久即投拜士禛为师，师生亲密无间，过从甚密。同年冬，洪昇取道大梁南返。

翌年春，与弟洪昌、妻女寓居武康，居近县学。同年夏秋，携家至京，全赖卖文为生。虽贫困潦倒，而傲岸如故。

康熙十八年冬，因父罹事远戍，后母也同戍，他徒跣号泣，白于王公大人。接着昼夜并行，仅用旬日余，奔归杭州，侍奉双亲北行。他驰走焦苦，面目黧黑，骨瘦如柴，心力交瘁。幸亏不久其父即遇赦免。

康熙十九年秋，吴舒凫自奉天来京，假寓洪昇居处，已而赴徐州。

两人论及《牡丹亭》。其女洪之则为《吴吴山三妇合评牡丹亭》所撰之跋，介绍了洪昇对《三妇合评》中陈氏、谈氏两女评语的赞赏，并转述了洪昇评论《牡丹亭》的重要观点。其全文为：

> 吴与予家为通门。吴山四叔，又父之执也。予故少小以叔事之，未尝避匿。忆六龄时，侨寄京华，四叔假舍焉。一日论《牡丹亭》剧，以陈、谈两夫人评语，引证禅理，举以大人，大人叹异不已。于时蒙稚无所解，惟以生晚不获见两夫人为恨。大人与四叔持论，每不能相下。予又闻论《牡丹亭》时，大人云："肯綮在死生之际。记中《惊梦》、《寻梦》、《诊祟》、《写真》、《悼殇》五折，自生而之死；《魄游》、《幽媾》、《欢挠》、《冥誓》、《回生》五折，自死而之生。其中搜抉灵根，掀翻情窟，能使赫蹄为大块，喻糜为造化，不律为真宰，撰精魂而通变之。"语未毕，四叔大叫叹绝。忽忽二十年，予已作未亡人。今大人归里，将于孤屿筑稗畦草堂，为吟啸之地。四叔故好西方《止观经》，亦将归吴山草堂，同钱夫人作庞老行迳。他时予或过夫人习静，重闻绪论，即许拈此剧参悟前因否也。因读三夫人合评，感而书其后。同里女侄洪之则识。

洪昇的女儿洪之则回忆六岁时听到父亲与四叔吴仪一谈论吴仪一的已故未婚妻陈同、亡妻谈则关于《牡丹亭》的评语，及他们两人的商榷与争论，记住了父亲洪昇对于《牡丹亭》的精彩评论。

这是一位戏剧大家对另一位戏剧大家的经典著作的经典性评论，而且此论作为日常谈论，因其幼女的记忆而留存至今，极为难能可贵。

康熙二十年冬，洪昇返杭省亲。翌年春初又北上，顺道游历开封后至京。

康熙二十二年（1683）二月，往游苏州，谒见江苏巡抚余国柱，以所获馈赠，娶妾邓氏。旋即北行。三月抵京。冬，往游开封。这年

047

挚诚情缘
千古遗恨
《长生殿》

WEN

HUA

ZHONG

GUO

洪昇三十九岁。由于余国柱的馈赠，他有了余钱，在苏州娶妾。邓氏善歌，会唱昆曲，这是洪昇选择她的重要原因。

康熙二十五年二月，洪昇返杭觐省。经济南，过维扬，三月到达杭州。夏至嘉兴，秋游衢州。

康熙二十六年正月，赴苏州，因离京后，家人留居北京，时得余国柱赡给，洪昇寄诗致谢。夏至江阴，寓居知县陆次云官署，多与当地文人唱和。

康熙二十七年正月，自江阴赴京，沿途过武进、江宁、高邮，并与友人、文人游览啸吟。

此年改《舞霓裳》为《长生殿》，曲成，传唱颇广。查为仁在《莲坡诗话》中说："（洪昉思）作《长生殿》传奇，尽删太真秽事，深得风人之旨。一时朱门绮席，酒社歌楼，非此曲不奏，缠头为之增值。"（卷下）

当时，洪昇的《长生殿》和李玉的《千钟禄》流行剧坛，极得观众喜爱，以当时观众喜听甚或传唱的"收拾起山河大地一担装"（《千钟禄》中的名句）和"不提防余年值乱离"（《长生殿》中的警句，为李龟年流落江南时所唱弹词的首句），即"家家收拾起，户户不提防"，形容两剧的流行已达到家喻户晓的程度。这也印证了查为仁的记载。

洪昇的诗歌创作颇有成就，是当时颇有声名的诗人，他的《长生殿》更是经典名剧，可见他是大才。但为什么他一生也没有考中科举呢？这大概是因为八股文考试需要很强的逻辑思维，而诗歌和戏曲的创作主要依赖形象思维。这是两种不同的思维方式。如此看来，洪昇的形象思维极强，而逻辑思维的训练不足。与他同时的蒲松龄、孔尚任也没有通过科举考试进入仕途。

康熙二十八年，洪昇已经四十五岁，在京多年，穷愁无计。虽有人向康熙荐举洪昇，但都没有效果。

八月，洪昇招伶人在宅中演《长生殿》，都下名士观看者众多。但因其时尚为佟皇后忌日，洪昇因此而遭斥革，仕途之路中断。他折戟沉沙，黯然南归。

二、洪昇的诗歌创作

洪昇早在少年时即能"鸣笔为诗"，是康熙年间的著名诗人，有诗集《啸月楼集》、《稗畦集》、《稗畦续集》，还有一些零星的诗歌未及编入集中。现有《洪昇集》，收入他现存的全部诗歌、其他创作和评论等。

洪昇的诗作，得到当时众多名家的首肯，如：

当时的文坛领袖、著名诗人、洪昇之师王士祯《香祖笔记》卷九载："洪昇，予门人，以诗有名京师。"

沈德潜《国朝诗别裁集》（现称《清诗别裁集》）卷十六载："其诗疏淡成家。"

厉鹗《东城杂记》卷下《洪稗畦》载："所著《稗畦诗集》，清整有大历间风格。"

金埴《不下带编杂缀兼诗话》卷七载："西河（毛奇龄）尝评昉思五字律，酷似唐人，其气韵神味，格意思旨，雅似极平……"

袁枚《随园诗话》卷一载："钱塘洪昉思，相国黄机之女孙婿也。人但知其《长生》曲本，与《牡丹亭》并传，而不知其诗才在汤若士（汤显祖）之上。""《送高江村宫詹入都》五排一百韵，沉郁顿挫，逼真少陵（杜甫）"，"为王贞女作《金镮曲》……其事其诗，俱足千古"。

袁枚是乾隆时期的文坛领袖、著名诗人兼诗论家，他的名著《随园诗话》对洪昇诗歌的评价很高，甚至认为其诗才在汤显祖之上，非

049

挚诚情缘
千古遗恨
《长生殿》

WEN

HUA

ZHONG

GUO

常难得。

《钱塘县志·文苑·洪昇传》载："尤工乐府。宫商五音，不差唇吻。旗亭画壁间，时闻双鬟讴颂之。以故儿童妇女莫不知有洪先生者。"《杭州府志》、《清史列传》本传，均有相似记载。

洪昇的诗歌内容丰富，其中有多首诗记述他的爱情生活。例如《七夕闺中作四首》、《闺中四时歌》等，描写洪昇夫妇朝夕相处的甜蜜；《思内》、《寄内三首》等则抒发了离别时的相思之情。

洪昇的诗集中颇多登临凭吊之作，感慨遥深。

他的《将去大梁》诗说："迢迢二千里，去哭信陵君。"凭吊古人，完全投入自己的感情，性情激动。

《九里山》凭吊项羽最后覆灭的古战场：

> 瘦马嘶风白日长，剑花溅泪落寒光。一天积雪三更月，独立重瞳古战场。（按：此诗作于康熙八年赴京途中。）

《易水》凭吊试图刺杀秦始皇的荆轲和高渐离：

> 独马寒嘶易水风，酒酣击筑吊英雄。千年匕首飞何处，日黑长天挂白虹。（按：此诗作于康熙八年赴京途中。）

最后一句写景，非同平常，黑色的太阳、灰暗的天空和白色的长虹，三种色彩交织成一幅凄惨的画面，营造出"风萧萧兮易水寒，壮士一去兮不复返"的悲凉意境。

《北游天雄》（按：天雄，河北省大名县）描写江南才子来到北国的豪迈心情：

> 短剑轻裘别故乡，黄河北去是黎阳。马头但饮三杯酒，踏尽秋原万里霜。（按：此诗作于康熙九年赴京途中。）

此诗写出诗人的意气高扬和豪放胸怀，显示出他刚到北方时对前途充满憧憬的心情。

他的写景诗歌颇具豪放色彩，如《渡扬子江》：

潮落鼋鼍昨夜雷，秋风遥逐片帆开。长江不限天南北，白月黄云万里来。

首句以雷声比喻长江水声的激越响亮，第二句与李白的名句"孤帆远影碧空尽"的景色相同而表现各异，写的都是长江的线状风景。三、四句一反长江是"天堑"的成见，将祖国南北天空连成浑然一片的无限空间。全诗气势雄壮。

他选择性地描写目睹的新鲜人物，如北方满族习武少女的飒爽英姿和袅娜风采，作《燕姬》诗：

燕姬跃马过长楸，遗却珊瑚不掉头。花里弯弓舒玉臂，双雕云外落金沟。

楸，落叶乔木，树干挺直，夏季开花，常作为行道树和观赏树。故而此诗首两句说满族少女飞马跃过一长排高大的楸树，身上佩戴的珊瑚饰物遗落在地，却头也不回地奔驰而去。

洪昇抒写的友谊、赠别和怀念亲友之作，语浅情深。如《闻王阮亭先生游西山诗以讯之》：

西峰最幽绝，雨后白云闲。流水鸟声外，夕阳松影间。高吟卧佛寺，独上卢师山。莫以温经故，不携同往还。

王士禛是洪昇最尊敬、最亲密的恩师，此诗写出他们亲密无间的师生之情，及诗人热爱祖国大好河山和京城美景的深厚感情。

另如《送吴舒凫之徐州》：

落日彭城去，孤云芒砀来。新蛇元故道，戏马只荒台。怀古成何事，依人亦可哀。烦君问屠钓，丰沛几雄才？

吴舒凫是洪昇的亲戚兼最亲密的知心朋友，集中有多首诗歌表达他们的友谊和感情。他们具有共通的艺术观，所以《长生殿》的最早版本即是吴舒凫评本。此诗表达了他们两人共同的历史观和现实观：他们向往西汉盛世，表达了对西汉盛世的创造者——刘邦领导集团的

挚诚情缘
千古遗恨
《长生殿》

WEN

HUA

ZHONG

GUO

亲切缅怀，心中暗藏着对当今缺乏雄才，无人能够抵御满清铁蹄蹂躏的无限痛苦和惆怅。

再如《赠孙豹人》：

> 少年好游侠，老去乐樵渔。渭水归无计，江都有寓居。门前停白舫，渡口发红蕖。好倩弹筝手，银刀且脍鱼。

此诗作于康熙十八年，洪昇在京期间。诗人写出了众多英才，少小壮志凌云、正义热肠，老来心境平静、波澜不惊，以悠闲打发晚年的规律性的人生历程，表达了自己对人生的理解与感悟。

孙枝蔚（字豹人）在其《溉堂后集》卷二中有诗《元夕早寝，施尚白使君、王诒上侍读，同梅耦长、吴天章、洪昉思诸子过访，颇见怪讶，且拉之作踏歌之游，灯火萧然，败兴而返，因成二绝》：

> 也识金吾弛禁时，关门早卧自相宜。老夫要作还山梦，此夜何心卜茧丝。

> 踏歌朝士最能文，鸥鹭鸳鸯许作群。不见开元诸子弟，方知战伐久纷纭。

《清史稿·文苑》载："孙枝蔚，字豹人，三原人。少遭闯贼乱，结邑里少年击贼，堕坎垎，幸不死。乃走江都，习贾，屡致千金，辄散之。既乃折节读书。僦居董相祠，高不见之节。王士禛官扬州，以诗先，遂定交，称莫逆焉。时左赞善徐乾学方激扬士类，才俊满门，枝蔚弗屑也。以布衣举鸿博，自陈衰老，乞还山。遂不应试，授内阁中书。著《溉堂集》。诗词多激壮之音，称其高节。"《今世说》卷三载："孙豹人应召入都，初以老病辞，不许。既将还籍，复有年老授衔之命。吏部集验于庭，孙独卧不往。旋受敦促，乃徐入逶巡。主爵者望见其须眉俱白，引之使前，曰：君老矣。孙直对曰：未也。我年四十即若此。且我前以老求免试，公必以为壮。今我不欲以老得官，公又以为老，何也？众皆目笑其愚，孙固自若。"

可知孙豹人此人年轻时慷慨英豪，有救世爱国的热肠，并敢于出手。年老后，面对清廷的威逼利诱，誓不出仕，气节高尚。其诗"不见开元诸子弟，方知战伐久纷纭"，暗示对清军在东北叛乱后入关，驰骋中原的极度痛恨，认为他们与安禄山之徒是一丘之貉。他一再推辞征召，要回陕西故籍，不能遂意，所以洪昇诗中有"渭水归无计"之句，歌颂他坚决不与蹂躏汉族、犯下滔天罪行的满清统治者合作，视富贵如浮云，"老去乐樵渔"的崇高思想境界。

又如《同高巽亭游法相寺》：

深山黄叶寺，风物爽高秋。鹿卧松云静，人行竹日幽。观空机事息，阅世法身留。欲识忘言处，清泉石罅流。

高舆，字巽亭，高士奇子，钱塘人。康熙三十九年进士，官编修。著有《谷兰斋集》。法相寺，在杭州南高峰下，旧名长耳院。此诗尊重和理解佛家甘居深山幽境，看透宇宙人生空无的高远心境。

洪昇的学识当然是儒道佛三家的结合，因此他对看不透世事、不懂宇宙真理的人事，深感遗憾。例如对元四家之一的王蒙（字叔明），他作诗《黄鹤山追悼王叔明处士》说：

黄鹤远峰巅，寒空落日圆。野麇秋卧草，沙雁夕横天。缯缴身难避，庖厨命已悬。山樵栖隐处，追想一凄然。

王蒙是元代大画家，名列"元四家"。入明后热心仕途，结果落入朱元璋毒手而惨死，洪昇对此大发感慨。

而《王孙歌》长诗是洪昇到北京后，看到明朝王孙沦落的惨状，极写明朝的王孙公子在承平时期不思进取，依靠朝廷的厚赐，过着豪华奢侈、游手好闲的优越生活，明朝灭亡后，无人供养他们，最后落得："须臾故国生荒草，坟第朱门宾客少"。"渔樵满地听悲笳，回首孤城乱晚鸦。愁杀东风日暮起，杨花飞尽落谁家。"

此类"废物"一生无所事事，在极度享乐中打发岁月，作践社会

挚诚情缘
千古遗恨
《长生殿》

WEN

HUA

ZHONG

GUO

和自然万物，"君子之泽，五世而斩"，都属活该。从他们身上反映出来的明王朝的盛衰之状，令洪昇感慨万分。

另有嘉定（当时属江苏，今属上海）女子王秀文，因婚事而啮金镮自杀。尤侗《西堂杂俎二集》卷六《王贞女传略》记载：王秀文，嘉定王文学之女，少孤。同邑少年项準，读书用功，早慧有才。项準母亲在亲戚家见到秀文，很喜欢，于是两家约为婚姻。过了几年，项家日益败落，项準科举考试不中，秀文母自悔婚约，要将女儿许配给别人。秀文反对，未果，就摘金耳镮咽下自杀。七天里，昏厥几次。在她死去活来之际，正巧有人拿着奇药而来，家里人就撬开她的牙齿，将药灌下去，吐出金镮后，秀文才苏醒了。秀文的堂兄同情她的遭遇，在康熙六年（1666）促成了她与项準的婚事。洪昇听说这个故事后，非常感动，特作《金镮曲为项家妇作》，歌颂这位少女反抗嫌贫爱富的世俗之见，坚守忠贞爱情的品格。

> 王家有女字秀文，少小绰约兰蕙芬。项郎名族学诗礼，金镮为聘结婚姻。十余年来人事变，富儿那必归贫贱。一朝别字豪贵家，三日悲啼泪如霰。手摘金镮自吞食，将死未死救不得。柔肠九曲断还续，卧地只存微气息。讵料国工赐灵药，吐出金镮定魂魄。至性由来动彼苍，一夜银河驾乌鹊。嗟哉此女贞且贤，项郎对之悲复怜。朝来笑倚镜台立，代系金镮云鬓边。

洪昇被开除出国子监、逐出北京后，也有诗歌抒发自己的身世。例如康熙三十五年，他应江苏巡抚宋牧仲的邀请，去苏州游玩。在游览沧浪亭时作长诗一首，诗人说："饮食小过误一失，终身沦弃吴江边。""古今世道共一辙，放歌且和沧浪篇。"

沧浪亭是宋代著名诗人苏舜卿归隐苏州后修建的。苏舜卿在主管进奏院时照例卖拆封废纸宴客，被怨家诬告而削职为民，赴宴的众多名士皆受株连。而洪昇因在国忌日宴请众多名士观赏《长生殿》也被

怨家密奏，连累赵执信、查慎行等著名诗人。这两件事的情景十分相似，北宋进奏院事件，是王拱辰、李定等人反对杜衍、范仲淹等革新派的一个政治行为。《长生殿》事件也与康熙年间的党争有关。

洪昇反感满清蹂躏中原的恶行，然而面对清朝政权已经稳固的形势和清廷对汉文化尊重和热爱的状况，他只能正视现实，努力摆脱民族心结，发愤读书，以求仕途，试图为民族、百姓和天下大治做出贡献。可是藏在胸中的民族兴亡郁勃之气不能全掩，在《长生殿》中还是隐含着对民族蒙难遭辱的愤慨，不想这被康熙识破和察觉，从而被革去功名，逐出北京。洪昇在国子监苦学，在北京挣扎多年，却落得这般下场，这是一种怎样的无可奈何啊！此诗即道出了他这种曲折幽微的郁勃心境。

洪昇也擅长词、散曲、散文的创作。洪昇诗歌、词曲和散文的创作成就虽然不能与《长生殿》相比，但是这种写作能力的培养和锻炼，无疑对《长生殿》的创作都很有益处。

诗、词、曲是一脉相承的，戏曲剧本中的曲辞也是一种诗歌形式。所以《长生殿》中的曲辞也是杰出的诗歌。除《长生殿》外，洪昇的戏曲作品还有《四婵娟》杂剧，以抄本形式留存。这部作品继承了徐渭《四声猿》的短剧连缀的形式和进步的妇女观。全剧歌颂了四位杰出的女性。第一折《谢道韫》，描写东晋名臣谢安的侄女谢道韫，嫁于书法宗师王羲之的次子王凝之为妻。剧本描写她的诗才超过众多堂兄弟。第二折《卫茂漪》描写著名的书法家卫夫人，令大书法家王羲之折服。第三折《李易安》记叙李清照与丈夫赵明诚的对话，赞美"恩深爱广，美满风光"的婚姻生活，同情西施、蔡琰、王嫱等红颜薄命的不幸女性。第四折《管仲姬》歌颂赵孟頫和管仲姬夫妇以书画自娱，在湖光山色中徜徉的潇洒人生，反映自己功名未遂，犹可知音夫妻同欢共乐，游览山水，以诗文创作寄情抒怀的高雅人生境界。"夫人，我

WEN

HUA

ZHONG

GUO

和你呵，惟则愿天长地久，做一对效比目碧波鱼，结连枝绿池藕。""休辜负绿水碧山青，清风明月好，翠竹黄花瘦。""共登临，将烟景收，扩胸怀纵目凝眸。天阔云悠，涧落溪流。一片山含今古愁，前人世界后人收。"真是思悠悠，心藏千岁万古愁；乐悠悠，天阔水长寄忧愁。

三、洪昇最后的岁月

洪昇因《长生殿》而遭革籍后，即回到故乡钱唐，度过了他最后的十四年岁月。

《长生殿》事发后，他的朋友多次劝他回家乡杭州。可是他感到"家难"还未了结，深恐为父母所不容，故而一再拖延。而留在京中，又饱受白眼揶揄。势已不可再留，于是决计归杭。

康熙三十年（1691）春，他出京南归，眷属仍暂留北京。但其眷属在北京的生计也很艰难，甚至有冻馁之忧。所以这年秋天，洪昇又赴京，将眷属接回。

洪昇回到杭州后，生活更加潦倒。幸亏有友谊支撑着他，他经常与友人相聚、饮酒、游历。

就在洪昇回杭前一年的年底，吴舒凫也返回钱塘吴山草堂，他实际只比洪昇早回来不到三个月。他们两人得以在晚年长期团聚。吴舒凫开始为《长生殿》作评。

此外，洪昇与忘年交金埴也甚为亲密。洪昇将自己的《长生殿》稿本给他阅读，两人饮酒共歌。金埴的《不下带编杂缀兼诗话》中曾记载了他的一番知心话："吾微名颇早，而凋谢或迟。中年拘家难出奔，所至颠踬，有咏燕句云：'衔泥劳远出，觅食耐寒飞，绣幕终多思，华堂讵可依？'自谓此中有一洪昉思在焉，呼之欲出。"

康熙三十一年，洪昇四十八岁，其妾邓氏生子之益。康熙三十二年，他的长子之震成婚。这一年，他收门生王锡等十二人。

康熙三十二年秋冬间，洪昇去合肥拜访李天馥，过苏州时，有诗题唐寅墓。回家后，于孤山筑稗畦草堂。

康熙三十三年，家难宁息，洪昇的生活稍得安便。《长生殿》上卷开始刻印，由门人汪熷作序。不久毛奇龄来杭治病，洪昇与他相见，请他为《长生殿》作序。

此年冬，吴舒凫在《吴吴山三妇合评牡丹亭》刻印之后，主持刻印《长生殿》上卷，并于康熙三十九年前刻成。

康熙三十四年春，出游江宁（今南京）。秋，赵执信游粤东，途经钱唐，洪昇与他会晤。第二年暮春，赵执信自广东回来，重经钱塘，与洪昇和吴仪一相约，遍游西湖各处名胜古迹，并作《答洪昉思吴舒凫诗》。

此年春，刘廷玑因公来杭，旋即返任所，洪昇与他同舟而行，送至富阳而别。

康熙三十六年秋，洪昇出游苏州，江苏巡抚宋荦主持，苏州的曲友在虎丘演唱《长生殿》，"倾城倚画楼"，"画舫灯万点"，"水陆观者如蚁"。（王锡《啸竹堂集·闻吴门演〈长生殿〉传奇，一时称盛，不得往游与观而作，并小序》）特邀洪昇前来观看。戏演完后，洪昇请年已八十的著名诗人、戏曲家尤侗为《长生殿》作序。

康熙三十九年五月，与徐逢吉、陈煜、沈用济三友同泛西湖，在断桥遇毛际可，一起欢饮。

《长生殿》上卷刻成后，下卷正要刻印时，吴舒凫的母亲病逝，他居丧守制，《长生殿》下卷的刻印只能暂缓。

康熙四十年，金埴因丧偶离杭。同年回杭后，与洪昇为邻，经常同游宋之旧苑东园。金埴《巾箱说》载："往予杭州寄亭，去昉思居咫

挚诚情缘

千古遗恨
《长生殿》

WEN

HUA

ZHONG

GUO

尺，每风动春朝，月明秋夜，未尝不彼此相过，偕步于东园。游鱼水曲，欲去还留；啼鸟花间，将行且伫，昉思则向予诵'明朝未必春风在，更为梨花立少时'之句，且曰：'吾侪可弗及时行乐耶？'迨甲申春杪，昉思别予游云间、白门，甫两月而讣至。所诵二句，竟成其谶。至今追思，为之怅叹。"

立夏前一日，洪昇与友人毛奇龄、朱襄等二十三人，集城东药园送春，分韵赋诗。又宴集吴焯瓶花斋，作诗；又与吴焯等暮泛西湖。与毛奇龄、朱襄、陈清鉴等宴集乌石山房，分韵赋诗。

也有友人来杭相聚：姜实节来游杭州，洪昇与毛奇龄为他填词，约歌者，却未至。朱彝尊来杭，洪昇以诗相赠。

秋，应王泽弘之邀，往游江宁。冬末自江宁返程，途中在苏州度岁。

康熙四十一年，自苏州归后，请朱彝尊作《长生殿》序，朱彝尊又作《题洪上舍传奇》一诗。夏，游江宁，向王廷谟出示《长生殿》，廷谟大为赞赏，为之作序。夏秋间，在江宁卧病两月有余。冬，返自江宁，有诗赠杭州北郭妓女吕氏，孙凤仪有诗相和。金埴作《洪昉思归金陵》诗。

康熙四十二年春，与孙凤仪同去皋亭观赏桃花。孙凤仪召集伶工于吴山演《长生殿》，洪昇作诗与凤仪唱和。

洪昇撰《四婵娟》杂剧。腊月，曹寅寄来他所作的《太平乐事》杂剧，洪昇为此剧作序。又为吕熊《女仙外史》作评。

此年初夏，《长生殿》下卷开始刻印。《尺牍友声集》卷四载，王丹麓给张潮信中说："《长生殿》下卷，虽已动刻，还未知何日成书？"其实，下卷刻成是第二年洪昇去世之后的事了。

康熙四十三年，"春末，应江南提督张云翼之聘，往游松江。云翼延为上客，开长筵，盛集宾客，为演《长生殿》。曹寅闻之，亦迎致昉

思于江宁，集南北名流为胜会，独让昉思居上座，以演《长生殿》剧。每优人演出一折，昉思与曹寅即雠对其本以合节奏，凡三昼夜始毕，一时传为盛事。"

自江宁归，洪昇路过浙江乌镇时，正值六月初一。酒后登舟，不幸堕水而亡。

曹寅，就是《红楼梦》作者曹雪芹的祖父，时任江宁织造，是康熙皇帝面前的宠臣。曹寅把洪昇延为座上宾，洪昇自然高兴。他很久没有受到这样的重视了，尤其是官方的青睐，他似乎看到了未来光明的前程。演出后，曹寅又赠与他很多钱，他踌躇满志，乘船回家。途经乌镇的时候，朋友相邀饮酒，直至酒酣才散。那时已经是晚上，或许是太兴奋了，他才喝了那么多的酒，在上船的时候，一个踉跄，坠落水中。当时天黑风大，人们竟没能将他救起，一代文曲星就这样黯然离世了。

洪昇逝世后，王士禛、金埴、徐逢吉、吴陈琰、戴熙、景星杓、王蓍、郑景会等皆有挽诗或追悼文章。其中金埴的诔文得到毛奇龄的称赏。

据当地传说：洪昇落水而亡的消息迅速传开后，洪昇的家人、朋友，以及演唱过《长生殿》的戏班子中的演员，纷纷汇集于乌镇，前来悼念这位杰出的艺术家。当时的交通工具主要是船只，一时乌镇河道阻塞，水泄不通。这些人吊唁完之后并没有离去，而是聚而不散。在这种情况下，曹寅倍感压力，毕竟是他邀请洪昇去南京而酿成了这场悲剧。如果没有他的邀请，当时的文艺界或许就不会失去洪昇这位大戏剧家了，或许洪昇还会写出更为动人心魄的杰作。为了平复洪昇家人、亲戚朋友和演员的悲伤心绪，曹寅只好在乌镇水边搭起了高楼，邀请大江南北的文人前来撰写诗文纪念洪昇。曹寅又划出千亩土地，将各地名流撰写的诗文镌刻成碑文陈列起来。曹寅还邀请当时的专家

挚诚情缘

千古遗恨
《长生殿》

WEN

HUA

ZHONG

GUO

学者，对原《长生殿》剧本进行重行修订并再版。在众多悼念洪昇的诗词中，时人金埴的诔文让人感触最深："陆海潘江，落文星于水府；风魂雪魄，赴曲宴于晶宫。"洪昇确实与西晋大文豪陆机、潘岳一样，才华如大海长江，可他一生漂泊无定，其遇难实在让人痛惜。

问题还不是如此简单，袁枚《随园诗话》卷一竟然记载他为救仆人，落水而死：

> 钱塘洪昉思昇……性格落拓不羁。晚年渡江，老仆堕水；先生醉矣，提灯救之，遂与俱死。

说他渡江而死，当为传闻之误。但说他为救老仆而死，倒是"独家新闻"，当今研究家皆未采信。我认为这种说法也是有可能发生的，可惜袁枚未明言根据何在。

令人十分惊奇的是，洪昇的死日恰为杨贵妃生日，也是唐明皇在长生殿命梨园小部演奏《荔枝香》新曲之日。

洪昇的生日与其妻黄氏只差一天，当时的亲友、诗人皆热情庆贺他与其妻有奇缘，并为之作《同生记》。而洪昇的死日又恰为杨贵妃的生日，当时诗人、学者皆以为洪昇与杨贵妃亦有着千古奇缘。故而王蓍《挽洪昉思》诗说：

> 《长生殿》角熏风暖，小部歌声乳燕娇。此日沦亡君莫恨，太真生共可怜宵。

四、洪昇的交游

洪昇作为一代文豪，他的交游很广，朋友非常多，而且，他所结交的都是学问渊深、才华过人的文人，有不少是著名诗人和戏曲家。洪昇的友人对他的诗歌、戏曲创作也有不少启示和帮助。

洪昇的师长

在洪昇的老师中，有善写骈体文的陆繁弨，有精通音律的毛先舒，后来他又拜当时的文坛领袖、大诗人王士禛为师，又向著名诗人施闰章学习诗法。著名的戏曲作家袁于令、浙西派著名词人朱彝尊，以及经学家兼文学家毛奇龄等人都曾和他交游往来。洪昇本是一个极有才华的人，在与这些文学界优秀人物的交游中，洪昇的天赋也得到了很好的发展。而精通词曲音律的师友如沈谦、毛先舒、袁于令等人，更使他在词曲音乐方面大受裨益，为他在戏曲创作上大显身手创造了条件。

毛先舒（1620～1688），原名骙，字驰黄，后改名先舒，字稚黄，仁和（今浙江杭州）人，明末清初文学家，西泠十子之一。明末诸生。自幼聪慧过人，六岁能辨四声，八岁能咏诗，十岁能作文，十八岁刻印《白榆堂诗》，从事音韵学研究，也能诗文，其诗音节浏亮，音律规整，有建安七子余风。作词喜用"瘦"字，名句有《玉楼春·闺晚》"月明背着陡然警，我信我真如影瘦"；《踏莎行·书来》"空闺寂寂念相闻，书来默淡知伊瘦"；《临江山·写意》"鹤背山腰同一瘦，且看若个诗仙"，被沈东江嘲为"毛三瘦"。毛先舒与毛奇龄、毛际可齐名，时称"浙中三毛，文中三豪"。入清，不求仕进。从事戏曲音韵学研究，著述宏富，有《东苑文钞》二卷、《东苑诗钞》一卷、《思古堂集》四卷、《诗辨坻》、《南曲正韵》等约二十种传世。戏曲家洪昇少年时曾受业于他。

洪昇作诗的老师中最重要的是王士禛。

王士禛（1634～1711），因避雍正讳，改名士正。乾隆赐名士祯。字子真、贻上，号阮亭，又号渔洋山人，人称王渔洋，谥文简。新城（今山东桓台县）人，清初杰出诗人、学者、文学家。博学好古，能鉴

挚诚情缘

千古遗恨
《长生殿》

WEN

HUA

ZHONG

GUO

别书、画、鼎彝之属，精金石篆刻，诗为一代宗匠。书法高秀似晋人。康熙时继钱谦益而主盟诗坛。论诗倡神韵说。早年诗作清丽澄淡，中年以后转为苍劲。擅长各体，尤工七绝。

顺治十五年（1658 年）中进士，文名渐著，二十三岁时游历济南，邀请当地名士，集会于大明湖水面亭上，即景赋《秋柳》诗四首，轰动诗坛，大江南北一时和者甚多，连顾炎武这样的大家也有和诗。他在清初破除晚明七子和竟陵派诗歌的模拟、肤廓、纤仄诗风，"以清新俊逸之才，范水模山，批风抹月，倡天下以'不著一字，尽得风流'之说，天下遂翕然应之"（《四库全书总目提要》），开一代诗风。他写景的诗文尤其为人称道，所作小令中的"绿杨城郭是扬州"一句画龙点睛，神韵悠扬，被当时许多名画家作为画题入画。他因《卜算子·记梦》"梦里江南绿"、《桃源忆故人·金钗涧上》"春水平帆绿"、《南乡子·送别》"新妇矶头烟水绿"，被誉为"三绿词人"。更因和李清照名作的名句"郎似桐花，妾似桐花凤"而被称为"王桐花"。

王士禛官至刑部尚书，官位高，声誉大。他作为清初文坛公认的盟主，热情提携、指导后辈。他对戏曲小说的评价极高，认为《水浒传》之类的"野史传奇"式小说"往往存三代之直，反胜秽史曲笔者倍蓰"（王士禛《香祖笔记》卷十）。甚至认为："元曲之本色当行者不必论，近如徐文长《渔阳三弄》、《木兰从军》，沈君庸之《霸亭秋》，梅村先生之《通天台》，尤悔庵之《黑白卫》、《李白登科》，激昂慷慨，可使风云变色，自是天地间一种至文，不敢以小道目之。"（《古夫子亭杂录》卷四）清初三位成就最高的戏曲、小说家——洪昇、孔尚任和蒲松龄都得到他的热忱关怀、指点和帮助。洪昇对这位老师极其信任，自己所遭受的"家难"也向他倾诉。

在洪昇的交游中，提携和给过他重大帮助的前辈还有李天馥，上文已经做了介绍，此处不赘。

洪昇的密友吴仪一

洪昇终身的密友是吴仪一（1647～?），别名吴人，字舒凫，又字吴山。据乾隆《杭州府志》卷九十四载："吴仪一，字璨符，亦字抒（按：应作'舒'）凫，钱塘人。所居名吴山草堂。髫年入太学，名满都下。经史子集，一览成诵。奉天府丞姜希辙重其才，延至幕中。遍历边塞，诗文益工。尤长于词，陈检讨维崧推其词为天下第一，王士禛亦推重之。"为西泠三子之一，著有《梦园别录》等。顺治十九年，吴仪一十八岁时赴北京国子监肄业，洪昇赠以狐裘，并作诗《吴璨符北征，赋此赠别》。

他又是著名的戏剧评论家，洪昇在《长生殿例言》中说，吴吴山曾经为自己早年所作的剧本《闹高唐》、《孝节坊》做过评点。洪昇《长生殿》的稗畦草堂原刻本即有他给全剧所作的评批，并由他作序，故此书又署"吴人舒凫论文"，洪昇认为他的评批"发予意所涵蕴者实多"，予以充分的肯定。《长生殿》行世后，因为篇幅过长，演出不便，于是便有人出来妄加节改。吴吴山对这种做法非常不满，于是便仿效冯梦龙改订戏曲的方法，将原本为五十出的《长生殿》更定为二十八出。洪昇认为这样的删改"确当不易"，提议优人"取简便当觅吴本教习"。吴人的未婚妻陈同（字次令）、亡妻谈则和续妻钱宜都喜欢《牡丹亭》，且都做过评论，吴人刻印并作序跋的《吴吴山三妇合评牡丹亭》成为最有名、成就最高的戏曲评论著作之一。而洪昇对《牡丹亭》的精辟评论也赖此书得以流传至今。

《长生殿》全靠吴仪一的力量才得以刻印问世。他主持刻印《长生殿》，上卷于洪昇生前刻成，下卷则于洪昇死后印出，且全剧都有他精彩、详尽的评论。吴仪一不愧是洪昇生死不渝的密友。

洪昇的忘年交

洪昇才华杰出，见识高远，同辈中极少有人可与他相比。他恃才傲物，又兼明末清初人才辈出，所以他结交的朋友中很多都是比他年龄大好多的名家，所以忘年交众多。另有一些年龄比他小好多的青年才俊，与他交好，也结成忘年交。

洪昇的忘年交中，比他年龄大的，著名的有尤侗和毛奇龄：尤侗比他大二十七岁，毛奇龄比他大二十二岁。比他年龄小的有金埴和赵执信：金埴比他小十八岁，赵执信比他小十七岁。

尤侗（1618～1704），字展成，一字同人，号悔庵，晚号良斋、西堂老人等，长洲（今江苏省苏州市）人。明末清初著名诗人、戏曲家。少补诸生，以贡谒选。除永平推官，守法不阿。

尤侗清初时任直隶永平府推官，吏治精明，仗势违法者无不逮治处置。他不畏强暴，后因鞭挞旗丁，降级回乡。康熙十八年（1679），年已六十二，试鸿博列二等，授检讨，参与修《明史》，分撰列传三百余篇、《艺文志》五卷。康熙二十二年告老归家。顺治誉为"真才子"，康熙誉为"老名士"。四十二年康熙南巡，晋为侍讲，享年八十七岁。尤侗有兄弟七人，甚友爱，白首如垂髫。

尤侗天才富赡，文名早著，才情敏捷，诗多新警之思，杂以谐谑，体物言情，精切流丽。"著书之多，同时毛奇龄外，甚罕其匹"，有《西堂全集》和《余集》。曾以《怎当他临去秋波那一转》制义（八股文）以及《读离骚》乐府流传禁中，受顺治帝赏识。精通南北曲，以一腔忧愤创作了许多剧本，有杂剧《读离骚》、《吊琵琶》、《桃花源》、《黑白卫》、《清平调》五种，及传奇《钧天乐》。

尤侗喜汲引才隽，性宽和，与物无忤。《长生殿》卷首有尤侗序，是他八十岁时作于其苏州所居之亦园，非常赞赏洪昇"放浪西湖之上"

的"狂态"。

毛奇龄（1623～1716），清初经学家、文学家。原名甡，又名初晴，字大可，萧山城厢镇（今属浙江杭州萧山区）人。以郡望西河，学者称"西河先生"。与兄毛万龄并称为"江东二毛"。

毛奇龄四岁识字，由其母口授《大学》，即能朗朗成诵。少时聪颖过人，以诗名扬乡里，十三岁应童子试，名列第一，被称为"神童"。当时主考官陈子龙见他年幼，开玩笑说："黄毛未退，亦来应试？"毛奇龄应声而答："鹄飞有待，此振先声。"众人皆惊。明亡，哭于学宫三日。后参与南明鲁王军事，意图抗清，鲁王败后，化名王彦，亡命江湖十余年。清兵南下后，他与二三文友避兵于县之南乡深山，筑土室读书。

毛奇龄生性倔强而恃才傲物，曾谓："元明以来无学人，学人之绝于斯三百年矣。"言词激烈，得罪人甚多，因此几度遭仇家罗织罪名予以诬陷。后辗转江淮，遍历河南、湖北、江西等地。友人爱其才华，集资向国子监为他捐得廪监生。康熙十八年（1679）举博学鸿儒科，授翰林院检讨、国史馆纂修等职，参与纂修《明史》。康熙二十六年（1687）因两膝肿胀，关节僵硬，辞职归隐，居杭州竹竿巷兄长万龄家，专心著述。治经史及音韵学，著述极富，其《西河合集》多达四百九十三卷。也善诗词，声名甚著。曾有琉球使者过杭州拜访他，并觅买其诗集。从学者甚多，著名的弟子有李塨、邵廷采等。毛奇龄七十岁时，即自撰墓志铭，声称亡故后"不冠、不履，不易衣服，不接受吊客"。康熙五十五年以九十四岁高龄病逝于家。

毛奇龄也是著名戏曲研究家，其《毛西河评西厢记》是《西厢记》的著名研究评论本。

金埴（1663～1740），字苑荪，浙江山阴（今浙江绍兴县）人。其先祖是明代的官僚大族。父亲金煜，顺治十年进士，授职山东郯县知

挚诚情缘

千古遗恨
《长生殿》

WEN

HUA

ZHONG

GUO

县，康熙九年（1670）罢官。金埴是屡试不第的秀才，长期随父在山东生活，以教馆当幕僚为生，晚年失业，生活潦倒。

金埴的文学造诣颇深，善诗。年轻时去北京看望父亲，作《燕京五月歌》八首，谒见诗坛领袖王士禛，颇受赏识，誉为"后进之秀"。金埴通说文，精文字声韵之学，仇兆鳌请他校订过《杜诗详注》中的文字声韵。他还曾参与编修《兖州府志》。

金埴著有笔记集《不下带编》、《巾箱说》，记载了他的见闻，包括当时文人士大夫的遗闻轶事、社会习俗、科举考试等，其中尤以山东的人事较多。《不下带编》有不少篇幅属于诗话性质，评论艺术上的得失，钩稽诗人的立身行世，交代诗的本事等等，对研究清代的文学和作家提供了资料。

金埴是洪昇、孔尚任的好友，他的书中谈论《长生殿》、《桃花扇》的文字占了很多篇幅。同时，还记载了作者与他们的唱和之作，为研究清代文学提供了珍贵资料。康熙二十二年，金埴客居杭州，与洪昇游处最密，为忘年交。

因《长生殿》而遭殃的赵执信（1662～1744），字伸符，号秋谷，晚号饴山老人。山东省淄博市博山人。清代诗人、诗论家、书法家。赵执信的曾祖赵振业，明天启乙丑进士，官至监察御史，入清以后，做过山西、江南布政司参议。叔祖赵进美，明崇祯庚辰进士。入清以后，官至福建按察使。赵执信的祖父赵双美，为拔贡；父亲赵作肱，仅为增生。他的岳父是同里内秘书院大学士兼吏部尚书孙廷铨的长子孙宝仍，任光禄寺主事。

赵执信九岁作《海棠赋》，即"以奇语惊其长老"，"语文名俊，一座皆惊"。十四岁中秀才，十七岁中举人，为山东乡试第二名，十八岁中进士，二甲进会试第六名，殿士，选翰林院庶吉士，散馆授编修。二十三岁就担任了山西乡试正考官，二十五岁升右春坊右赞善兼翰林

院检讨，同时还任《明史》纂修官，参与修《大清会典》。

二十八岁那年因在佟皇后丧葬期间观看《长生殿》，被劾革职。此后五十年间，终身不仕，徜徉林壑。赵执信为一代诗宗王士禛甥婿，然论诗与其异趣，还予以讥刺。他的诗歌强调"文意为主，言语为役"，风格深沉峭拔，不乏反映民生疾苦的作品。

赵执信的才华得到朱彝尊、陈维崧、毛奇龄的高度赏识，"尤相引重，订为忘年交"（《清史稿·赵执信传》）。他生性傲岸，忌者也多。洪昇将他比作文采风流、光彩耀人的元代大师赵孟頫而引为挚友。

赵执信因观看《长生殿》获罪时，他面临不测之罪，不顾个人安危，到考功处声明说"赵某当座，他人无与"，最后以"国恤张乐大不敬"的罪名被革职除名，结束了十年的仕宦生涯。同年初冬，他即离京返家，临行作《出都》诗："事往浑如梦，忧来岂有端。罢官怜酒失，去国觉天寒。北阙烟中远，西山马首宽。十年一挥手，今日别长安。"自削职还乡到六十三岁，他大部分时间浪迹江湖：东至黄海，西到嵩山，南到广州，北至天津，游历了山东、河北、河南、江苏、浙江、江西、广东等地。他特别钟情于江南，前后到过五次，最后一次竟在苏州住了四年。

康熙三十四年（1695）秋，赵执信游粤东，途经钱唐，与洪昇会晤。第二年暮春自广东回来，重经钱塘，又与洪昇和吴仪一相约，遍游西湖各处名胜古迹。

洪昇的挚友还有宋荦（1634～1713）。宋荦是著名诗人、书画家、文物收藏家和鉴赏家，官至江苏巡抚、吏部尚书，康熙誉为"清廉为天下巡抚第一"。另外还有著名戏曲家和小说家袁于令、丁澎等。顺治十八年，袁于令来游西湖，由十七岁的洪昇相陪。康熙二年，丁澎自戍所回杭，洪昇后来从之游处。康熙三十四年秋，时任江宁巡抚（当时的省会在苏州）的宋荦主持苏州的曲友分演《长生殿》，特邀洪昇前

挚诚情缘
千古遗恨
《长生殿》

WEN

HUA

ZHONG

GUO

来观看。

可怜一曲《长生殿》，断送功名到白头

洪昇于康熙二十七年（1688），即他四十四岁那年，把旧作《舞霓裳》传奇戏曲改写为《长生殿》，一时传唱甚盛。次年八月间，他招伶人在宅中演《长生殿》，一时名流多醵金往观。时值孝懿皇后佟氏于前一月病逝，犹未除服，给事中黄六鸿以"国恤张乐为大不敬"之罪名，上章弹劾。

此案的政治背景为当时朝廷内南北两党之争。南党以刑部尚书徐乾学为首，多为汉族官僚；北党以相国明珠为首，多为满族官僚，互相抨击。洪昇与南党中人较为接近，且素性兀傲，其《长生殿》中即有触犯当时忌讳之处。北党借此发难，欲兴大狱。

洪昇下刑部狱，被国子监除名。与会者如侍读学士朱典、赞善赵执信、台湾知府翁世庸等人，都被革职。查慎行、陈奕培也被革去国学生籍。凡士大夫及诸生查办除名者近五十人。其中以赵执信的声名最著，《茶余客话》、《滕阴杂记》和《两般秋雨盦随笔》中的记载甚至认为是黄六鸿衔恨赵执信而告发此案。因此时人有诗专为赵执信鸣不平，感叹他的不幸遭遇："秋谷才华向绝伦，少年科第尽风流，可怜一曲《长生殿》，断送功名到白头。"最后，康熙故示宽柔，除对与会者做了处理外，并未深究《长生殿》剧本。康熙三十四年，《长生殿》付刻，洪昇的老友毛奇龄作序，序中说："予敢序哉？虽然，在圣明固宥之矣。""赖圣明宽之，第褫革其四门之员，而不予罪。"指出康熙已不再追究洪昇和《长生殿》。

章培恒《洪昇年谱》附录一《演〈长生殿〉之祸考》认为：

此剧之为康熙帝所恶，盖亦有故。《长生殿》卷首杜首言题辞云："开元盛事过云烟，一部清商见俨然。绣口锦心新谱出，《弹

词》借手李龟年。"案，《弹词》折李龟年诗云："一从鼙鼓起渔阳，宫禁俄看蔓草荒。留得白头遗老在，谱将残恨说兴亡。"盖即此折主旨所在，故吴人评曰："白头宫女，闲说遗事，不如伶工犹能弦而歌之，感人益深也。"杜首言云"弹词借手李龟年"，则谓昉思之曲，乃藉龟年以自写兴亡之恨也。

此文又引阙名和罗绅、吴来佺题辞，指出其着眼点亦偏于兴亡之感，而张奕光《回文集·书洪昉思先生长生殿传奇后》，明言《长生殿》隐寓国破之悲。总之，时人颇有视此剧为抒写兴亡之恨者。于此明清易代之际，所谓兴亡之恨，固易被目为故国之思；且安禄山为胡人，《骂贼》折《元和令》、《收京》折《高阳台》、《弹词》折《转调货郎儿·八转》更易被误认为指斥清廷。康熙帝之恶《长生殿》，当以此故。①

洪昇突遭此难，在京中备受白眼揶揄，受尽世态炎凉，不得已于康熙三十年返回故乡杭州。他疏狂如故，饮酒赋诗，"放浪西湖之上"。

---

① 章培恒：《洪昇年谱》，上海古籍出版社 1979 年版，第 391~392 页。

069

挚诚情缘
千古遗恨
《长生殿》

WEN

HUA

ZHONG

GUO

第三章

《长生殿》的源流创承

在《长生殿》之前，已有描写李杨爱情的众多体裁和形式的作品；在它之后，直到当代，依旧不断有新的作品产生。

一、昆剧"创始人"唐明皇与昆剧的成就

明清两代，尤其是清代，传统的诗词文虽也有不少名家名作，但无人可与唐宋大家媲美。此时的戏曲和小说，做出了无愧于前代的伟大成绩，成为文学高峰，为中国文学史写下了辉煌的篇章。戏曲代表着明清两代的最高成就之一，与同处高峰的小说平分秋色。

中国戏曲地位最高的著作共有五部，即元代《西厢记》、元末明初《琵琶记》、晚明《牡丹亭》、清初《长生殿》和《桃花扇》，人称"五大名剧"。

五大名剧中，《西厢记》是元杂剧，《琵琶记》是元末南戏，《牡

丹亭》是江西作者汤显祖创作的，也不是昆剧剧本。以上三剧创作和发表的具体年代不详，我们只知其大致的时代。《长生殿》（1688）是五大名剧中第一部昆剧经典，接着是《桃花扇》（1699）。

明代传奇兼指南戏（戏文）和昆剧，但实际上主要是指昆剧，因为南戏（戏文）作品后来也全用昆山腔演唱，人们也把它们看作是昆剧，所以统称传奇。明代流行的海盐、余姚、弋阳、四平诸腔等，都是民间戏曲，其所演的剧本不列入传奇，当时的学者也不予研究。

明清两代的演出情况

明代初期，杂剧还是相当流行，随着传奇即昆剧的兴起，才渐渐衰落。一般人以为明代中后期，杂剧就已经灭亡，实际上，直到明末清初，杂剧仍在演出，还有不少人喜欢观看。以元杂剧《西厢记》的原样演出为例，可靠的记载如王世贞在《艺苑卮言》附录一中所载："今世所演习者，《北西厢记》出王实甫。"

据可靠数据，从明万历到清康熙年间，有十五部家乐曾演出过北杂剧，其中江浙地区占了绝大多数，尤以江南为盛，而以演《西厢记》最为频繁。其中演《西厢记》杂剧的有：南京嘉兴屠氏家乐、秀水冯梦祯家乐、马湘兰家乐、杭州包涵所家乐、扬州李宗空家乐。具体记载为：

明沈德符《顾曲杂言》"北词传授"条载："甲辰（明万历三十二年，1604）年，马四娘（马守贞，号湘兰，秦淮名妓）以生平不识金阊为恨，因挈其女郎十五六人来吴中，唱《北西厢》全本。"

明冯梦祯《快雪堂日记》卷五九载：万历三十年（1602）十一月二十六日，"赴包鸣甫席，屠冲旸陪"，"屠氏梨园演《双珠记》，《北西厢》二折，复奏琵琶"。同月三十日，"余同袭明过屠园，今日袭明、冲旸先生做主，家梨园演《北西厢记》"。

挚诚情缘
千古遗恨
《长生殿》

WEN

HUA

ZHONG

GUO

明冯梦祯《快雪堂集》卷六十一载：万历三十二年正月初二，冯梦祯"诸姬唱《游佛殿》一套"。

冯梦祯《快雪堂集》卷六十一又载：万历三十二年六月初六，"杨苏门与余共十三辈，请马湘兰君，治酒于包涵所宅。马氏三姊妹从涵所家优作戏，演《北西厢》二出，颇可观"。

清初冒襄《同人集》卷九《癸亥扬州中秋歌为书云（按：李宗孔，字书云）先生仕安堂张灯开宴赋》载："梁溪既远教坊绝，北曲《西厢》失纲纽。君家全部得真传，清浊抗坠咸入扣。"康熙年间，著名剧作家朱素臣校订《西厢记》，取名《西厢记演剧》，李宗孔参与题评，并为之作序。因此，李宗孔家乐所演的《西厢记》可能即为此本。

清康熙年间的苏州曹寅（后调任南京）、扬州李宗孔、西安卞永誉和海盐彭孙遹的家乐都演过洞中杂剧。①

但当时昆剧的演出最为流行，代表了明清戏曲的最高水平。昆剧演唱运用昆山腔，在清代又称昆曲。万历末年昆曲流入北京，昆山腔便成为明代中叶至清代中叶影响最大的声腔剧种，属于明代南戏四大声腔之一，而浙江海盐腔、余姚腔和江西弋阳腔已衰落消失，唯有昆山腔经过六百年的历程，至今尚传于世，并取得新的发展。

昆曲在清朝中叶，因无新的天才作家和作品的出现，而失去鼎盛时期的繁荣势头。到晚清，因太平军与清军在江南地区恶战而遭到彻底摧毁。至民国时期，昆剧已经奄奄一息。

1956 年 1 月，由浙江国风昆苏剧团上演的昆剧《十五贯》（据清朱素臣所著《十五贯》，又名《双熊记》，以及小说《醒世恒言》中的《十五贯戏言成巧祸》改编）在杭州首演，4 月到北京演出，受到毛泽

---

① 杨惠玲：《明清之际家乐演出北杂剧考论》，《浙江艺术职业学院学报》2012 年第 4 期。

东、周恩来的高度肯定。文化部和中国戏剧家协会在中南海紫光阁举行昆曲《十五贯》大型座谈会。周恩来亲自出席座谈会，做了约一小时的长篇讲话。他把昆曲誉为江南兰花，并盛赞《十五贯》是"改编古典剧本的成功典型"。5月18日，《人民日报》发表了田汉执笔的《从"一出戏救活了一个剧种"谈起》的社论，昆曲开始走向复兴。

昆山腔的创始与戏曲的"祖师爷"唐明皇

昆山腔产生于元末，据魏良辅在《南词引证》中记载：元朝有顾坚者，虽离昆山（指昆山县城）三十里，居千墩，精于南辞，善作古赋。扩廓帖木儿闻其善歌，屡招不屈。与杨铁笛（元末大诗人杨维桢）、顾阿瑛、倪远镇（元代大画家倪瓒）为友，自号风月散人。其著有《陶真野集》十卷、《风月散人乐府》八卷，行于世。善发南曲之奥，故国初（指明初）有"昆山腔"之称。

昆山腔起源于昆山地域，具有深厚的社会生活基础和历史经济因素。唐宋以来，昆山本地已流行着各种歌舞技艺，南宋龚明之在其《中吴记闻》中说："昆山县西二十里，有村曰绰墩，故老相传；此黄番绰之墓，至今村人皆善滑稽及能作三反语。"而此人是唐玄宗所喜欢的演员。

唐朝皇家禁苑中有枣园、桑园、桃园、樱桃园和梨园，位于长安大明宫内，供帝后、皇戚、贵臣宴饮游乐。唐玄宗将梨园作为演习歌舞戏曲的场所，于是"梨园"就作为演戏场所和戏班的代名词，渐渐发展成为戏曲的代名词，演员也被称为"梨园子弟"。其时著名的有宫廷谐星黄番绰、琵琶高手雷海青、舞剑名手公孙大娘、善击羯鼓而歌的李龟年、善演参军戏的张野狐。唐玄宗作为梨园的倡导者，被后世演剧界看作是戏曲的"祖师爷"。

明代将戏曲的祖师爷称作"老郎"，于是将唐明皇看作是"老郎

073

挚诚情缘
千古遗恨
《长生殿》

WEN

HUA

ZHONG

GUO

神"，并建立了老郎庙。顾禄《清嘉禄》卷七《青龙戏》记载，在明清昆剧的中心苏州，建有"老郎庙，梨园总局也。凡隶乐籍者，必先署名于老郎庙。庙属织造府所辖，以南府供奉需人，必由织造府选取故也"。可见老郎庙是昆曲界供奉祖师爷的地方，同时也是戏班聚会议事的场所。老郎庙里供奉的老郎神，即昆曲界的崇拜偶像、行业保护神，昆曲界一般认为是唐明皇。因为唐明皇酷爱音乐，传说他曾亲自作曲让梨园演奏，是梨园鼻祖。而且在不少老郎庙里，唐明皇身边往往还供奉黄番绰的塑像。顾震涛《吴门表隐》卷九记载，苏州镇抚司前的伶人公所，祀演剧界梨园诸神，衬神中也列有黄番绰等人。

昆曲是发源于 14、15 世纪苏州昆山的曲唱艺术体系，糅合了唱念做打、舞蹈及武术的表演艺术。昆曲的伴奏乐器，以曲笛为主，辅以笙、箫、唢呐、三弦、琵琶等（打击乐俱备），以鼓、板控制演唱节奏，其唱念语音为"中州韵"。昆曲的表演，抒情性强，动作细腻，舞蹈丰富繁复，歌唱与舞蹈的身段结合得巧妙而和谐。以曲词典雅、行腔婉转、表演细腻著称，被誉为"百戏之祖"。流传至今的京剧和地方戏都是昆曲哺育的产物。

晚明江西人魏良辅改革昆山腔，做出重大贡献。魏良辅（1489～1566），字师召，号此斋，晚年号尚泉、上泉，又号玉峰。新建（今江西南昌）人。嘉靖五年（1526）进士，历官工部、户部主事，刑部员外郎，广西按察司副使。嘉靖三十一年（1552）擢山东左布政使，三年后致仕，流寓于江苏太仓。他在此将昆山腔的曲调做了改革，提高了其艺术性。

河北人张野塘（生卒年不详）力助魏良辅将北方曲调吸收到南方的昆曲中来，同时对原来北方曲调的伴奏乐器三弦进行改造，引入昆曲的伴奏之中。昆山腔在音乐体制上兼取和融合南戏、杂剧的南北曲之长，极大地增强了戏曲的音乐表现力。南北曲本各有长短，明徐渭

（徐文长）在其《南词叙录》中说："听北曲使人神气鹰扬，毛发洒浙，足以作人勇往之志"，有杀伐之气；听"南曲则纡徐绵眇，流丽婉转"，有"柔媚"之情。王世贞在《曲藻》中总结说："凡曲，北字多而调促，促处见筋；南字少而调缓，缓处见眼。北则辞情多而声情少，南则辞情少而声情多。北力在弦，南力在板。北宜和歌，南宜独奏。北气易粗，南气易弱。"都道出了南北曲的特点和基本区别。昆山腔以南曲为基础，吸收北曲的特长，使两者合流，并进行改造、提高，其曲调"流丽悠远"、"听之最足荡人"（徐渭《南词叙录》），"转音若丝"（清张大复《梅花草堂笔谈》），故而又称"水磨调"。

昆剧的剧本继承南戏的特长，既可一人主唱，也可以几个角色轮流唱，在唱法上也灵活多样，有独唱、合唱、对唱等多种形式，还喜欢采取一种类似现当代从西方传入的歌曲中副歌的形式，即主曲中每遍歌词不同，结尾时每遍歌词相同，以示突出、强调的艺术手法。

正因如此，我国传统音乐，只有昆曲完整地流传到现在。

2001 年，昆曲由日本专家提名，被联合国教科文组织列入"人类口述和非物质遗产代表作"的首批首项。从此，昆剧更加得到重视，从而走向进一步的复兴。

昆剧的辉煌艺术成就

魏良辅从事昆曲改革的一个重大成果是配合传奇作家梁辰鱼（约1521 ~ 约1594，昆山人）创作了《浣纱记》。此剧讲述春秋时期吴越争雄史事，主人公是中国古代四大美女之首西施。从元末到魏良辅时期，昆腔还只停留在清唱阶段，到了梁辰鱼时期，昆腔才焕发出舞台的生命力，居诸声腔之首位，迅速流传。这是梁辰鱼在中国戏剧史上的重大贡献。

明清传奇的繁荣时期是晚明和清初。梁辰鱼创作第一个传奇剧本

挚诚情缘
千古遗恨
《长生殿》

WEN

HUA

ZHONG

GUO

《浣纱记》时，已进入明代最后一百年的晚明时期。梁氏此剧一出，传奇立即进入繁荣态势。盛极一时的传奇，反映了晚明资本主义萌芽时期思想解放思潮由兴起到衰亡的全过程。

宋元南戏的作者多是下层无名文人，他们的优点是接近下层民众，富有草野气息，缺点是一般来说文化修养并不高，难以表述精微高深的思想和感情。元代杂剧的作者多为下层有名文人，只有少数像马致远这样的高级知识分子。他们接近民众，有丰富的民间生活气息，文化水准也比较高，因此元杂剧的艺术水准普遍高于宋元南戏，且达到一定的时代高度。明清传奇作家多为上层著名文人，他们的出身门第高、社会地位高，具有极高的学术素质和文学修养，是一支学者化的、有精深理论修养的作家队伍。他们中的不少人洞察世情，又有政治、历史眼光，关心国家政局和民族前途。明清传奇除传统的爱情、公案、历史剧诸题材外，又新辟政治题材，极大地开拓了反映生活的观照范围，开垦了新的题材表现领域。其中著名的政治、时事剧《鸣凤记》、路迪的《鸳鸯绦》、李玉的《万民安》和《清忠谱》等，是最有成就的作品。昆剧在内容和形式两方面所做出的卓越、独特的巨大贡献，值得珍视、继承、总结和发扬。

例如，吴炳《绿牡丹》中的车静芳不仅自选丈夫，而且竟无视封建社会中唯有皇家才可考核士子的崇高权威，自设考场，通过考试来"录取"理想的丈夫。这种出人意料的构思，极其新奇大胆，诚如近人吴梅所赞叹的，此戏《帘试》一出确为"破天荒之作"。

明清传奇作者驾驭题材的能力高强，与杂剧仅一本四折相比，传奇的体制宏大，南北曲的结合极大地增强了作品的表现力，这就给作家们以驰骋才情的广阔天地，众多复杂、精巧的艺术手法也得以大力舒展。如阮大铖《春灯谜》构思了十个误会的复杂情节，极尽变幻莫测之能事。孟称舜《娇红记》仅用七个角色即构成六组三角异性关系，

精密而巧妙地组织了平行、交叉式错综复杂的戏剧冲突，有力地突出了娇红、申生的爱情主线。这样复杂高超的戏剧技巧，不仅是中国戏曲史上前所未有的，也是世界戏剧史上所罕见的。

另如李玉作于明末的传奇名作《清忠谱》、《万民安》等作品，正面描写声势浩大的群众运动场面，反映以苏州为中心的江南市民和织工的政治觉醒，充分展示了晚明思想解放思潮和资本主义萌芽时期的社会风貌。这样宏大的城市群众运动场面，不仅在中国文学史上是前所未有的，即使在同期的资产阶级革命正处于风起云涌之势的西方的文学艺术作品中也未有表现，这无疑是明清传奇名家为中国和世界文学艺术史所做出的又一历史性的艺术贡献。西方最早表现革命兴起和群众运动的文学杰作是法国雨果的长篇小说《悲惨世界》（1845～1862）和《九三年》（1874），两书要比中国上述剧作晚两个世纪以上。尤其是《清忠谱》和《万民安》等作品，真实地表现苏州人民中参与抗暴斗争的英雄儿女仁义忠贞、纪律井然，对无辜官民秋毫无犯，对街市店铺绝无骚扰，这样秩序井然的高素质的市民运动，才是真正正义的行动。这样正义的行动通过剧作家的生花妙笔，也得到了出色的表现。

传奇作家具有深厚的文学、历史、哲学修养，再结合宏大的体制，这样的双重优势使传奇不仅能多层次、多角度地表现人物丰富的性格、深邃的心理和复杂曲折的戏剧冲突，还能产生史诗式、全景式的宏伟巨著。著名的如梁辰鱼《浣纱记》、李玉《千忠戮》（又名《千钟禄》）、洪昇《长生殿》、孔尚任《桃花扇》，它们都以恢宏的气魄，站在历史的和哲理的高度思考民族命运，用戏曲作历史回顾和民族兴亡的总结，有着非常深远的历史意义。

明末清初传奇中出现的全景式、史诗式的宏大作品，在内容上、艺术上都达到了时代的高峰。而全景式、史诗式的题材，只有大型戏

挚诚情缘
千古遗恨
《长生殿》

WEN

HUA

ZHONG

GUO

剧、长篇小说和电影大片才能表现。在西方，古希腊悲剧首先产生了此类作品，我国的长篇小说《三国演义》和《水浒传》也攀上了这一高峰，接着便是明清传奇的上述作品和大致同时的莎士比亚的《安东尼与克里奥佩特拉》以及英国历史剧等作品。全景式、史诗式的戏剧、小说巨著，被公认为是文学艺术的最高境界。希、中、英三国率先攀上这一高峰，无疑是非常光荣的。南洪北孔的巨著《长生殿》和《桃花扇》的辉煌意义，于此可见。

与传奇的体制和内容相适应，双线结构形式应运而生，且成为传奇常用的一种结构形式。明清传奇作家大量运用双线结构，而上述全景式、史诗式的巨著，即是用双线结构"以离合之情，抒兴亡之感"。《长生殿》和《桃花扇》则以男女主角的爱情为一线，以国家兴亡为另一线。《桃花扇》用的是双线平行式结构，《长生殿》则用的是双线对比式结构。《长生殿》的对比式双线结构，构思极为严密精巧。全剧五十出，分上下两本，各二十五出。上下两本即是一个大的对比：上本乐极，下本悲极。上本写唐玄宗与杨贵妃双双享乐，在国家一片歌舞升平中过着无忧无虑、骄奢淫逸的日子。下本写安禄山事变虽被平定，但国家政局和山河皆已满目疮痍，李隆基已被迫让位，作为无权无势的太上皇在无限凄凉和孤独中捱日月。乐极和悲极的对比既是戏剧结构，又是人物的情绪结构，两者结合极其巧妙。在这个总体对比结构中，又有多对小的对比绾连在一起。譬如玄宗、贵妃奢侈糜烂的生活与农夫终年劳累不得温饱的对比，杨国忠之流奸佞得势和郭子仪一辈英才难以舒展才华的对比，李杨当局高枕无忧麻痹大意和安禄山一伙处心积虑蓄志谋反的对比，事变后皇帝大臣仓皇出逃弃江山和人民于不顾和前线将士浴血奋战的对比，沦陷区官僚变节投降和下层人民宁死不屈与奸邪抗争到底的对比，等等。此戏的双线结构，以对比为基础，结合平行、交叉手法，将戏剧作跳跃式的推进；结构严谨而

灵活，线索错综而分明，对比强烈而和谐。单是其结构成就，已不愧为中国和世界文学史上的一代巨著。

明清传奇在结构艺术上的双线形式，是我国戏曲家对世界文学史、艺术史所做出的重大贡献。

这样的结构形式，西方电影也极为擅长。21世纪的电影，尤其是现实主义的电影作品，从文学剧本到导演手法，都十分注重双线结构，常用平行、对比、交叉等蒙太奇剪辑方法，表现生动曲折的内容和丰富深刻的主题。

戏曲作品将主人公的命运和民族兴亡相结合，或通过男女主角的爱情历程，写出民族、国家的历史沧桑，这不仅在中国文学史上是突出的，在世界文学史范围内也是罕见的。具有史诗式成就的《浣沙记》、《长生殿》、《桃花扇》，用全景式的如椽巨笔，艺术地深刻探讨和总结民族、国家的历史经验和教训，无疑是世界文学史上的辉煌之作。另如《鸣凤记》、《千钟禄》、《万里圆》等戏，表现国家政权内部的复杂斗争，也达到令人赞叹的成就。又如明末路迪《鸳鸯绦》传奇，用艺术形式预言国家必亡的趋势和原因，显示出中国优秀作家历来所具有的成熟的政治眼光和远见卓识。凡此种种，在其他国家的古典文学作品中都是极为罕见的。

全景式、史诗式的文学巨著达到了最高审美层次，代表了一国文学最高的创作成就。明清传奇中的此类作品是继古希腊悲剧之后，与莎士比亚的代表剧作大致同时攀上这一高峰，因而具有划时代的意义。

二、李杨爱情题材的缘起

《长生殿》这部杰作不是凭空而起的无根之作，其文学蓝本有《长恨歌》、《长恨歌传》及唐人诗中的关联描写，还有一些野史笔记。

挚诚情缘
千古遗恨
《长生殿》

WEN

HUA

ZHONG

GUO

《长生殿》是转换题材的重大创新之作，但其文学蓝本也有丰富的内容和极高的艺术成就。

陈寅恪说："《长恨歌》为具备众体体裁之唐代小说中歌诗部分，与《长恨歌传》为不可分离独立之作品。故必须合并读之，赏之，评之。明皇与杨妃之关系，虽为唐世文人公开共同习作诗文之题目，而增入汉武帝李夫人故事，乃白陈之所特创。诗句传文之佳胜，实职是之故。此论长恨歌者不可不知也。"①

陈鸿在《长恨歌传》最后介绍创作缘起说："元和元年冬十二月，太原白乐天自校书郎尉于盩厔，鸿与琅琊王质夫家于是邑，暇日相携游仙游寺，话及此事，相与感叹。质夫举酒于乐天前曰：'夫希代之事，非遇出世之才润色之，则与时消没，不闻于世。乐天深于诗，多于情者也。试为歌之如何？'乐天因为《长恨歌》。意者不但感其事，亦欲惩尤物，窒乱阶，垂于将来者也。歌既成，使鸿传焉。世所不闻者，予非开元遗民，不得知。世所知者，有《玄宗本纪》在。今但传《长恨歌》云尔。"

陈寅恪认为《长恨歌》和《长恨歌传》"真正之收结，即议论与夫作诗之缘起，乃见于陈氏传文中"，其中最重要的是"意者不但感其事，亦欲惩尤物，窒乱阶，垂于将来者也"。②《长恨歌》和《长恨歌传》的主题表达得很明确，是批评红颜祸国，希望后人以史为鉴，获得长治久安。此即《长恨歌》和《长恨歌传》的创作缘起，也即创作目的。

---

① 陈寅恪：《元白诗笺证稿》，上海古籍出版社 1978 年新一版，第 351～353 页。
② 陈寅恪：《元白诗笺证稿》，上海古籍出版社 1978 年新一版，第 5 页。

千古杰作《长恨歌》

《长生殿》最重要的文学蓝本是白居易创作的《长恨歌》这首千古杰作。此诗作于元和元年（806），白居易任盩厔县（今陕西周至）县尉。他和友人陈鸿、王质夫同游仙游寺，有感于唐玄宗、杨贵妃的爱情悲剧而作。

此诗虽是叙事，但用浪漫的抒情手法，打破史实，借用传说，遗貌取神，歌咏李杨爱情的真挚和深沉。

081

挚诚情缘
千古遗恨
《长生殿》

WEN

HUA

ZHONG

GUO

汉皇重色思倾国，御宇多年求不得。

杨家有女初长成，养在深闺人未识。

天生丽质难自弃，一朝选在君王侧。

回眸一笑百媚生，六宫粉黛无颜色。

春寒赐浴华清池，温泉水滑洗凝脂。

侍儿扶起娇无力，始是新承恩泽时。

云鬓花颜金步摇，芙蓉帐暖度春宵。

春宵苦短日高起，从此君王不早朝。

此诗第一句"汉皇重色思倾国"，为全篇纲领，既揭示了故事的悲剧起因和根源，又唤起和统领全诗。接着，诗人用极其精练的语言，简叙唐玄宗因重色而求色，终于得到千娇百媚的绝色美人杨贵妃。通过对杨贵妃的媚笑、凝脂般的肌肤、洗浴后的娇美、摇曳的步态两个静态和两个动态的描写，突出其惊人之美，然后又反复渲染唐玄宗得

到绝色后，纵欲行乐，弛了朝纲。

诗人并不拘泥于史实，说杨贵妃是"养在深闺"的处女，以及"从此君王不早朝"，都非事实。唐玄宗还是坚持早朝的，只是他已经不能尽心治理国家了。他的这种荒废政事的态度，与"不早朝"本质上是一样的。前者是生活真实，后者是艺术真实。

> 承欢侍宴无闲暇，春从春游夜专夜。
>
> 后宫佳丽三千人，三千宠爱在一身。
>
> 金屋妆成娇侍夜，玉楼宴罢醉和春。
>
> 姊妹弟兄皆列土，可怜光彩生门户。
>
> 遂令天下父母心，不重生男重生女。
>
> 骊宫高处入青云，仙乐风飘处处闻。
>
> 缓歌慢舞凝丝竹，尽日君王看不足。
>
> 渔阳鼙鼓动地来，惊破霓裳羽衣曲。

第二段描写唐玄宗专宠杨贵妃，沉醉于歌舞、醇酒、美色中，又爱屋及乌，给予杨妃的兄姐高官厚禄，最终在骄奢淫逸的生活中酝酿出天下大乱。

最后一句，炼字精妙。陈寅恪说："句中特取一'破'字者，盖破字不仅具有破散或破坏之意，且又为乐舞术语，用之更觉浑成耳。又霓裳羽衣'入破字'，本奏以缓歌柔声之丝竹。今以惊天动地急迫之鼙鼓，与之对举。相映成趣，乃愈见造语之妙矣。"[①]

> 九重城阙烟尘生，千乘万骑西南行。
>
> 翠华摇摇行复止，西出都门百余里。
>
> 六军不发无奈何，宛转蛾眉马前死。
>
> 花钿委地无人收，翠翘金雀玉搔头。

---

① 陈寅恪：《元白诗笺证稿》，上海古籍出版社 1978 年新一版，第 30 页。

君王掩面救不得，回看血泪相和流。

第三段简略了杨国忠被杀，用委婉的语言全力描绘马嵬坡杨妃之死的血泪场面。生离死别，是"长恨歌"长恨之始。

第三、四句为了平仄和音节的和谐，前后倒置。

唐玄宗所带少数子女、宫女和官兵，仅一千二百人。第二句说"千乘万骑"，又是夸张手法，并非史实。

黄埃散漫风萧索，云栈萦纡登剑阁。

峨眉山下少人行，旌旗无光日色薄。

蜀江水碧蜀山青，圣主朝朝暮暮情。

行宫见月伤心色，夜雨闻铃肠断声。

天旋地转回龙驭，到此踌躇不能去。

马嵬坡下泥土中，不见玉颜空死处。

第四段写唐玄宗进川和回京的经历，选取剑阁、蜀江的景色，夜雨闻铃的场景，情景交融，表现伤心之情。回京途经马嵬坡，他踌躇徘徊，然而埋穴已空。这是杨妃死后，唐明皇"恨"的反映，与"恨"无关的一律不写，写"恨"三处，作跳跃式的叙述。

峨眉景美，剑阁景幽，没有杨妃陪伴的唐明皇感到孤单，连彩旗和阳光看上去都无精打采，绝无生趣。蜀地山清水秀，唐明皇视而不见，看到的都是伤心色彩，听到的都是断肠声音。诗人巧妙地运用了移情手法，写出唐明皇满腹的"长恨"心绪，正是"无限江山无限恨"，一江春水向东流。回程中，在马嵬坡却不见已死的玉颜，更延续了"长恨"之"恨"。

君臣相顾尽沾衣，东望都门信马归。

归来池苑皆依旧，太液芙蓉未央柳。

芙蓉如面柳如眉，对此如何不泪垂？

春风桃李花开日，秋雨梧桐叶落时。

083

挚诚情缘

千古遗恨
《长生殿》

WEN

HUA

ZHONG

GUO

西宫南内多秋草，落叶满阶红不扫。

梨园弟子白发新，椒房阿监青娥老。

夕殿萤飞思悄然，孤灯挑尽未成眠。

迟迟钟鼓初长夜，耿耿星河欲曙天。

鸳鸯瓦冷霜华重，翡翠衾寒谁与共。

第五段，京城光复，君臣回京，本是喜事，却相顾流泪；回到皇宫，景色依旧，而人事全非，也只能垂泪。春花秋叶依旧，乐工宫女已老，没有杨贵妃陪伴的唐明皇，孤独地进入新的无穷无尽的"长恨"阶段。这个无穷无尽，空间上是充天塞地，时间上是日夜四季，都是"恨"。

以下第六、七、八三段，描写唐明皇请道士升天入地寻求，一无所得；最后竟然在海上仙山，寻到杨太真。她也不忘旧情，孤独寂寞地在泪雨中思念汉家天子。本书后文将有介绍和分析，兹不重复。

本诗将叙事、写景和抒情和谐地结合在一起，形成诗歌抒情上回环往复的特点。诗人时而把人物的思想感情注入景物，用景物的折光来烘托人物的心境；时而抓住人物周围富有特征性的景物、事物，通过人物对它们的感受来表现内心的感情，层层渲染，恰如其分地表达人物蕴蓄在内心深处的幽微之情。

"夕殿萤飞思悄然，孤灯挑尽未成眠。迟迟钟鼓初长夜，耿耿星河欲曙天。"从黄昏写到黎明，集中地表现了夜间被情思萦绕久久不能入睡的情景。这种苦苦的思恋，"春风桃李花开日"是这样，"秋雨梧桐叶落时"也是这样。

从白日到黑夜，从春天到秋天，处处触物伤情，时时睹物思人，从各个方面反复渲染诗中主人公的苦苦追求和寻觅。现实生活中找不到，到梦中去找，梦中找不到，又到仙境中去找。如此跌宕回环，层层渲染，使人物感情回旋上升，达到了高潮。诗人正是通过这样的反复抒情，回环往复，让人物的思想感情蕴蓄得更加深邃丰富，使诗歌

"肌理细腻"，更富有艺术感染力。

回环曲折、婉转动人的故事，用这样回环往复、缠绵悱恻的艺术形式描摹出来，又由于诗中的故事、人物都是艺术化的，是现实中人的复杂真实的再现，所以能够在历代读者的心中漾起阵阵涟漪。①

小说名作《长恨歌传》

陈鸿，唐代小说家，字大亮。生卒年不详。贞元二十一年（805）进士，登太常第。曾任太常博士、虞部员外郎、主客郎中等职。尝自称"少学乎史氏，志在编年"，曾以七年之力，撰编年史《大统记》三十卷，今不传。《全唐文》存其文三篇。

他的传奇小说《长恨歌传》，作于宪宗元和初，取材于史实而加以铺张渲染，寓有劝诫讽谕之意。当时白居易任盩厔县尉，陈鸿与王质夫居该县，三人同游，话及唐玄宗、杨贵妃事，白居易遂作《长恨歌》，而陈鸿作《长恨歌传》。

陈寅恪认为："详绎之，则白氏此歌（按指《长恨歌》）乃与传文（按指《长恨歌传》）为一体者。"②

为便于欣赏和比较，我们摘录《长恨歌传》（据汪辟疆校录《唐人小说》，已做校正）如下：

开元中，泰阶平，四海无事。玄宗在位岁久，倦于旰（gàn）食宵衣，政无大小，始委于右丞相，稍深居游宴，以声色自娱。

先是元献皇后、武淑妃皆有宠，相次即世。宫中虽良家子千数，无可悦目者。上心忽忽不乐。时每岁十月，驾幸华清宫，内外命妇，熠耀景从。浴日余波，赐以汤沐。春风灵液，澹荡其间。

① 《唐诗鉴赏辞典》，上海辞书出版社 1983 年版，第 873～874 页。

② 陈寅恪：《元白诗笺证稿》，上海古籍出版社 1978 年新一版，第 5 页。

挚诚情缘
千古遗恨
《长生殿》

WEN

HUA

ZHONG

GUO

上心油然，若有所遇，顾左右前后，粉色如土。

诏高力士潜搜外宫，得弘农杨玄琰女于寿邸，既笄矣。鬓发腻理，纤秾中度，举止闲冶，如汉武帝李夫人。别疏汤泉，诏赐藻莹。既出水，体弱力微，若不任罗绮。光彩焕发，转动照人。上甚悦，进见之日，奏《霓裳羽衣曲》以导之；定情之夕，授金钗钿合以固之。又命戴步摇，垂金珰，明年，册为贵妃，半后服用。由是冶其容，敏其词，婉娈万态，以中上意，上益嬖焉。时省风九州，泥金五岳，骊山雪夜，阳春朝，与上行同辇，止同室，宴专席，寝专房。虽有三夫人、九嫔、二十六世妇、八十一御妻，暨后宫才人、乐府妓女，使天子无顾盼意。自是六宫无复进幸者。非徒殊艳尤态（独能）致是，益才智明慧，善巧便佞，先意希旨，有不可形容者。叔父昆弟皆列位清贵，爵为通侯。姊妹封国夫人，富埒王宫，车服邸第，与大长公主侔矣。而恩泽势力，则又过之，世入禁门不问，京师长吏为之侧目。故当时谣谚有云："生女勿悲酸，生男勿喜欢。"又曰："男不封侯女作妃，看女却为门上楣。"其为人心羡慕如此。

天宝末，兄国忠盗丞相位，愚弄国柄。及安禄山引兵向阙，以讨杨氏为词。潼关不守，翠华南幸，出咸阳，道次马嵬亭。六军徘徊，持戟不进。从官郎吏伏上马前，请诛晁错以谢天下。国忠奉牦缨盘水，死于道周。左右之意未快。上问之。当时敢言者，请以贵妃塞天下怨。上知不免，而不忍见其死，反袂掩面，使牵之而去。仓皇辗转，竟就死于尺组之下。

既而玄宗狩成都，肃宗受禅灵武。明年大赦归元，大驾还都。尊玄宗为太上皇，就养南宫。自南宫迁于西内，时移事去，乐尽悲来。每至春之日，冬之夜，池莲夏开，宫槐秋落，梨园弟子，玉管发音，闻《霓裳羽衣》一声，则天颜不怡，左右欷歔。三载一意，其念不衰。求之梦魂，杳不能得。

……

小说的最后部分也像《长恨歌》一样，记叙唐明皇请道士上天入地遍寻杨贵妃，最后在海外仙山找到了她。本书在后文中将有介绍和分析，兹不重复。

这部小说文字浅近，简洁生动，内容和叙述次序皆与《长恨歌》相同。陈寅恪认为，这篇小说，是"当时诸文士之各竭才智，竞造胜境，为不可及也"的众多作品中的佼佼者之一。

唐诗中的相关描写

唐诗中，关于李杨爱情和马嵬坡事件的诗歌很多。正如洪迈指出的，唐代的文化环境宽松，诗人创作没有忌讳，可以直笔描写和批评皇帝：

> 宋洪迈《容斋随笔》"唐诗无讳避"条云："唐人歌诗，其于先世与当时事，直词咏寄，略无隐避。至宫禁壁昵，非外间应知者，皆反覆极言，而上之人亦不以为罪。如白乐天长恨歌讽谏诸章，元微之连昌宫词始末，皆为明皇而发。杜子美尤多。……今之诗人不敢尔也。""寅恪案：洪氏之说是也。唐人竟以太真遗事为一通常练习诗文之题目，此观于唐人诗文集即可了然。但文人赋咏，本非史家纪述。故有意无意间逐渐附会修饰，历时既久，益复曼衍滋繁，遂成极富兴趣之物语小说，如乐史所编著之太真外传是也。"①

陈寅恪先生还幽默地指出，唐人竟然将杨贵妃的事迹作为平时练习诗文的题目，所以此类诗歌很多。

---

① 陈寅恪：《元白诗笺证稿》，上海古籍出版社1978年新一版，第12~13页。

087

挚诚情缘
千古遗恨
《长生殿》

WEN

HUA

ZHONG

GUO

前文已分析了杜甫名作及其艺术成就，以及杜甫对李杨爱情的批评，但是杜甫从未涉及马嵬坡事件这个题材。

对于杨贵妃命丧马嵬驿一事，热情的唐代诗人从不同的角度谈论了对这一历史事件的看法与感受，《全唐诗》中以"马嵬"为题的竟有二十一首之多。诗人们一般都能认识到，玄宗与贵妃骄奢淫逸的生活，是导致安史之乱的祸根。例如李益《过马嵬二首》之一说："丹壑不闻歌吹夜，玉阶空有薜萝风。世人莫重霓裳曲，曾致干戈是此中。"而且不少诗都将批判的对象指向唐玄宗。李商隐的《马嵬二首》其一云："冀马燕犀动地来，自埋红粉自成灰。君王若道能倾国，玉辇何由过马嵬？"汪辟疆分析说："他只在第二句用两个'自'字，把杨妃的死，国家的倾，一齐都归到三郎身上，居然史笔。读了这二十八字，只觉《长恨歌》和《津阳门》太费词了。"①《马嵬二首》其二更是著名："海外徒闻更九州，他生未卜此生休。空闻虎旅传宵柝，无复鸡人报晓筹。此日六军同驻马，当时七夕笑牵牛。如何四纪为天子，不及卢家有莫愁。"诗人批评当年他们曾经山盟海誓"世世为夫妇"，还嘲笑过牛郎与织女一年只能见一次面，而玄宗为了保全自己，竟将贵妃赐死。

唐末韦庄的《立春日作》同情杨贵妃，谴责唐玄宗："九重天子去蒙尘，御柳无情依旧春。今日不关妃妾事，始知辜负马嵬人。"唐广明元年（880）冬十二月，黄巢起义军入潼关、下华州，唐僖宗重走唐玄宗的老路，慌忙逃往成都。韦庄于次年立春日写了这首诗，用唐玄宗酿成安史之乱来批判、谴责酿成广明之乱的当朝皇帝唐僖宗。

李益的《过马嵬》则以贵妃的口吻道出了她心中的不平："汉将如

---

① 汪辟疆：《唯美诗人李义山》，《汪辟疆文集》，上海古籍出版社 1988 年版，第 53 页。

云不直言，寇来翻罪绮罗恩。托君休洗莲花血，留记千年妾泪痕。"这是代杨玉环立言，抒发怨气。

人们往往同情弱者，并给予深切的同情。如高骈的《马嵬驿》说："玉颜虽掩马嵬尘，冤气和烟锁渭津。蝉鬓不随銮驾去，至今空感往来人。"杨玉环的冤魂不散，她的怨气同烟雾混合在一起笼罩着整个渭津。

诗人们认为，杨贵妃虽然受宠并过着骄奢淫逸的生活，但依然只不过是封建帝王的高级玩物，并且最终成了唐玄宗替罪的羔羊。因此，她的死博得了多情诗人的广泛同情。

史书往往只记大事，对生活细节和人物心理往往忽略不记。但有些唐诗在揭露这一丑闻的同时，也对寿王的人生悲剧和痛苦予以同情。如晚唐著名诗人李商隐的《龙池》诗："龙池赐酒敞云屏，羯鼓声高众乐停。夜半宴归宫漏永，薛王沉醉寿王醒。"玄宗举行的欢乐的宴会一直进行到深夜，薛王喝醉了，但寿王的心情郁闷，没有开怀畅饮，也因此而未能一醉方休。因为寿王的妃子被他父亲抢去了，他心中痛苦，当然食不甘味。李商隐显然对寿王持有同情之心。

089

挚诚情缘
千古遗恨
《长生殿》

WEN

HUA

ZHONG

GUO

李商隐还写过一首《骊山有感》，立意与此诗大致相同："骊岫飞泉泛暖香，九龙呵护玉莲房。平明每幸长生殿，不从金舆惟寿王。"每当大家欢聚的时候，寿王只能留在府中，一人向隅。他如果参加聚会，看到自己的美妻与父亲并坐欢饮，情何以堪？

还有刘禹锡的《马嵬行》诗："指环照骨明，首饰敌连城。将如咸阳市，犹得贾胡惊。"从另一个角度

李义山

描写马嵬坡事件。陈寅恪先生认为："由是推之，贵妃死后，疑有盗墓之举，刘氏不欲显言之，但其意非指杨妃托身逃遁也。"

以上诸诗以李商隐的《马嵬七律二首》之二的艺术成就最高，陈寅恪先生赞美说："李义山马嵬七律首二句：'海外徒闻更九州，他生未卜此生休。'实为绝唱，然必系受长恨歌'忽闻海外有仙山'一节之暗示无疑。否则义山虽才思过人，恐亦不能构想及此。故寅恪尝谓此诗乃长恨歌最佳之缩本也。"①

关于《长恨歌》及其相关题材的研究，陈寅恪先生的《元白诗笺证稿》成就卓特，有兴趣的读者可以认真研读，必有收获。

三、《长生殿》之前的流变初型

唐代以后，有关杨贵妃的文艺作品极多，白居易的《长恨歌》和陈鸿的传奇小说《长恨歌传》是这个题材的始作俑者。

唐宋正史、野史、笔记、诗歌和历代戏曲

此后，唐人笔记有《明皇杂录》、《开天传信记》、《安禄山事迹》、《开元天宝遗事》、《酉阳杂俎》、《逸史》和《国史补》等。

但是在白居易之前，李白和杜甫等著名诗人在他们的一些作品中都有涉及与天宝年间安禄山事变有关的李杨故事，但并未着重描写李杨之爱。著名的有李白《清平调》三章、《宫中行乐词》八首、《古风》等，杜甫《哀江头》、《哀王孙》、《北征》、《骊山》、《病桔》、《解闷》等，张继《华清宫》，皇甫冉《温泉即事》、《华清宫》，顾况

---

① 陈寅恪：《元白诗笺证稿》，上海古籍出版社 1978 年新一版，第 36 页，又参见 351 页。

《宿昭应》，窦巩《过骊山》、卢纶《华清宫二首》、《早秋望华清宫中树因成咏》，李益《过马嵬二首》、《又过马嵬》，王建《温泉宫行》、《华清宫感旧》、《故宫行》、《过绮岫宫》、《霓裳词十首》、《瞭望华清宫》、《宫前早春》、《华清宫前柳》等。其中顾况、李益、王建等人的诗作大致与《长恨歌》同时而作。

与白居易大致同时的诗人及其作品有李约《过华清宫》，权德舆《朝元阁》，刘禹锡《马嵬行》、《华清词》，张籍《华清宫》，鲍溶《温泉宫》，李贺《过华清宫诗》，元稹《连昌宫词》。

白居易本人的同题材诗作有《上阳白发人》、《江南遇天宝叟》。

白居易之后，由于晚唐的衰落，众多诗人感慨唐朝由盛转衰的天宝事变，对诱发安禄山事变的李杨情事深抱遗恨，故而诗作众多。张祜、杜牧、许浑、李商隐、赵嘏、郑畋、崔橹、贾岛、温庭筠、高骈、于濆、林宽、司空图、罗邺、罗隐、高蟾、崔涂、吴融、黄滔、徐夤、钱珝、唐求、崔道融、唐彦谦、苏拯、李洞、杜常等众多诗人有诗六十多首，题目多涉华清、马嵬、骊山等。

五代的《旧唐书》和宋代的《新唐书》、《资治通鉴》等历史著作也有记载，其中也采用了一些唐人笔记中的材料。后世也有题涉李杨情事和天宝史实的诗歌，其内容与意味未出唐人樊篱。

宋代传奇小说有《杨太真外传》。

宋元南戏有：《马践杨妃》（已佚，据《宦门子弟错立身》）。

金元院本有：《梅妃》（已佚，据陶宗仪《南村辍耕录》和王国维《曲录》）。

元杂剧有：《唐明皇启瘗哭香囊》（关汉卿，残）、《唐明皇秋夜梧桐雨》（白朴，存）、《唐明皇游月宫》（白朴，佚）、《罗光远梦断杨贵妃》（岳伯川，佚）、《杨太真霓裳怨》（庾天锡，佚）、《杨太真浴罢华清宫》（庾天锡，佚）等。

挚诚情缘
千古遗恨
《长生殿》

WEN

HUA

ZHONG

GUO

以上戏曲作品中《梧桐雨》是唯一完整地流传下来的，且最负盛名，是元杂剧中与《汉宫秋》并列的描写帝王情爱的一流杰作。

元代另有描写李杨事迹的《天宝遗事诸宫调》（王伯成），是至今尚存的三种诸宫调之一。

明代传奇有：《惊鸿记》（吴世美，存）、《钿盒记》（戴应鳌，佚）、《合钗记》（单本，佚）、《合钗记》（吾邱瑞，佚）、《合璧记》（许次纾，佚）、《沉香亭》（雪蓑渔隐，佚）、《梧桐雨》（徐复祚，佚）、《梧桐雨》（王湘，佚）、《彩毫记》（屠隆，存）、《唐明皇七夕长生殿》（汪道昆，佚）、《鸳鸯寺冥勘陈玄礼》（叶宪租，佚）、《幸上宛帝妃春游》（程士廉，残）、《秋夜梧桐雨》（佚名，佚）、《明皇望长安》（佚名，佚）、《沈香亭》（佚名，佚）、《舞霓裳》（佚名，佚）、《舞翠盘》（佚名，佚）。

以上仅《惊鸿记》和《彩毫记》两剧存世。《彩毫记》以李白为主角。《惊鸿记》描写李杨爱情，但梅妃的情节占了全剧一半，着力描写两妃争宠，还津津乐道地写了杨贵妃与安禄山的暧昧关系，又让李白、杜甫多次出场，却表现他们向皇上和杨国忠的卑恭。但徐朔方校点《长生殿·序言》认为，其中《翠阁好会》、《七夕私盟》、《胡宴长安》、《马嵬杀妃》、《父老遮留》、《马嵬移葬》等出，对洪昇创作《长生殿》产生过一定的影响。

清代杂剧有：《清平调》两种（分别为尤侗和张韬所著），皆以李白为主角，但也写及李杨故事。

清代传奇有《天宝曲史》（孙雪崖），作于康熙十年（1671），比《长生殿》早十七年。此剧与《惊鸿记》的内容大致相同，另添梅妃与薛王的瓜葛，高师诸人旗亭宴饮斗诗等情节，更显杂乱。

以上作品或写杨妃美色、明皇荒淫，或叙李杨爱情、天宝事变，这些作品在艺术上取得了或大或小的成就，但在主题开掘上并没有大

的进展。其中部分著作还有一个共同的局限性，就是将帝王荒淫造成天下大乱的历史罪责推到美色惑君的杨贵妃身上，宣扬女人是"祸水"的错误历史观。其中大多数的剧作艺术性较差，例如吕天成评《合钗记》："即明皇太真事，而词不足。内《游宫》一出，全抄《彩毫记》，可笑。"《曲海提要》评《沉香亭》："其情节与《惊鸿记》相同。"《远山堂剧品》评无名氏《秋夜梧桐雨》："此与王湘《梧桐雨》一折，总不及白仁甫剧。"

在《长生殿》之前的此类题材作品中，最重要的是五代后周《天宝遗事诸宫调》、宋代传奇小说《杨太真外传》和元杂剧经典《梧桐雨》。

元王伯成《天宝遗事诸宫调》

王伯成，生卒年不详。元代杂剧作家，涿州（今河北涿县）人。

由赵景深先生整理的元人王伯成所作《天宝遗事诸宫调》是现存三种诸宫调中的一种，是我国说唱文学中的杰作。晁公武《郡斋读书志》云："蜀亡，仁裕至镐京，采摭民言，得《开元天宝遗事》一百五十九条。"是书四卷，列一百四十六个标题，记述唐朝开元、天宝年间的遗闻轶事和奇异物品，除记宫中琐闻杂事，尤留意宫内外风俗习尚。如七月七日乞巧、红丝结褵、金钱卜、斗花、秋千、灵鹊报喜等，均有著录。唐明皇、杨贵妃和其他王公贵族淫靡之风，亦多涉略，颇有社会史料价值。故尤为后世戏曲小说家、掌故家所重。后世习用的不少成语、典故，如"滔滔不绝、梦笔生花、解语花、有脚阳春"等均出自该书。唯是书多采摭遗民传闻，未能详核史实，故不免疏失舛误之处。洪迈《容斋随笔》摘其谬误者四事。

研究家赞誉《天宝遗事诸宫调》最主要的特点是体贴人情，富蕴世俗气息，塑造了一些性格特别的人物，并借此表现人物丰富、复杂

093

挚诚情缘
千古遗恨
《长生殿》

WEN

HUA

ZHONG

GUO

的内心世界。不少段落的情节描写细腻，生活细节逼真，语言清丽自然，有时还富有抒情色彩。

其中记载唐玄宗纳贵妃之前与众多嫔妃亲幸的一则，与史书说他在武惠妃亡故后对其他美人毫无兴趣的"史实"恰恰相反：

随蝶所幸：开元末，明皇每至春时旦暮，宴于宫中，使妃嫔辈争插艳花。帝亲捉粉蝶放之，随蝶所止幸之。后因杨妃专宠，遂不复此戏也。

记载杨贵妃的重要段落有：

红冰：杨贵妃初承恩召，与父母相别，泣涕登车。时天寒，泪结为红冰。

红汗：贵妃每至夏月，常衣轻绡，使侍儿交扇鼓风，犹不解其热。每有汗出，红腻而多香，或拭之于巾帕之上，其色如桃红也。

销恨花：明皇于禁苑中，初有千叶桃盛开。帝与贵妃日逐宴于树下。帝曰："不独萱草忘忧，此花亦能销恨。"

解语花：明皇秋八月，太液池有千叶白莲数枝盛开。帝与贵戚宴赏焉，左右皆叹美。久之，帝指贵妃示于左右曰："争如我解语花。"

记载宫中宫女的，念奴和永新各有一条：

眼色媚人：念奴者，有姿色，善歌唱，未尝一日离帝左右。每执板当席顾眄，帝谓妃子曰："此女妖丽，眼色媚人。"每啭声歌喉，则声出于朝霞之上。虽钟鼓笙竽嘈杂而莫能过。宫妓中帝之钟爱也。

歌直千金：宫妓永新者善歌，最受明皇宠爱，每对御奏歌，则丝竹之声莫能过。帝尝谓左右曰："此女歌直千金。"

记载唐玄宗虚怀纳谏和忧勤国政的：

精神顿生：明皇每朝政有阙，则虚怀纳谏，大开士路。早朝百辟趋班，帝见张九龄，风威秀整，异于众僚。谓左右曰："朕每见九龄，使我精神顿生。"

金函：明皇忧勤国政，谏无不从。或有章疏规讽，则探其理道优长者贮于金函中，日置于右，时取读之，未尝懈怠也。

赞扬贤相张九龄的：

口案：张九龄累历刑狱之司，无所不察。每有公事赴本司行勘，胥吏辈未敢讯劾，先取则于九龄。因于前面分曲直，口撰案卷，囚无轻重，咸乐其罪。时人谓之张公口案。

讽刺投靠杨国忠者犹如依靠冰山，这个比喻颇为警醒：

依冰山：杨国忠权倾天下，四方之士，争诣其门。进士张彖者，陕州人也，力学有文名，志气高大，未尝低折于人。人有劝彖令修谒国忠，可图显荣，彖曰："尔辈以谓杨公之势倚靠如泰山，以吾所见，乃冰山也。或皎日大明之际，则此山当误人尔。"后果如其言，时人美张生见几。

乐史《杨太真外传》

《杨太真外传》是宋代传奇小说的名篇。乐史撰。

乐史（930～1007），字子正，抚州宜黄人。初仕南唐，入宋后举进士，担任过三馆编修、直史馆著作郎、水部员外郎等职。他是宋代著名的地理学家，曾编著

宋绘《太真上马图》

095

挚诚情缘

千古遗恨
《长生殿》

WEN

HUA

ZHONG

GUO

《太平寰宇记》二百卷；又是著名的小说家，著有传奇小说《滕王外传》、《诸仙传》、《许迈传》各一卷（今已失传），志怪小说《洞仙传》、《广卓异记》，轶事小说《绿珠传》、《杨太真外传》等。其《太平寰宇记》中也杂有小说。

这篇小说记叙杨贵妃一生故事，自其出生写至嫁于寿王，后归玄宗，册封为贵妃，杨氏满门皆受封，一时权倾天下；安史之乱后在马嵬坡丧命，平叛后大驾还京；太上皇日夜思念贵妃，有蜀中方士，在蓬莱仙阁寻得杨太真。揭示长生殿盟誓秘事，并以"钿合金钗"为证，与白居易的《长恨歌》和陈鸿的《长恨歌传》情节相类，把玄宗、贵妃生死之恋写得荡气回肠。

《杨太真外传》虽非艺术成熟的高明之作，但因精心采录了《明皇杂录》、《开天传信记》、《安禄山遗事》、《逸史》、《开元天宝遗事》中几乎所有关于唐明皇、杨贵妃的资料，起了集大成的作用，故多为后世著述所征引。且其写作主旨"非徒拾杨妃之故事"，而意在揭示"唐明皇之一误，贻天下之羞"，比陈鸿的《长恨歌传》"惩尤物，窒乱阶"更为高明。其情节描绘具体细腻，故而元明清三代多至三十余种的杨贵妃戏曲，包括白朴《唐明皇秋夜梧桐雨》和洪昇《长生殿》均受其影响，对后世产生了深远而巨大的影响。

其中述及三国夫人：

至是得贵妃，又宠甚于惠妃。有姊三人，皆丰硕修整，工于谑浪，巧会旨趣，每入宫中，移暑方出。宫中呼贵妃为娘子，礼数同于皇后。……四方奇货、童仆、驼马，日输其门。

封大姨为韩国夫人，三姨为虢国夫人，八姨为秦国夫人。同日拜命，皆月给钱十万，为脂粉之资。然虢国不施妆粉，自炫美艳，常素面朝天。当时杜甫有诗云："虢国夫人承主恩，平明上马入宫门。却嫌脂粉污颜色，淡扫蛾眉朝至尊。"又赐虢国照夜玑，

秦国七叶冠，国忠锁子帐，盖希代之珍，其恩宠如此。

另如铺张杨国忠兄妹骄奢淫逸，挥霍无度，皆是玄宗所赐，仅韩国、虢国、秦国夫人脂粉钱一项，便是每人每月十万。一次，梨园弟子为秦国夫人献演，秦国夫人赏钱就是三百万。

写及安禄山的狡诈和善于阿谀：

> 时安禄山为范阳节度，恩遇最深，上呼之为儿。尝于便殿与贵妃同宴乐。禄山每就坐，不拜上而拜贵妃。上顾而问之："胡不拜我而拜妃子，意者何也？"禄山奏云："胡家不知其父，只知其母。"上笑而赦之。

记载杨贵妃及杨国忠、三夫人等的奢豪荒淫的生活：

> 上起动必与贵妃同行，将乘马，则力士执辔授鞭。宫中掌贵妃刺绣织锦，亡虑百人，雕镂器物又数百人，供生日及时节庆，续命杨益往岭南长吏，日求新奇以进奉。岭南节度张九章，广陵乏史王翼，以端午进贵妃珍玩衣服，异于他郡，九章加银青光禄大夫，翼擢为户部侍郎。

> 遗钿，坠舄，瑟瑟珠翠，灿于路歧可掬。曾有人俯身一窥其车，香气数日不绝。驼马千余头匹。以剑南旌节器仗前驱。出有钱饮，还有软脚。远近饷遗珍玩狗马，阉侍歌儿，相望于道。及秦国先死，独虢国、韩国、国忠转盛。虢国又与国忠乱焉。略无仪检，每入朝谒，国忠与韩、虢连辔，挥鞭骤马以为谐谑。从官姬百余骑。秉烛如昼，鲜装服而行，亦无蒙蔽，衢路观者如堵，无不骇叹。十宅诸王男女婚嫁，皆资韩、虢绍介，每一人纳一千贯，上乃许之。

> 十载上元节，杨氏五宅夜游，遂与广宁公主骑从争西市门。杨氏奴挥鞭误及公主衣，公主堕马。驸马郑昌裔扶公主，因及数挝。公主泣奏之，上令决杀杨家奴一人，昌裔停官，不许朝谒。

挚诚情缘
千古遗恨
《长生殿》

WEN

HUA

ZHONG

GUO

于是杨家转横，出入禁门不问，京师长吏为之侧目。故当时谣曰："生女勿悲酸，生男勿喜欢。"又曰："男不封侯女作妃，君看女却为门楣。"其天下人心羡慕如此。上一旦御勤政楼，大张声乐。时教坊有王大娘，善戴百尺竿，上施木山：状瀛州、方丈，令小儿持绛节，出入其间，而舞不辍，时刘晏以神童为秘书省正字，十岁，惠悟过人。上召于楼中，贵妃坐于膝上，为施粉黛，与之巾栉。贵妃令咏王大娘戴竿，晏应声曰："楼前百戏竞争新，惟有长竿妙入神。谁谓绮罗翻有力，犹自嫌轻更著人。"

记载杨贵妃忤旨被逐的一段经历：

九载二月，上旧置五王帐，长枕大被，与兄弟共处其间。妃子无何窃宁王紫玉笛吹。因此又忤旨，放出。时吉温多与中贵人善，国忠惧，请计于温。遂入奏曰："妃，妇人，无智识。有忤圣颜，罪当死。既蒙尝恩宠，只合死于宫中。陛下何惜一席之地，使其就戮，安忍取辱于外乎？"上曰："朕用卿，盖不缘妃也。"初，令中使张韬光送妃至宅，妃泣谓韬光曰："请奏：妾罪合万死。衣服之外，皆圣恩所赐。惟发肤是父母所生。今当即死，无以谢上。"乃引刀剪其发一缭，附韬光以献。妃既出，上忱然。至是，韬光以发搭于肩以奏。上大惊惋，遽使力士就召以归，自后益嬖焉。

描写他们在宫中奏乐的场面：

时新丰初进女伶谢阿蛮，善舞。上与妃子钟念，因而受焉。就按于清元小殿，宁王吹玉笛，上羯鼓，妃琵琶，马仙期方响，李龟年觱篥，张野狐箜篌，贺怀智拍。自旦至午，欢洽异常。时惟妃女弟秦国夫人端坐观之。曲罢，上戏曰："阿瞒（上在禁中，多自称也）乐籍，今日幸得供养夫人，请一缠头。"秦国曰："岂有大唐天子阿姨，无钱用耶？"遂出三百万为一局焉。乐器皆非世有

者，才奏，而清风习习，声出天表。妃子琵琶罗檀，寺人白季贞使蜀还献。其木温润如玉，光耀可鉴，有金缕红纹，蹙成双凤。弦乃末呵弥罗国永泰元年所贡者，渌水蚕丝也，光莹如贯珠瑟瑟。紫玉笛乃桓娥所得也。禄山进三百事管色，俱用媚玉为之。诸王、郡主、妃之姊妹，皆师妃，为琵琶弟子。每一曲彻，广有献遗，妃子是日问阿蛮曰："尔贫，无可献师长，待我与汝为。"命侍儿红桃娘取红粟玉臂支赐阿蛮。

妃善击磬，拊搏之音泠泠然多新声，虽太常梨园之妓，莫能及之。上命采蓝田绿玉，琢成磬：上方造簴、流苏之属，以金钿珠翠饰之，铸金为二狮子，以为跌，彩缋襦丽，一时无比。先，开元中，禁中重木芍药，即今牡丹也。得数本红紫浅红通白者，上因移植于兴庆池东沉香亭前。会花方繁开，上乘照夜白，妃以步辇从。诏选梨园弟子中尤者，得乐十六色。李龟年以歌擅一时之名，手捧檀板，押众乐前，将欲歌之。上曰："赏名花，对妃子，焉用旧乐词为。"遽命龟年持金花笺，宣赐翰林学士李白立进《清平乐词》三篇。承旨，犹苦宿醒，因援笔赋之。（三首诗略）

龟年捧词进，上命梨园弟子略约词调，抚丝竹，遂促龟年以歌。妃持玻璃七宝杯，酌西凉州葡萄酒，笑领歌，意甚厚。上因调玉笛以倚曲。每曲遍将换，则迟其声以媚之。妃饮罢，敛绣巾再拜。上自是顾李翰林尤异于他学士。会力士终以脱靴为耻，异日，妃重吟前词，力士戏曰："始为妃子怨李白深入骨髓，何翻拳拳如是耶？"妃子惊曰："何学士能辱人如斯？"力士曰："以飞燕指妃子，贱之甚矣。"妃深然之。上尝三欲命李白官，卒为宫中所掉而止。

最后一则虽然描写生动，实则并无其事，可见野史笔记的记载有时是不可靠的。

099

挚诚情缘
千古遗恨
《长生殿》

WEN

HUA

ZHONG

GUO

白朴杂剧《梧桐雨》

《梧桐雨》全名《唐明皇秋夜梧桐雨》，是元杂剧中最出色的作品之一。

白朴（1226～1307?），字仁甫，后改字太素，号兰谷。原籍隩（yù）州（今山西河曲），后随父寓居真定（今河北正定），故称真定人。元代戏曲作家、散曲家，元曲四大家之一。著有杂剧十六种，今存《墙头马上》、《梧桐雨》、《东墙记》三种。

《梧桐雨》全剧以唐明皇和杨贵妃的爱情为主线，反映了安史之乱这一重大历史事件及唐王朝由盛而衰的过程。全剧共四折。

第一折写唐明皇与杨贵妃相恋日深，七月七日在长生殿盟誓。

第二折写安禄山起兵叛乱，"单要抢贵妃一个，非专为锦绣江山"。此时唐明皇正与杨贵妃在宫中沉香亭品味荔枝，饮酒作乐，唐明皇命杨贵妃盘舞《霓裳羽衣曲》。正在兴高采烈之时，李林甫来报告安禄山叛乱，潼关已被攻破的消息。李林甫见唐玄宗慌乱无措，建议他逃亡西蜀。

按照史实，李林甫此时已死，应该是杨国忠来报讯，《长生殿》就是这样写的。这里让李林甫上场，还要多安排一个角色，是不适当的。

第三折写马嵬兵变，禁军杀死杨国忠，又迫使唐明皇赐杨贵妃缢死。

第四折写唐明皇重返长安，在西宫养老，每日只是思念杨妃。他让画工画了一轴杨妃真容供养着，每日相对，痛苦思量，在秋夜梧桐雨的晚上，深情地思念死去的杨贵妃。

此剧语言优美，如第三折："【驻马听】隐隐天涯，剩水残山五六搭；萧萧林下，坏垣破屋两三家。远树雾昏花，灞桥衰柳风潇洒。煞不如碧窗纱，晨光闪烁鸳鸯瓦。"描写唐玄宗逃出京城，来到马嵬坡时

看到的沿途景色，将自己满腹凄凉的感情投射在满眼的山水、房屋、树木上，最后两句点出主旨："碧窗纱"、"鸳鸯瓦"的豪华舒适的宫廷生活终于一去不复返了！

其中有些精美的曲辞，为《长生殿》所借用。如第二折首曲：【中吕】【粉蝶儿】天淡云闲，列长空数行征雁。御园中夏景初残：柳添黄，荷减翠，秋莲脱瓣。坐近幽兰，喷清香玉簪花绽。《长生殿》第二十四出首曲：【北中吕】【粉蝶儿】天淡云闲，列长空数行新雁。御园中秋色斓斑：柳添黄，苹减绿，红莲脱瓣。一抹雕阑，喷清香桂花初绽。

《长生殿》仅改动九个字，各呈千秋，而末句似比原作更佳。昆剧中的曲调既有南曲，也有北曲，这个"北中吕"即是北曲"中吕"调。由此可见，昆剧将已经消亡的元代北杂剧的部分精华做了创造性的精心保存，杂剧的部分生命还活在昆剧中。

由上可见，《长生殿》借鉴、继承最多的是《长恨歌》和《梧桐雨》。

四、《长生殿》活跃在现当代

李杨爱情是中国文化史上最重要的文艺创作题材之一，《长生殿》是继白居易《长恨歌》之后，李杨爱情题材中最杰出的作品，影响巨大。20世纪至今，又有不少关于李杨爱情的文艺作品产生，也有不少作家想创作而因难度太大而未获成功，其中最著名的是鲁迅创作计划的中止。

鲁迅创作《杨贵妃》未遂

鲁迅先生是20世纪中国新文学最杰出的作家。他在文学创作方面

101

挚诚情缘

千古遗恨
《长生殿》

WEN

HUA

ZHONG

GUO

有短篇小说（小说集《呐喊》和《彷徨》，其中《阿Q正传》是中篇小说）、历史短篇小说（小说集《故事新编》）、回忆散文（回忆录《朝花夕拾》）、散文诗（散文诗集《野草》），还有大量的散文、杂文等光辉的成果。

鲁迅是个才华卓著的文学天才，但是他也有不成功的创作打算。20世纪30年代上半期，他想创作一部描写工农红军的长篇小说，为此曾邀约在沪疗伤的红军著名将领陈赓来家中交谈，向他了解红军的战斗历程。后来他没有写这部小说。因为仅根据一两次谈话了解的情况，是不可能创作出作品的，他的放弃在情理之中。

早在20世纪20年代，鲁迅就对李杨爱情非常感兴趣，他经过多年思考，对杨贵妃题材做了很多准备，也与多个友人介绍过自己有意于写作《杨贵妃》的计划。

鲁迅在给日本友人山本初枝夫人的信中说到，"我为了写关于唐朝的小说，去过长安"。许寿裳、郁达夫也说他想写的是一部长篇小说。

鲁迅曾对郁达夫说："想把唐玄宗和杨贵妃的事情来做一篇小说。以玄宗之明，哪里看不破安禄山和她的关系？所以七月七日长生殿上，玄宗只以来生为约，实在是心里已经有点厌了，仿佛是在说'我和你今生的爱情是已经完了！'到了马嵬坡下，军士们虽说要杀她，玄宗若对她还有爱情，哪里会不能保全她的生命呢？所以这时候，也许是玄宗授意军士们的。后来到了玄宗老日，重想起当时行乐的情形，心里才后悔起来了，所以梧桐秋雨，就生出一场大大的神经病来。一位道士就用了催眠术来替他医病，终于使他和贵妃相见，便是小说的收场。"①

但当初陪同鲁迅去西安的孙伏园和西安方面负责招待鲁迅的李级

---

① 郁达夫：《历史小说论》，文刊1926年4月16日《创造月刊》第1卷第2期。

仁都明确地说他计划写的是一部剧本，并且都具体回忆鲁迅向他们谈起过某些剧情的设计。也可能鲁迅想用长篇小说和剧本两种艺术形式来表现这个题材，这就更可见他对这个题材的重视。西方卓有才华的大作家也有将自己重视的题材写成小说和戏剧两种体裁的，如英国小说家约翰·高尔斯华绥的中篇小说名篇《最前的和最后的》和巴里的儿童文学名著《彼得·潘》，等等。

鲁迅将自己的构思向冯雪峰等多个友人做过介绍。他曾对高长虹说："我想描写鬼，结尾是一个人死的时候，看见鬼掉过头来，在最后的这一刹那他看见鬼的脸是很美丽的。我想把它写成一个剧本。"①

这个鬼是谁呢？他说："系起于明皇被刺的一刹那间，从此倒回上去，把他的生平一幕一幕似的映出来。"②

小说要写的这个鬼原来是唐明皇。他说："想从唐明皇的被暗杀，唐明皇在刀儿落到自己颈上的一刹那间，这才在那刀光里闪过了他的一生，这样地倒叙唐明皇一生的事迹。"冯雪峰回答："这样写法，倒是颇特别的。"③

对于鲁迅要创作的剧本《杨贵妃》，孙伏园在《鲁迅先生二三事》中回忆说："鲁迅先生原计划是三幕，每幕都用一个词牌为名，我还记得它的第三幕'雨淋铃'。而且据作者的解说，长生殿是为救济情爱逐渐稀淡而不得不有的一个场面。"而李级仁回忆说："鲁迅先生来西安讲学，我任招待，曾两次到他的寝室中去。谈到贵妃的生前、死后、坟墓、遗迹等，记得很清楚，说要把她写成戏剧，其中有一幕，是根据诗人李白的《清平调》，写玄宗与贵妃的月夜赏牡丹。"④

---

① 高长虹：《一点回忆》，文刊 1940 年 9 月 1 日《国民公报·星期增刊》。
② 许寿裳：《亡友鲁迅印象记》，人民文学出版社 1953 年版。
③ 冯雪峰：《过来的时代》，人民文学出版社 1985 年版《雪峰文集》第 4 卷。
④ 单演义：《鲁迅讲学在西安》，长江文艺出版社 1958 年版。

103

挚诚情缘
千古遗恨
《长生殿》

WEN

HUA

ZHONG

GUO

由此可见，鲁迅去西安时心中考虑的主要是剧本，按孙伏园全剧为三幕，每幕分别以词牌（鲁迅原意更可能是指广义的诗歌和乐曲，而非狭义的"词"）为名的说法，其中两幕已可知是《清平调》和《雨淋铃》。近时日本学者竹村则行出版的专著《杨贵妃文学史研究》认为，鲁迅所拟二幕的名称都有历史沿袭的成分，所以根据历代杨贵妃文学的主要素材，推想鲁迅所拟的另一幕或许为《舞霓裳》，即《羽衣霓裳曲》的简称。他又根据诸家回忆录所记，对鲁迅拟想中的《杨贵妃》剧本做出假设性的"复原"：第一幕《清平调》的主要场景为李杨二人在兴庆宫沈香亭畔赏牡丹，召见翰林供奉李白，李白当场献作《清平调》词三首，描写李杨情意浓密的场面；第二幕《舞霓裳》的主要场景为李杨二人七月七日在长生殿密誓，在此后的宴饮中贵妃表演《羽衣霓裳舞》，直至安禄山叛变，写二人情爱在貌似热烈的气氛中无奈地衰减；第三幕《雨淋铃》的主要场景为马嵬坡事变，玄宗以不能庇护为借口任凭杨贵妃被害，但在逃亡途中回忆起往日情景又悔恨莫及。从大局上看，这样的猜测大致可能是准确的。

关于七月七日长生殿："唐朝的文化很发达，受了外国文化的影响。""七月七日长生殿唐明皇和杨贵妃的盟誓，是他们之间已经感到了没有爱情的缘故。"①

鲁迅又说，在《长恨歌》上有这样的四句："七月七日长生殿，夜半无人私语时，在天愿作比翼鸟，在地愿为连理枝！"这是白居易描写唐玄宗和杨贵妃热烈相爱的情况。我对于这件事有不同的看法。明智的玄宗看透了杨贵妃和安禄山的关系，对她不免有厌倦的心情，所以七夕时姑且敷衍她说："在天愿作比翼鸟，在地愿为连理枝！"意思是

① 敬三：《鲁迅的"庸俗社会学"》，文刊 1993 年第 9 期《鲁迅研究月刊》；冯雪峰：《过来的时代》，《雪峰文集》第 4 卷，人民文学出版社 1985 年版。

说今生的爱情算完了，只得期待来生。何以见得呢？后来安禄山造反，玄宗走到马嵬坡，六军不发，要求杀杨贵妃，他也无可奈何，只好"宛转蛾眉马前死"了！如果唐玄宗还爱她，能不全力保护她吗？说不定还是他暗杀她哩……①

1924 年，西北大学邀请鲁迅于暑期到西安讲学，他觉得正好可以体味大唐故都的实地风光，便欣然答允。看来他认为，为写作《杨贵妃》而做一番实地观察是必要的。但鲁迅到了西安，看到景象破败，感到大失所望。后来他在给山本初枝夫人的信中说："到那里一看，想不到连天空都不像唐朝的天空。费尽心机用幻想描绘出的计划完全打破了，至今一个字也未能写出。原来还是凭书本摹想的好。"他与好友孙伏园也说过同样的话："我不但什么印象（指对西安的印象）也没有得到，反而把我原有的一点印象（指为写《杨贵妃》对西安情形的想象）也打破了。"②

这是鲁迅为自己放弃写作《杨贵妃》而阐明的理由。

鲁迅的崇拜者都认同鲁迅自己的说法，认为，鲁迅看到现实中的西安的实景，败坏了他的想象，破坏了他的创作冲动。当时的西安，落后颓败，与大唐盛世的气氛格格不入。在这样的时代氛围的反差下，鲁迅写不成《杨贵妃》是自然而然的。

实际上，洪昇也从未去过长安，不是照样写出了千古杰作《长生殿》？在给山本初枝夫人的信中，鲁迅自己也说，"原来还是凭书本摹想的好"。那么就按照书本摹写好了，为什么要放弃呢？

一般的论者认为，鲁迅虽未写成《杨贵妃》，但他的构思，与古今

105

挚诚情缘
千古遗恨
《长生殿》

WEN

HUA

ZHONG

GUO

① 1927 年 8 月 20 日在住处与何春才等的谈话，录自何春才《回忆鲁迅在广州的一些事迹和谈话》，文刊《鲁迅研究资料》第 3 辑。

② 孙伏园：《鲁迅先生二三事》，作家书屋 1942 年版。

众多的论者不同，鲁迅对七月七日长生殿上的盟誓和马嵬驿事件有着自己独特的理解。鲁迅对李隆基和封建帝王自私、狠毒本质的看法是深刻的，看穿了李隆基这个背叛老手的毒辣心肠。

至于对李隆基与杨玉环在仙境重圆的结局的理解，鲁迅的观点仍与众不同，这是鲁迅坚持科学立场的分析方法，认为唐玄宗因为神经错乱，出现幻觉，才幻想与成仙的杨贵妃在仙境重逢。

一般的论者还认为，《长生殿》根据观众所喜爱和洪昇他自己所向往的生旦团圆的理想，在经过激烈的社会动乱之后，还让李杨有一个大团圆的浪漫收场。又赞扬鲁迅同样没有抛弃那种"仙圆"的传说，却以其一贯的冷峻风格，无情地，也是一针见血地，指出了残局后的大团圆不过是那特殊的历史人物变态心理造成的一个幻影而已。基于此，倘若鲁迅把他的构思化成了历史戏剧，相信绝不会有指责其"胡编乱造"或"篡改历史"的。

顾聆森先生在其《聆森戏剧论评选》一书中认为："白朴、洪昇等剧作家笔下和鲁迅心目中的李、杨性格都绝非简单想象的产物，也决不是随心所欲的捏造。而纯粹是一种对于历史事件，尤其是对于历史人物性格的纵横思辨的结晶。或者可以说，历史剧在构思时，剧作家对历史（素材）的剪裁与改造过程，就是一种在创作命题之下，利用已知历史素材对某种历史精神的求证。这个过程，始终闪耀着思辨的光辉。"顾聆森先生还是站在崇拜鲁迅的立场上评论的，他既为白朴、洪昇等剧作家辩护，说他们的构思"始终闪耀着思辨的光辉"，但也不敢批评鲁迅。

可是我们细观鲁迅的这些与众不同的理解，分明是大有问题的。

鲁迅认为"七月七日长生殿上，玄宗只以来生为约，实在心里有点厌了"，否定李杨爱情的真实性和真挚情意，甚至认为马嵬坡上的悲剧就是唐玄宗暗中授意、阴谋策划的。鲁迅无端怀疑唐玄宗，认为他两次耍阴谋，也否定了聪慧的杨贵妃对唐明皇爱情之真假、深浅的辨

别能力，这应是鲁迅先生自己多疑性格的一种反映。

鲁迅对李杨爱情过于求深的见解和错误评价，说明鲁迅未能掌握李杨爱情的真谛，这才是他最终放弃创作《杨贵妃》也即创作失败的真正原因。

梅派名剧《太真外传》和《贵妃醉酒》

梅兰芳是一位在京剧发展中具有承前启后作用的、20世纪最杰出的艺术大师之一。

作为艺术大师，梅兰芳不仅精心演唱前人留下的京剧精品，他自己也努力创作新的作品。《太真外传》就是他中年时期精心创作的，根据《长生殿》编写的大型歌舞剧。全剧分四本：《遇艳》、《赐浴华清池》、《七夕盟誓》和《玉真梦会》。

《太真外传》是梅兰芳在唱腔创新方面的代表作之一。他在1926～1931年间，先后在三家唱片公司利用老式的唱法录过本剧的片段。可惜这部戏没有留下完整的录音。

言慧珠（1919～1966）师承梅兰芳，是著名的梅派传人，最得梅的神韵。她的录音则是完整的全戏。例如第四本《玉真梦会》中的【反二黄】一大段唱腔，则为梅兰芳录音带所缺。这是言慧珠在50年代的录音，她时年三十余岁，音色清脆甜美，吐字行腔严谨精细，节奏变换熨帖自然，具有全盛时期梅派唱腔的声貌。研究家卢文勤赞誉：如【回龙】开始的踩句，过渡到三眼一板的行腔，处理得丝毫不露痕迹。【慢板】中的"方才睡稳"和"来把人惊"两个大腔，将委婉曲折的旋律，唱得韵味醇厚，流畅自如。整段唱腔生动而又细腻地表现了杨贵妃身居寂寞的仙境，突闻来自人间的信息后那种乍喜还惊的心情。

京剧《贵妃醉酒》又名《百花亭》，源于乾隆时一部地方戏《醉杨妃》。但也有资料说此剧源自昆曲剧目，由其唱词结构可见其渊源。

107

挚诚情缘

千古遗恨《长生殿》

WEN

HUA

ZHONG

GUO

如果源自昆剧，也即是根据《长生殿》改编的。

据记载，旧本京剧《杨贵妃》主要描写杨贵妃醉后自赏怀春的心态，表演色情，格调低俗。剧情为：唐玄宗先一日与杨贵妃约，命其设宴百花亭，同往赏花饮酒。次日，杨贵妃遂先赴百花亭，备齐御筵候驾，孰知等待多时，唐玄宗车驾竟迟迟未至。忽报皇帝已幸梅妃之西宫，杨贵妃闻讯，懊恼欲死。杨贵妃性本褊狭善妒，尤媚浪，虽有万种情怀，一时竟难排遣，闷闷独饮，自怨自艾，不觉沉醉，方悻悻回宫。此剧描写杨贵妃酒入愁肠，三杯亦醉，春情顿炽，忍俊不禁。于是竟忘乎所以，放浪形骸，频频与高力士、裴力士二太监，做出种种醉态及求欢猥亵状，倦极方回宫。

此剧为梅兰芳毕生常演的名作。20世纪50年代，他又将原作去芜存精，从人物情感变化入手，精心修改，提高了此剧的美学层次。该剧经京剧大师梅兰芳倾尽心血精雕细刻，加工点缀，精益求精，成为梅派经典代表剧目之一。

评论家赞赏说，该剧的突出特征是载歌载舞，通过优美的歌舞动作，细致入微地将杨贵妃期盼、失望、孤独、怨恨的复杂心情层层揭示出来。贯串此剧的杨贵妃前后三次的饮酒动作，便有不同表现：第一次是用扇子遮住酒杯缓缓地啜；第二次是不用扇子遮而快饮；第三次是一饮而尽。此乃因为开始时她怕宫人窃笑，为掩饰内心的苦闷，而故作矜持。但酒入愁肠愁更愁，最后酒已过量，醉态毕露，心中的懊恼、嫉恨、空虚便一股脑地倾泻出来，也就不加掩饰，大吐真言。饮酒时的三次"衔杯"动作，也将杨贵妃从初饮、初醉到醺醺醉意细致入微、富有层次地表现出来了。这些歌舞化的动作，也体现出杨贵妃骄纵任性和放浪淫逸的性格特征。

剧中，杨玉环从掩面而饮到随意而饮，评论家极度赞赏说：梅兰芳以外形动作的变化来表现这个失宠贵妃从内心苦闷、强自作态到不

能自制、沉醉失态的心理变化过程。他将繁难的舞蹈动作表演得举重若轻，像衔杯、卧鱼、醉步、扇舞等身段难度甚高，他演来却舒展自然，流贯着美的线条和韵律。可惜梅兰芳在其艺术高峰时期的完美演出没有留下纪录影片，到晚年拍摄京剧电影《贵妃醉酒》时虽然功力深厚，惜已年过花甲，一些高难度动作已力所不逮，只能割舍掉，演唱的嗓音也达不到过去完美的状态了。

梅派唱腔将《贵妃醉酒》演绎得淋漓尽致，尤以开场杨贵妃所唱的［四平调］为著名的京剧珍品："海岛冰轮初转腾，见玉兔，玉兔又早东升。那冰轮离海岛，乾坤分外明，皓月当空，恰便似嫦娥离月宫，奴似嫦娥离月宫。好一似嫦娥下九重。清清冷落在广寒宫，啊，在广寒宫。玉石桥斜倚把栏杆靠，鸳鸯来戏水，金色鲤鱼在水面朝，啊，在水面朝。长空雁，雁儿飞，雁儿飞，哎呀雁儿呀，雁儿并飞腾，闻奴的声音落花荫，这景色撩人欲醉，不觉来到百花亭。同进酒，啊，捧金樽。宫娥力士殷勤奉啊！人生在世如春梦，且自开怀饮几盅。"有兴趣的读者可以找来录音欣赏。

京剧中的诸多旦角流派以及各地方剧种也有此剧的演出，但多已不再流传。素有"南欧北梅"声誉的欧阳予倩，其所演唱的《贵妃醉酒》与梅之"美中见醉"不同，是"醉中见美"，惜也未能保存下来。

苏州评弹《杨贵妃》

评弹产生在苏州，却繁荣于 20 世纪的上海，成为流行于上海的最重要的艺术品种之一，并以其极高的艺术成就，风靡于上海和江南。自 20 世纪前期以来，评弹得到了上海和长江三角洲地区各个层次听众的由衷热爱。

昆剧名家王传淞的《说书先生是语言大师》，著名钢琴家、作曲家丁善德的《弹词对我影响很深》，著名国画家应野平的《弹词对我的启

挚诚情缘
千古遗恨
《长生殿》

WEN

HUA

ZHONG

GUO

示》等文章，都显示出评弹对其他艺术的影响。

上海的著名电影导演徐昌霖、谢晋都将评弹艺术看作是中国传统艺术的珍宝，都从评弹艺术中汲取养料。徐昌霖曾著长文《向传统文艺探胜求宝——电影民族形式问题学习笔记》，发表于1962年的《电影艺术》杂志（共分四期连载），分析多种评弹和戏曲名作，尤以评弹为主，作为电影创作的重要艺术借鉴。

谢晋则十分欣赏评弹演员那种"目中无人、心中有人"和速出速入、变换角色的本事，认为评弹艺术的最妙之处在于表演，其分析人物之细致，刻画性格之传神，是其他艺术样式很难与之匹敌的。他感叹：在一部书里，一个演员甚至可以撑起十几个角色，除了评弹，哪个剧种有这样演法？谢晋把从评弹中获取的养料，运用于他的电影创作。他拍的《大李、小李和老李》中的一些笑料，是请评弹演员唐耿良设计的。影片《牧马人》中有许多悲剧因素，为调节情绪，谢晋"悲中有喜"、以噱头贯穿作品的做法，也来自评弹的启发。谢晋还欣赏评弹在改编小说和戏剧时，对原著的丰富和充实。

评弹名作《杨贵妃》是评弹大师杨振雄创作的，他曾与他的弟弟杨振言合演，为蜚声书坛的"杨双档"。"文革"后，因为杨振言与余红仙合说评弹经典《描金凤》，杨振雄就以单档形式演出，依旧受到热烈欢迎。

近年来，荣获评弹"金榜十佳"的青年演员张建珍演唱的《杨贵妃》，也脍炙人口。

软侬吴语、弦索叮咚的评弹《杨贵妃》可以与京剧《太真外传》和《贵妃醉酒》媲美，是达到世界一流水平的评弹艺术精品。

影视剧《杨贵妃》与日本舞剧、能剧《杨贵妃》等

近几十年来，内地和港台的电视剧《杨贵妃》有多种版本，比如

冯宝宝主演的《杨贵妃》、向海岚主演的《杨贵妃》、王璐瑶主演的《大唐歌飞》，以及在《大唐芙蓉园》中范冰冰饰演的瘦版的杨贵妃等，各有风姿。尤其是在《唐明皇》中，林芳兵将那个"回眸一笑百媚生"的绝世美女的千般柔情、万般妩媚刻画得淋漓尽致。另外，还有周洁主演的歌舞剧《杨贵妃》，侯俊杰主演的电影《杨贵妃后传》等，也都各有千秋。

最新的版本是 2009 年尤小刚导演的电视剧《杨贵妃秘史》，由殷桃扮演杨贵妃。该剧最后描写杨贵妃被逼自缢，日本遣唐使掘墓救难，贵妃死而复生，跟随日本遣唐使东渡扶桑，其悲剧命运峰回路转。从此玄宗与贵妃两地相思，寻寻觅觅，在亦真亦幻的蓬莱"相会"，玄宗踉跄而前，呼唤着"玉环"，扑地而死，而贵妃也忽然化为玄宗亲手雕琢的玉像。那玉像至今仍供奉在日本荻町长寿寺中，栩栩如生，香火鼎盛。其中，杨贵妃在马嵬坡死而复生、东渡日本一节，是这部电视剧中最为惊竦传奇、扑朔迷离的，被称为是该剧一大亮色。

近年，中日艺术家联合创作的舞蹈《杨贵妃》在上海演出，此剧当然更强调杨贵妃最后逃到日本的结局。

2010 年上海世博会期间，"世博中日戏剧大师汇演"在上海连演三天。6 月 23 日夜，由京剧表演艺术家梅葆玖和歌舞伎大师坂东玉三郎、能乐大师关根祥六领衔，以各自的艺术形式，同台演出了"杨贵妃"。关根祥六展示了能乐的传统名剧《杨贵妃》，其"隐而不宣，潜藏内心"的表演，深具禅意。与之相形对照的是，梅葆玖表演的京剧《贵妃醉酒》以繁复有致的戏曲身段，展示了梅派艺术"中正平和"之美。最后亮相的歌舞伎《杨贵妃》则借鉴了能乐的样式和京剧的表演，第一次在上海表演歌舞伎的坂东玉三郎，在表演中配以昆曲乐队和苏州韵白，让观众耳目一新。

真是演不完的杨贵妃！

挚诚情缘
千古遗恨
《长生殿》

WEN

HUA

ZHONG

GUO

第四章

《长生殿》的传奇情缘与本真

　　《长生殿》所描写的李杨爱情是一段精彩有趣而又发人深省的传奇情缘。这段情缘在历史上的原貌，正史即《二十四史》的《旧唐书》、《新唐书》和《资治通鉴》都有真实的记载，我们可以从这些记载中提炼出《长生殿》创新性的文化意义。

一、知音互赏式的爱情：李杨爱情的独特意义

　　知音互赏式的爱情模式，是中国古代青年男女在伟大的爱情实践中的杰出创造。

　　知音互赏式的爱情，最早的渊源是《史记》中所描写的司马相如和卓文君的爱情故事。

　　《西厢记》是在世界文化史上首创知音互赏式爱情模式的杰作。《长生殿》则是对其模式的杰出继承和推新之作。李杨爱情成为知音互

赏式爱情的新的典范。

知音互赏式的爱情，有不少是穷书生和富小姐的恋爱故事，并在戏曲、小说和说书中形成了"私订终身后花园，落难公子中状元"的模式。这个模式是由司马相如与卓文君发其端，在《西厢记》中则正式成熟，达到高峰，其后还有名作《牡丹亭》、《玉簪记》、《娇红记》等。

《史记·司马相如列传》记载了司马相如与卓文君婚恋的故事，写得具体细腻，婉转浓丽，新奇而有情趣，犹如一篇生动的小说，所以清人吴见思称之为"唐人传奇小说之祖"。它不仅给后世文学艺术作品的创作提供了极好的原始的素材，而且提供了一个范例，启发了一种新的爱情模式，即知音互赏式。

司马相如是蜀郡成都人，少年时喜欢读书，也学习剑术，文武双全。最初，他凭借家中资财而被授予郎官之职，爱好写作辞赋。可是汉景帝不喜欢辞赋，相如就旅居梁国，与梁孝王手下善于游说的邹阳、枚乘、庄忌先生等一同居住，相处了好几年，写了《子虚赋》。梁孝王去世后，相如只好返回成都。此时，他家境贫寒，也没有可以维持生计的职业。

司马相如曾同临邛县令王吉结为好友，王吉看他长期离乡在外求官任职，很不顺利，就邀约他前去。于是，相如前往临邛，暂住在城内的小亭中。临邛县令佯装恭敬，天天都去拜访相如。最初，相如以礼相见，后来就谎称有病，让随从去拒绝王吉的拜访。王吉见此却更加恭敬谨慎。

临邛县里富人多，像卓王孙家就有家奴八百人，程郑家也有数百人。二人商量说："县令有贵客，我们备办酒席，请请他们两位。"他们将县令请到了卓家，又去请司马相如。相如却推托有病，不肯前来。临邛县令见相如没来，不敢进食，就亲自前去迎接相如。

113

挚诚情缘
千古遗恨
《长生殿》

WEN

HUA

ZHONG

GUO

相如不得已，勉强来到卓家，满座的客人皆惊羡他的风采。酒兴正浓时，临邛县令上前向相如献上一琴，说："我听说长卿特别喜欢弹琴，敬请奏曲，以助欢乐。"相如辞谢一番，便弹奏了一两支曲子。卓王孙有女文君，刚刚守寡，很喜欢音乐。所以相如佯装与县令相互敬重，而借用琴声暗自挑动她的爱慕之情。据《史记索隐》记载，琴曲的歌辞是："凤兮凤兮归故乡，游遨四海求其皇，有一艳女在此堂，室迩人遐毒我肠，何由交接为鸳鸯。""凤兮凤兮从皇栖，得托子尾永为妃。交情通体必和谐，中夜相徒别有谁？"于是曲名定为《凤求凰》。

相如来临邛时，有车马相随，仪表堂堂，文静典雅，气度大方。他到卓王孙家喝酒、弹琴时，卓文君从门缝里偷偷看他，心情愉快激荡，特别喜欢他。宴会完毕，相如托人以重金赏赐文君的侍者，向她转达殷切诚恳的倾慕之情。于是，卓文君乘夜逃出家门，私奔相如，相如带着文君急忙赶回成都。当是时，相如家家徒四壁，空无一物。

卓王孙得知女儿私奔，大怒道："女儿极不成才，我不忍心伤害她，但也不分给她一个钱。"有人劝说卓王孙，但他始终不听。时间长了，文君感到不快乐，劝相如说："只要我们一起去临邛，向兄弟们借贷也足可维持生活，何必让自己困苦如此？"相如就同文君来到临邛，把自己的车马全部卖掉，买下一家酒店，做卖酒生意；并且让文君亲自主持垆前酌酒，应对顾客，自己则与雇工一起忙活，在闹市中洗涤酒器。卓王孙闻讯，深感耻辱，为此闭门不出。文君的一些兄弟和长辈交相劝说卓王孙，说："你有一儿两女，家中不缺钱财。如今，文君已经失身于司马长卿，而长卿本已厌倦离家奔波为官的生涯，虽然贫穷，但他确实是个人才，完全可以依靠。况且他又是县令的贵客，为什么偏偏这样轻视他呢？"卓王孙不得已，只好分给文君家奴一百人、钱一百万，以及衣服、被褥和其他财物等。于是，文君携同相如再次回到成都，买入田地房屋，成为富人。

后来汉武帝读了相如的《子虚赋》很喜欢，又经相如同乡杨得意介绍，皇帝召见相如，相如又作新赋，皇帝更加喜欢。相如又说服皇帝派他出使西南方，于是被任命为中郎将，持节出使。他乘坐四匹马驾驭的传车向前奔驰，凭借巴、蜀的官吏和财物去笼络西南夷。相如到达蜀郡后，蜀郡太守及其属官都到郊界上迎接相如，县令背负着弓箭在前面开路，蜀人都以此为荣。于是卓王孙、临邛诸位父老都来到相如门下，献上牛和酒，与相如畅叙欢乐之情。卓王孙喟然感叹，自以为把女儿嫁给司马相如的时间太晚，便又给了文君一份丰厚的财物，使与儿子所分均等。司马相如平定了西南夷，邛、筰、冉、駹、斯榆的君长都请求成为汉王朝的臣子。汉朝拓展了疆土，皇上特别高兴。

司马相如任官时，不喜欢同公卿们一起商讨国事，借病在家闲住，不追慕官爵。相如讲话口吃，却善撰文。他多次写作华美的赋，规劝皇帝克制奢华。

后来相如因病免官，家住茂陵。皇上说："司马相如病重，可派人去把他写的书全部取回，否则以后就散失了。"使者到茂陵时，相如已死，而家中无书。相如之妻答道："长卿本不曾有书。他时时写书，就时时被人取走，因而家中总是空无一书。不过，长卿死前，曾写过一卷书，他说如有使者来取，就把它献上。此外别无他书。"他留下来的书，是有关封禅之事，天子看了大感惊异。

《史记·司马相如》的以上记载，创立了穷书生与富小姐自由恋爱的描写模式，对后世影响极大。这个模式的基本要素为：恋爱双方是非常匹配的才子与佳人。文君是美人，而司马相如也是英俊的男子；两人都有很高的文学、音乐修养，精于琴艺，气度出众。可见，两人是年龄和才貌相当、感情融洽的如意伉俪。

佳人往往有识见和眼光。占有娘家资财优势的女子卓有眼光，看准书生虽穷，但才华杰出，忠于爱情。事实证明，司马相如"少时好

读书，学击剑"，不仅文武双全，还是大才。首先，他创作的赋，代表了汉代最高的文学成就，司马迁赞扬相如之赋"然其要归引之节俭，此与《诗》之风谏何异"；正是他首先达到艺术高峰的赋，使赋成为汉代成就最高的文学样式，后人称之为"汉赋"，他与司马迁也被合称为"西汉两司马"，因此他还是中国文学史上的一位一流作家。其次，他在朝廷为官时，奉武帝之命，平定了西南，安定了蜀郡，为国家疆土的安定和拓展建立了彪炳史册的功勋。再次，他与文君白头到老，善始善终。

才子富于智慧，善于用巧妙方式接近女方，表达爱意。他为了接近深闺中的文君，赢得她的好感，曾与当县令的朋友谋划过一些争取见面的方法，成功打破豪门深宅大院和奴仆成群包围的阻碍，终于制造机会，用他的机智和雅致向文君表达自己的爱意，值得赞赏。书生为了接近佳人而动用智慧和谋略，往往是多情男子对女方真诚求爱的一种风趣表现。

同时，才子对佳人态度诚实，不说谎，不贪图虚荣。比如相如娶文君时，并没有隐瞒自己家徒四壁的困境，而是让文君看到自己的真实家境。

才子和佳人还往往依靠佳人的贴身侍女互通音讯，传达爱意，在她的帮助下，才子佳人的爱情才得以发展并走向成功。

相如、文君联姻的故事，是古代不用钱财衡量一切尤其是爱情婚姻的佳例。作者以公正的眼光看待男女双方在情爱婚姻中的平等地位：才子英俊高雅，佳人秀丽温柔；才子有才，佳人有财。双方都忠于爱情，并为此而经历考验。

以上基本要素，使司马相如与卓文君的爱情故事流芳百世，成为幸福和浪漫爱情的一个经典故事，并为历代诗歌、戏曲、小说、说书所歌颂和仿效。

难能可贵的是，从文君的故事可知古代寡妇嫁人，是社会公认的天经地义之事，所以"新寡"的卓文君嫁给司马相如无人非议。

更难能可贵的是，《史记》肯定相如和文君两人在贫困时靠自己的诚实劳动谋生。这也肯定他们能屈能伸，有着自尊、自信、自立、自强的坚韧品质。后来，卓王孙给他们钱财，固然有面子的因素，但换一个角度看，相如、文君夫妇无懈可击的绝佳表现，也是重要的原因。如果两人穷极无聊，譬如向人家借钱、骗钱度日，或以酒浇愁，消极颓废，卓王孙就难以回心转意了。

司马相如和卓文君这段爱情佳话成为少男少女追求自由爱情的榜样，有很多诗歌、戏曲给予表现，在《西厢记》等戏曲、小说中也不断被提及。

据苏涵《母题的流变与模式的衍展——司马相如卓文君戏曲考论》统计，明清两代戏曲以此为题材的竟多达 12 种，惜多已不存，仅存者为明初无名氏《司马相如题桥记》（《脉望馆抄校本古今杂剧》本）、朱权《卓文君私奔相如》杂剧、孙柚《琴心记》传奇和清代黄燮清《茂陵弦》。这些作品晚于《西厢记》，但多向《西厢记》首创的知音互赏式爱情模式靠拢，各有其艺术特色和成就。总的倾向都是歌颂纯真美好的爱情，琴、诗为传达爱情的最佳媒体，贴身女侍为最佳助手，表现了一个历久不衰的文学艺术母题。

虽然《史记·司马相如列传》记叙司马相如琴挑卓文君，用琴声表达爱意，两人毕竟没有正式见面交谈，他们的相爱还只是停留在一见钟情的层次。而《西厢记》细腻描绘了张崔之恋，真正写出了知音互赏式的爱情历程。

《西厢记》一开始虽也描写张生与莺莺一见钟情，但并没有成功。孙飞虎围寺，要抢夺莺莺为妻，张生应召救助莺莺，老夫人在许婚之后又赖婚。《西厢记》描写张崔在爱情遭到挫折之后，超越了一见钟情

挚诚情缘
千古遗恨
《长生殿》

WEN

HUA

ZHONG

GUO

的阶段，结合爱情受到严峻考验的心理历程，在红娘的帮助下，张崔施展才华，用诗歌、琴曲等艺术手法传达和交流真挚深厚的爱的情意和信息，在心灵碰撞中，不断增进了解，知音互赏，冒出新的爱情火花，从而极大地推动了爱情的发展。由于爱情双方通过文艺形式的交流，在人生观、爱情观和审美观上取得比较一致的认识，展示了知识、智慧和艺术的力量，故而又能超越生理层面的爱恋，进入精神境界层次，达到灵与肉结合的爱的最高层次。

《西厢记》之后，明代传奇名作《玉簪记》以《琴挑》一出为中心，也继承了《西厢记》首创的知音互赏爱情模式，取得了令人瞩目的艺术成就。

可是书生和小姐的自由恋爱，在司马相如和卓文君之后，在古近代社会中是没有真实发生过的。众多的戏曲、小说和说书都只是作家虚构的自娱娱人的浪漫故事。《西厢记》也是虚构的，这个题材的最早作品——唐代元稹的《莺莺传》讲述的则是张生始乱终弃的故事，张生欺骗了莺莺的感情。

《长生殿》是《西厢记》后又一部描写知音互赏式爱情的经典著作。《西厢记》和《长生殿》又启示了后来的《桃花扇》和《红楼梦》等名著，使之成为描写知音互赏式爱情的经典之作，并分别做出了新的创造。

历史上的李杨爱情和《长生殿》的描写基本一致：唐明皇最初看中的仅仅是杨玉环的惊人美色，杨玉环追求的也无非是唐明皇的至上权力。唐明皇移情梅妃、虢国夫人等，杨贵妃则嫉妒难忍，双方矛盾丛生。但是唐明皇和杨贵妃都喜欢音乐、舞蹈等艺术，两人的共同爱好和大致相同的艺术鉴赏力，使他们心灵相通，直至建立起知音互赏式的爱情。对此，《长生殿》有细腻、精彩的描写。

《长生殿》描写李杨二人在结合多年之后，重新定情密誓，是因为

经过了第十二出《制谱》、第十六出《舞盘》，唐明皇与杨贵妃一起作曲、击鼓、舞蹈，成为艺术上互相欣赏的知音，两人建立起知音互赏式的爱情。他们通过在艺术上的共同爱好、追求和创作（作曲、演奏、演出），达到心灵上的融合，从而极大地发展和巩固了他们的天赐情缘。

《长生殿》描写帝王后妃知音互赏式的爱情是通过共同创作《霓裳羽衣曲》来实现的。关于千古闻名的杰作《霓裳羽衣曲》的作者，歧说很多，浪漫的传说也很多。南宋王灼《碧鸡漫志》的考证最为翔实。他认为："《霓裳羽衣曲》，说者多异，予断之曰：'西凉创作，明皇润色，又为易美名。其他饰以神怪者，皆不足信也。"

可是《长生殿》为了塑造人物和推动情节的需要，将《霓裳羽衣曲》作曲的著作权归在杨贵妃名下。第十二出《制谱》描写了杨贵妃的创作过程：醒来后，她依然沉浸在梦中在月宫中听到的仙乐，然后将追忆到的音乐"转移过渡，细微曲折之处，自加细审"，将字字按法调停、段段融和如化，并将"月里清音，细吐我心上灵芽"。

唐明皇听了此曲，感到美不胜收，惊叹之余，两人并肩而坐，合力切磋，情深意浓。唐明皇认为只有杨贵妃亲自指授，才能完美演奏此曲，而灵慧过人、才艺超人的杨贵妃也亲自演出了此曲。史书说"太真姿质丰艳，善歌舞，通音律"（《旧唐书·后妃传上》），这至少在一定程度上是符合历史事实的。而《长生殿》描绘她为

《舞盘》

119

挚诚情缘
千古遗恨
《长生殿》

WEN

HUA

ZHONG

GUO

《霓裳羽衣曲》制曲、取名，这是塑造典型人物的需要，也是容许的。

第十六出《舞盘》叙述唐明皇为杨贵妃过生日，命李龟年等演奏《霓裳羽衣曲》。杨贵妃介绍了此曲的结构、内容和特点，讲得头头是道。唐明皇听了十分佩服，由衷赞扬"妃子所言，曲尽歌舞之蕴"。杨贵妃预制有一面翠盘，她请试舞其中。于是她"整顿衣裳重结束，一身飞上翠盘中"，李龟年则领梨园子弟按谱奏乐。唐明皇看到美人神采飞扬、舞影婆娑，兴奋得亲自敲打羯鼓，为舞蹈敲击节拍。

杨贵妃舞姿极其优美，她合着音乐的节拍："罗绮合花光，一朵红云自空漾。看霓旌四绕，乱落天香。安详，徐开扇影露明妆。浑一似天仙，月中飞降。轻扬，彩袖张，向翡翠盘中显伎长。飘然来又往，宛迎风菡萏，翩翻叶上。举袂向空如欲去，乍回身侧度无方。"急舞时："盘旋跌宕，花枝招展柳枝扬，凤影高骞鸾影翔。体态娇难状，天风吹起，众乐缤纷响。冰弦玉柱声嘹亮，鸾笙象管音飘荡，恰合着羯鼓低昂。按新腔，度新腔，袅金裙，齐作留仙想。"在那令人心醉的音乐的陪伴下，杨贵妃"逸态横生，浓姿百出"。唐明皇不禁连声赞叹："宛若翩风回雪，恍如飞燕游龙，真独擅千秋矣。"又命赐酒，杨贵妃"把金觞，含笑微微向，请一点点檀口轻尝"。她喝酒的姿势也美不胜收，喜得唐明皇"仔细看她模样，只这持杯处，有万种风流殢人肠"。

这在《长恨歌》和《长恨歌传》中都是没有的情节，白朴的《梧桐雨》也无此描写。可见杨贵妃作曲，唐明皇与她共同商讨、欣赏，然后在杨贵妃舞蹈时，唐明皇亲自击鼓，这些都是《长生殿》的艺术创新。《长生殿》通过杨贵妃的作曲和舞蹈，加强了她作为艺术天才的典型性，与另一位有艺术天才的唐明皇达到心灵上的默契，让他们在共同的艺术创作的过程中建立起真正的爱情，从而将一般的帝王后妃的情欲之爱转化、提升为两位志同道合、技艺相当的艺术天才的真挚情爱。

一般论者多认为《长生殿》美化了李杨爱情，认为帝王和后妃不会有真正的感情。也有论者承认李杨确有真爱，但讲不清楚他们真诚相爱的原因，认为他们也仅是一般的男女之爱。实际上，他们在帝、妃的身份之外，还是两位艺术水准高超的艺术家。他们将自己的爱情与艺术追求和创作结合起来，这才发生了质变，成为知音互赏的恋人，建立了真正美妙的爱情。

因此，《长生殿》表现李杨爱情的独特意义在于描写了两位天才艺术家在共同创作和欣赏中建立的知音互赏式的爱情。他们是先结合后恋爱，因此此剧也启示了中国古近代先结婚后恋爱的一个重要的爱情模式。

文艺作品终究是生活真实的写照和反应，古代才子佳人的自由婚姻固然没有成功的实例，但知音互赏式爱情的真实故事则有很多。例如辽国萧太后和丞相韩德让，北宋李清照和赵明诚，南宋梁红玉和韩世忠，明末柳如是与钱谦益等。另有洪昇本人的亲戚兼文友，为《长生殿》做批语、写序、删改的吴吴山，他和自己的未婚妻、亡妻、继妻三妇共评《牡丹亭》及其围绕评点《牡丹亭》所发生的动人爱情故事和奇妙的创作经历，都显示出他们是知音互赏式爱情的又一典范。

辽国名相韩德让（941～1011），卓有才华，善战，"重厚有智略，明治体，喜建功立事"。他屡败宋军，成为辽景宗病危时的顾命大臣之一。

其实，早在年少时，韩德让与萧燕燕曾经订有婚约。可惜因皇家横刀夺爱，萧燕燕十五岁应召入宫，他们的爱情被活活拆散。

辽景宗死时，萧太后燕燕年方三十，她对韩德让说："吾尝许嫁子，愿谐旧好，则幼子当国，亦汝子也。"她以北国女子的豪放、坦率，主动向韩德让射出丘比特之箭。从此两人居同帷幕，出猎同穹庐。按契丹的习俗，寡妇可以再嫁，他俩的同居无人非议。

挚诚情缘
千古遗恨
《长生殿》

WEN

HUA

ZHONG

GUO

统和四年（986），宋朝派遣曹彬、米信率领十万兵士北伐时，德让随太后出师，击败宋军。统和二十二年（1004），又随从太后南征，到达黄河边，直至与宋议和，签订"澶渊之盟"后才返回。《辽史·耶律隆运传》最后评论说："德让在统和间，位兼将相，其克敌制胜，进贤辅国，功业茂矣。至赐姓名，王齐、晋，抑有宠于太后而致然欤？"

萧、韩便是历史人物中在军国大事上的知音互赏式爱情典范。戏曲中所描写的知音互赏式的爱情，既有虚构的故事，也有历史上真实的事例，例如描写侯方域与李香君的《桃花扇》，其结局就是虚构的。有的则是在基本真实的基础上，做了重要的艺术虚构，例如记叙唐明皇与杨贵妃故事的《长生殿》。

《红楼梦》中宝玉和黛玉用切磋诗作、交流读书心得等方式表达情意，双方在情爱的交流中展现出较高的文化修养和艺术修养，也建立起知音互赏式的爱情。这样的描写方式是同期东西方各国文艺作品中所缺乏的，而且至今仍罕见此类精彩之作。当今中国未能继承这种传统文艺的精华，也缺乏此类作品。

二、乐极生悲的因果突变：马嵬坡之难

安史之乱对于唐玄宗和杨贵妃来说，其直接结果是发生了多重背叛交织背景下的马嵬坡事件，李杨爱情也随之走向结束。

史家一般认为李隆基曾经是个成熟的政治家，他的出色治理能力，将唐朝推进到开元盛世这个盛唐的顶点。实际上，唐玄宗在其统治前期，全靠多位贤明的宰相治理国家，而在其统治后期，他不能算是一个优秀的政治家，也不是一个成熟的军事家。安史之乱爆发之前，他重用奸相李林甫和杨国忠，信任和重用叛臣安禄山；叛乱爆发之后，他又应对失策。

天宝十四载（755）十一月九日，安禄山伪称"奉命讨伐杨国忠"，率众十五万，号称二十万，于范阳起兵造反。安禄山率兵南进，"所过州县，望风瓦解，守令或开门出迎，或弃城窜匿，或为所擒戮，无敢拒之者"（《资治通鉴》卷二一七）。次年六月九日，潼关失守，长安即将陷落。

这是什么原因呢？范文澜说："唐玄宗极端骄傲，总以为自己的想法一定是对的。在安禄山反叛以前，他对朝臣担保安禄山'必无异志'，给予兵权毫不吝惜。安禄山反叛以后，他转过来对将帅猜忌，只要不合己意，就认为可疑，或杀或逐，毫不犹豫。既然认为自己是对的，那么，除了李林甫式的奸相和宫廷奴隶——宦官，此外再没有值得真正可信任的人了。"① 白寿彝总主编的《中国通史》也说："至德元载（756）六月，由于玄宗指挥失误，潼关失守，通往长安的大门被打开了。玄宗与杨贵妃等连夜逃离京师。"

唐玄宗仓皇出逃

唐玄宗看到兵败如山倒，自己大势已去，就临时决定出逃。出逃时天下着微雨，好像在为天下百姓正在承受的浩劫哭泣。在凌晨的微雨中，慌乱中的李隆基带领杨贵妃和宰相杨国忠、韦见素以及太子、亲王等，悄无声息地秘密逃出延秋门。

唐玄宗有三十个儿子、三十个女儿，他在仓皇出逃时，只有"仪王（李璲，第十二子）以下十三王从"（《新唐书》卷一百七，《玄宗诸子传》），即带走了十三个儿子，其他子孙（《新唐书》记载他的孙子94个）、公主、外孙多被丢弃。被丢下的众多妃嫔、皇子皇孙和文

① 范文澜：《中国通史简编》修订本第三编第一册，人民出版社1965年版，第136页。

123

挚诚情缘

千古遗恨
《长生殿》

WEN

HUA

ZHONG

GUO

武百官、长安百姓恐骇万状，四处奔逃，终落敌手。七月，安禄山部将孙孝哲攻陷长安，先后杀戮霍国长公主以下百余人，玄宗留下的子女孙辈被诛杀殆尽。

丢弃和背叛长安百姓，使全国百姓陷入战乱的水深火热之中，是唐玄宗最大的罪责。俞平伯认为："《长恨歌》立意于第一句，已点明，所谓'汉皇重色思倾国'是明皇不负杨妃，负国家耳。开门见山，断语老辣。"[1] 但唐玄宗也负了杨妃。

唐玄宗是在一系列政治失误之后，坐视安禄山叛乱，又无力剿灭，最终自食恶果。但最高统治者的愚蠢和失败，必然要连累国家大局和全国百姓。

他们临时仓皇出逃的第一个难题是沿途没有食品供应。由于没有周密计划，所以逃走时，根本没有考虑到出逃后如何生活。在出逃路上，沿途官吏逃散，无人接应，唐玄宗与其随从，从第一顿饭开始，每一顿饭都成了问题，可谓狼狈之极，苦恼之极。而更严重的情况却接踵而来。

马嵬坡事件

第三天，唐玄宗一行来到马嵬驿（今陕西兴平西），就接连遭到护卫的臣子和军队的背叛。因为扈从的六军将士平时养尊处优，至此一路风餐露宿，疲惫不堪，皆怨恨杨国忠的乱政误国招致了这次动乱，于是发动了兵变，杀死了杨国忠及其子户部侍郎杨暄，接着，杨贵妃命丧黄泉，韩国、秦国和虢国夫人也同时遇害。

马嵬驿事变中交错着多重背叛。由于事起仓促，场面极其混乱恐

---

[1]　俞平伯：《〈长恨歌〉及〈长恨歌传〉的传疑》，《论诗词曲杂著》，上海古籍出版社 1983 年版，第 404 页。

怖，当事人皆惊慌失措，故而无人能详尽准确记录其过程，于是关于马嵬驿事变有多种记载。如《资治通鉴》的记载为：将士们杀了杨国忠后依然包围驿站，龙武大将军陈玄礼报告说："诸将既诛国忠，以贵妃在宫，人情恐惧。"玄宗听后，倚杖垂首而立，迟疑良久，一筹莫展。又经京兆司录韦谔与高力士苦劝，玄宗才命高力士带走贵妃，贵妃迅即被杀，命丧黄泉。

《旧唐书·玄宗本纪》的记载稍有不同：丙辰（十四日），次马嵬驿，诸卫顿军不进。龙武大将军陈玄礼奏曰："逆胡指阙，以诛国忠为名，然中外群情，不无嫌怨。今国步艰阻，乘舆震荡，陛下宜徇群情，为社稷大计，国忠之徒，可置之于法。"会吐蕃使二十一人遮国忠告诉于驿门，众呼曰："杨国忠连蕃人谋逆！"兵士围驿四合，及诛杨国忠、魏方进一族，兵犹未解。上令高力士诘之，回奏曰："诸将既诛国忠，以贵妃在宫，人情恐惧。"上即命力士赐贵妃自尽。玄礼等见上请罪，命释之。

《杨太真外传》卷下的记载则又有不同：玄宗走进行宫，搀扶着贵妃出厅门，行至马道北墙口与她诀别。贵妃泣涕呜咽，语不胜情，最后诀别说："愿大家好住。妾诚负国恩，死无恨矣。乞容礼佛。"玄宗说："愿妃子善地受生。"高力士遂把她缢死在佛堂前的梨树下，六军将士验明已死后，将尸体埋在西郭外一里多远的道路北坎下。

陈玄礼和众多卫兵背叛唐玄宗，发动政变，翦灭当朝宰相，造成

《陷关》

挚诚情缘
千古遗恨
《长生殿》

WEN

HUA

ZHONG

GUO

当朝政府倒阁。在叛兵的压力之下，为了自保，唐玄宗毫不犹豫地背叛了他一手提拔并非常信任的政治盟友杨国忠，又背叛了杨贵妃。李杨爱情在这样复杂的背景下走向完结。

唐玄宗离开马嵬驿后，事变并未平息。首先是次日百姓拦路，不让唐玄宗一行离开，要求留下皇太子带领兵民抗击安禄山叛军；接着是官兵军心动摇，还口出牢骚、咒骂、威胁等种种丑言恶语，形势非常严峻。

俗话说："皇帝不差饿兵。""重赏之下才有勇夫。"杀了杨国忠和杨贵妃，军队只能保命，并不能解决他们的现实和前途问题。他们觉得，远看则前途茫茫，何时能返长安，再见父母妻子？眼下则衣食无着，路途辛苦，怎么度过当下的日子？当时唐玄宗身边的朝臣只剩韦见素一人，看来也是才华平庸之人，所以在危难中没有什么作为。第六日到达扶风郡时，军士准备逃散，纷出丑言，陈玄礼不能控制局面。幸亏此时四川送来十万匹丝绸贡品，唐玄宗立即决定发给这些官兵，渡过眼前的难关。慰情聊胜于无，军士们这才暂时收住了反乱的言语。

实际上，这些军士虽然讹诈皇帝，心中也十分明白，只有跟着皇帝逃到四川去，没有别的出路。如果反叛，其他官军必定会来镇压，而且谋反之罪，万不得已是不能犯的；逃散的话，如果不投降安禄山叛军，也可能被抓获，即使逃到他乡，也永远回不了家了。

因此，唐玄宗如果头脑冷静，想出适当的言辞劝说陈玄礼，并通过他和高力士去劝说军士，是可以保住杨妃，渡过难关的。如果一时说不服，也可以拖延半天，以寻求转机；或者索性态度强硬，说清军队哗变的后果，软硬兼施，说不定也能成功。唐玄宗在叛乱发生后，胆已吓破，惊慌失措，兼之缺乏应变之智，所以步步走错。此时他还未一败到底，所以，接着又有好戏，先是在途中被迫把军权交给皇太子李亨与永王璘、盛王琦、丰王珙等皇子；大权旁落之后，唐玄宗继

续逃命，终于进入四川。

文武百官，只有几个人随驾，兵士才千余人；四万宫女，只有贴身的二十四人随身服侍。想当年，汉武帝时的西蜀富翁卓王孙家即有家仆千人，唐玄宗此时尚不及一个一般的富人。

就这样在众叛亲离的情况下，唐玄宗率领如此少的随从，到达蜀中。他于八月下罪己诏，自作沉痛检讨，算是向天下人做了一个交代。但是他已经没有改正的机会了。

留守的太子李亨离开马嵬驿后，马上背叛父皇，抢班夺权，自立为皇帝，即唐肃宗。

唐诗对此的描写和表现

唐玄宗逃出长安，丞相杨国忠和杨贵妃等被杀，这在当时是惊天动地的大事。因此，唐代诗人有不少作品描写和评论这一事件。

安禄山占领长安后，于七月丁卯，使孙孝哲杀霍国长公主及王妃、驸马等八十人。己巳，又杀王孙及郡县主二十余人，并刳其心，以祭安庆宗。王侯将相扈从玄宗入蜀者，子孙兄弟，虽在婴孩之中，皆不免于刑戮。

【唐长安城】

唐朝都城长安是当时世界上规模最大的城市。全城分为宫城、皇城和郭城三部分。长安人口众多，人称"长安百万家"。

《唐鉴》载："杨国忠首倡幸蜀之策，帝然之。甲午既夕，命陈玄礼整比六军，选厩马九百余，外人皆莫知也。乙未黎明，帝独与贵妃姊妹、王子妃皇孙、杨国忠、韦见素、陈玄礼及亲近宦官宫人，出延秋门。妃主王孙在外者，皆委之而去。"《资治通鉴》载："是日百官犹有入朝者，至宫门犹闻漏声，三卫立仗俨然。门既启，则宫人乱出，

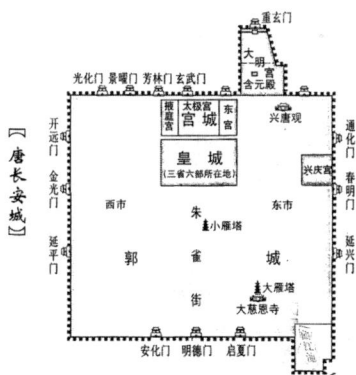

127

挚诚情缘
千古遗恨
《长生殿》

WEN

HUA

ZHONG

GUO

中外扰攘，王公士民，四出逃窜。"

"诗圣"杜甫有多首诗歌揭示和描写当时战乱的惨况，其中长诗《哀王孙》是中国诗歌史上的经典之作，描写了被唐玄宗丢弃的公子王孙的惨况。此诗开首四句说：

> 长安城头头白乌，夜飞延秋门上呼。又向人家啄大屋，屋底达官走避胡。

头白鸟，不祥之物，初号门上，故明皇出延秋门。又啄大屋，故朝官一时逃散。

金圣叹批道："一解，便写尽无数事。如玄宗从延秋门出，满城达官悉已避去，方失落下王孙，入他人手，正未审几行始得到。轻轻插入'延秋门'三字，言玄宗从此去也。其事既在必书，然实书在玄宗名下，又失讳尊之体，只因写妖乌夜呼，便见用笔回避有法。且令出门时，分外怕人，气色都见。"

《献发》

接下四句描写玄宗仓皇出逃时，不仅抛弃国土与百姓不管，连自己的嫡亲"王孙"也不复顾及，任其落入绝境：

> 金鞭断折九马死，骨肉不待同驰驱。腰下宝玦青珊瑚，可怜王孙泣路隅。

金圣叹批为："不知者谓'金鞭'二句是写玄宗，'宝玦'二句是写王孙。殊不知此一解，是先生以异祥妙笔，曲曲剔出'王孙'二字来。言是日路隅忽见泣者，耸然惊曰：是

真皇帝骨肉也！本应同驱前后，不待竟去，遂至遗失于此。或问何故不待竟去？嗟乎，金鞭一断，九马尽败，宗庙社稷，已不复顾，安暇复保妻孥哉！问：皇帝不待，是诚有之，然今日路隅泣者何限，何用知此必是王孙？嘻，不见腰下宝玦乃是青珊瑚所装耶？是岂他家所宜有？一解四句，凡用无数曲法，曲出王孙来。"

　　　　问之不肯道姓名，但道困苦乞为奴。已经百日窜荆棘，身上无有完肌肤。①

王孙落难，竟然乞求当人家的奴仆。君子之泽，五世而斩。唐玄宗的孙子，已经沦落为奴而不得。当然，对这位王孙，我们倒应该有所敬意，因为他不甘饿死冻死，情愿做奴仆，争取活命。我们相信他活下来后，一定能够自食其力，展开另一种人生。

杜甫此诗是唯一描写安史之乱爆发后王孙悲惨遭遇的作品。其他诗人大多对杨贵妃命丧马嵬驿一事极感兴趣，热情的唐代诗人从不同的角度谈了对这一历史事件的感受，《全唐诗》中以"马嵬"为题的竟有二十一首之多。诗人们一般都能认识到，玄宗与贵妃骄奢淫逸的生活，是导致安史之乱的祸根。例如李益《过马嵬二首》之一说：

　　　　丹壑不闻歌吹夜，玉阶空有薜萝风。世人莫重霓裳曲，曾致干戈是此中。

不少诗都将批判的对象指向唐玄宗。李商隐的《马嵬二首》其一云：

　　　　冀马燕犀动地来，自埋红粉自成灰。君王若道能倾国，玉辇何由过马嵬？

汪辟疆分析说："他只在第二句用两个'自'字，把杨妃的死，国

　　① 周锡山编校：《金圣叹全集》第四册，江苏古籍出版社 1985 年版，第 552 ~ 554 页；万卷出版公司 2009 年版，第 64 ~ 67 页。

129

挚诚情缘
千古遗恨
《长生殿》

WEN

HUA

ZHONG

GUO

家的倾，一齐都归到三郎身上，居然史笔。读了这二十八字，只觉《长恨歌》和《津阳门》太费词了。"①

《马嵬二首》其二更是著名：

> 海外徒闻更九州，他生未卜此生休。空闻虎旅传宵柝，无复鸡人报晓筹。此日六军同驻马，当时七夕笑牵牛。如何四纪为天子，不及卢家有莫愁。

诗人批评当年他们曾经山盟海誓"世世为夫妇"，还嘲笑过牛郎与织女一年只能见一次面。然而，玄宗为了保全自己，竟将贵妃赐死。他虽贵为天子，尚不如爱护自己妻子的普通丈夫。

唐人诗歌一般都感慨李杨情事影响政局，如苏拯的《经马嵬坡》：

> 一从杀贵妃，春来花无意。此地纵千年，土香犹破鼻。宠既出常理，辱岂同他死。一等异于众，倾覆皆如此。

上半首写景，景是虚写，虚中有实，意味深远。后半首直言批评唐明皇异乎寻常地宠爱杨玉环，而杨玉环的死也受到了异乎寻常的耻辱，讥评倾国覆家的人都是这么一个受辱的下场。

唐末韦庄的《立春日作》则同情杨贵妃，谴责唐玄宗：

> 九重天子去蒙尘，御柳无情依旧春。今日不关妃妾事，始知辜负马嵬人。

唐广明元年（880）冬十二月，黄巢起义军入潼关、下华州，唐僖宗重走唐玄宗的老路，慌忙逃往成都。韦庄于次年立春日写了这首诗，用唐玄宗酿成安史之乱来批判、谴责酿成广明之乱的当朝皇帝唐僖宗。

李益的《过马嵬》一诗则以贵妃的口吻道出了她心中的不平：

> 汉将如云不直言，寇来翻罪绮罗恩。托君休洗莲花血，留记

---

① 汪辟疆：《唯美诗人李义山》，《汪辟疆文集》，上海古籍出版社 1988 年版，第 53 页。

千年妾泪痕。

这是代杨玉环立言，抒发怨气。

杨贵妃成为替罪羔羊，人们往往同情弱者，并给予深切的同情，如高骈的《马嵬驿》：

> 玉颜虽掩马嵬尘，冤气和烟锁渭津。蝉鬓不随鸾驾去，至今空感往来人。

杨玉环的冤魂不散，她的冤气同烟雾混合在一起笼罩着整个渭津。

诗人们认为，杨贵妃虽然受宠并过着骄奢淫逸的生活，但依然只不过是封建帝王的玩物，经常存在着失宠的可能，并且最终成了唐玄宗替罪的羔羊。因此，她的不幸博得了多情诗人的广泛同情。

"诗圣"杜甫与众诗人的眼光始终保持不同，他越过众多诗人的视线，始终观照着普通百姓在战乱中的悲惨遭遇。杨贵妃在马嵬坡惨死，固然有值得同情的一面，但是真正遭殃的还是广大百姓。他们不仅受到叛军的蹂躏，也受到唐朝官军之害。他们杀敌无能，却害民无止。杜甫《三绝句》的第三绝揭露说：

> 殿前兵马虽骁雄，纵暴略与羌浑同。闻道杀人汉水上，妇女多在官军中。

金圣叹长批道："劈头提出'殿前兵马'四字，不复自避唐突。'虽'字、'略'字，虽复多用曲折回护，然毕竟更忍不住矣。下二句，便直用第一绝之第四句，破作两句；非先生句法，亦有重出之时，正是故作此交互映带之法，以见'殿前兵马'之即盗贼也！○右一绝，写殿前兵马即是盗贼，'杀人''人'字妙，并不杀贼，可知。○此三绝句，非写三事，乃独刺殿前兵马也。却为'殿前兵马即盗贼'一语，投鼠尚忌其器，岂可唐突便骂，故分作三绝句以骂之。第一绝，言盗贼则理当淫杀如此，若不淫不杀，亦不成为群盗；第二绝，言普天下之人，酷受淫杀之毒，我只谓都受群盗之毒；第三绝，始出正题，言

近则闻道殿前兵马乃复淫杀不减，竟不知第二绝是受群盗毒，是受官军毒？谁坐殿上，谁立殿下？试细细思之。"①

官兵如此荼毒百姓，使金圣叹怒火难遏，义愤填膺，直斥官军实为匪军，而匪首则为"坐殿上"的皇上，即唐肃宗。这个批语，更直截了当地将官兵的作恶归咎于皇帝。而这些官兵也背叛了他们保境安民的职责，沦落为害民的盗匪。

三、杨贵妃结局的可能变数与《长生殿》的必然选择

本书主要依据经典史书评述，也用王国维"以诗补史"和陈寅恪"以诗证史"的方法，引用唐诗，作为补证。但针对李杨爱情，陈寅恪先生又说："唐诗很多是纪事的，有些是谣言，不可信。但民间的传说，很多是事实。例如杨贵妃之死，史书与小说、诗，各有不同的说法，各种记载可供考证。"②

杨贵妃结局的四种说法

围绕杨贵妃之死，谜团很多。首先是死法之谜。

第一种说法，杨贵妃被勒死在佛堂外的梨树下。李肇的《唐国史补》记载：唐玄宗逃至马嵬驿，军士哗变，杀死民愤极大的杨国忠，又逼唐玄宗杀死杨贵妃。玄宗无奈，便命高力士赐她自尽。最后她被勒死在驿馆佛堂前的梨树下，死时三十八岁。这个记载中还穿插了一个传说：运尸时，杨贵妃脚上的一只鞋子失落，被一老妇人拾去，过

---

① 周锡山编校：《金圣叹全集》第四册，江苏古籍出版社 1985 年版，第 704 页；万卷出版公司 2009 年版，第 190 页。
② 陈寅恪：《唐代史听课笔记片断》，《讲义及杂稿》，三联书店 2002 年版，第 480 页。

客要借玩，须付百钱，老妇人借此发了财。乐史的《杨太真外传》记载：唐玄宗与杨贵妃诀别时，她"乞容礼佛"。高力士遂缢死贵妃于佛堂前的梨树之下。陈寅恪先生在《元白诗笺证稿》中指出："所可注意者，乐史谓妃缢死于梨树之下，恐是受香山（白居易）'梨花一枝春带雨'句之影响。果尔，则殊可笑矣。"即李肇的说法是受白居易《长恨歌》的影响。

第二种说法，杨贵妃死于佛堂。《旧唐书·杨贵妃传》记载：杨国忠等人被杀后，既而六军不散，玄宗遣高力士宣问，对曰"贼本尚在"，盖指贵妃也。力士复奏，帝不得已，与妃诏，遂缢死于佛室，葬于驿西道侧。而《资治通鉴·唐纪》则记载，是唐玄宗命太监高力士把杨贵妃带到佛堂缢死的。《新唐书》中的记载与《旧唐书》大致相同。陈鸿的《长恨歌传》则说：唐玄宗知道杨贵妃难免一死，但不忍见其死，便使人牵之而去，"仓皇辗转，竟死于尺组之下"。不过，她

《看袜》

是自己缢死的，还是被人缢死的，却未有明载。

《旧唐书·杨贵妃传》记载：杨贵妃自缢死于佛堂中。陈玄礼及禁卫军的将官看着这个过程，确认杨贵妃已死后，出来跟禁卫军士兵解释，过了很久，聚集的士兵才散去归队。当时杨贵妃被葬于驿站西面的道路旁边，尸体以紫色的被褥包裹。过了一年零六个月，"上皇自蜀还，令中使祭奠，诏令改葬。礼部侍郎李揆曰：'龙武将士诛国忠，以其负国兆乱。

133

挚诚情缘

千古遗恨《长生殿》

WEN

HUA

ZHONG

GUO

今改葬故妃，恐将士疑惧，葬礼未可行。'乃止。上皇密令中使改葬于他所。初瘗时以紫褥裹之，肌肤已坏，而香囊仍在。内官以献，上皇视之凄惋，乃令图其形于别殿，朝夕视之"。

《新唐书》中的记载与《旧唐书》大致相同。

《翰府名谈·玄宗编遗录》中对杨贵妃之死前后情形的描述又是另一番境况。虽然也说杨贵妃死于佛堂，但情节不同，死前的过程更为曲折，第一次没有死成，第二次才将她缢死。

第三种说法，杨贵妃死于乱军之中。此说见于唐诗中的一些描述。杜甫于至德二载（757）在安禄山占据长安时作《哀江头》，其中有"明眸皓齿今何在，血污游魂归不得"两句，暗示杨贵妃不是被缢死，而是被杀死的，因为缢死是不会见血的。李益《过马嵬》七绝和《过马嵬二首》七律中有"托君休洗莲花血"和"太真血染马蹄尽"等句，描写杨贵妃死于乱军兵刃之下的情景。杜牧《华清宫三十韵》"喧呼马嵬血，零落羽林枪"，张佑《华清宫和社舍人》"血埋妃子艳"，温庭筠《马嵬驿》"返魂无验表烟灭，埋血空生碧草愁"等诗句，也都认为杨贵妃血溅马嵬驿，并非被缢而死。

第四种说法，杨贵妃是吞金而死。这仅见于刘禹锡《马嵬行》诗："绿野扶风道，黄尘马嵬行，路边杨贵人，坟高三四尺。乃问里中儿，皆言幸蜀时，军家诛佞幸，天子舍妖姬。群吏伏门屏，贵人牵帝衣，低回转美目，风日为天晖。贵人饮金屑，倏忽舜英暮，平生服杏丹，颜色真如故。"陈寅恪先生感到这种说法颇为稀奇，在其《元白诗笺证稿》中做了考证。他怀疑刘诗"贵人饮金屑"之语，是得自"里儿中"，故而才与众说有异。但他并不排除杨贵妃在被缢死之前，也有可能吞过金，所以"里儿中"才会有此传说。

以上四种说法，都认为杨贵妃确实死于马嵬坡。杨贵妃墓在今陕西省咸阳市兴平县马嵬镇，陵园小巧玲珑，进门正面是一座三间仿古

杨贵妃墓冢

式献殿，穿越献殿就是墓冢，占地约一百平方米，高约三米，墓冢以青砖包砌。在墓的东、西、北三面有回廊，镶嵌有大小不等的石碑，刻有历史名人的游记和题咏。杨贵妃墓是省级重点文物保护单位。

杨贵妃之死的四种可能

综合两《唐书》和《长恨歌》、《长恨歌传》的记载和描绘，杨玉环之死竟然有四种可能：

一、悲惨死亡，死后仓促掩埋，唐玄宗回京后移葬他处（据两《唐书》及以上所引诸书）。

二、悲惨死亡后，死后被盗墓，遗体失踪（据《长恨歌》中的暗示）。

三、逃脱性命未死而流落风尘，或远遁海外仙山，即日本（据俞

挚诚情缘
千古遗恨
《长生殿》

WEN

HUA

ZHONG

GUO

平伯分析《长恨歌》的结论）；甚或逃到日本（日本有此传说，在日本至今还有杨贵妃墓）。

四、悲惨死亡后，超凡成仙（《长恨歌》末段的浪漫主义描写）。

《长生殿》取第四种，用神秘浪漫主义的手法加以精心描绘，取得重大的艺术成就。

此外还有一种说法：台湾学者魏聚贤在《中国人发现美洲》一书中声称，他考证出杨贵妃并未死于马嵬驿，而是被人带往遥远的美洲。这种说法非常离奇，目前还未有人附和。

两《唐书》和《资治通鉴》记载的是第一种。俞平伯认为《长恨歌》暗示的是第二种，而实质描写的是第三种。他的分析非常详尽：

> 《长生殿·雨梦》一折更有新说，惟托之于梦，其词曰："只为当日个乱军中祸殃惨遭，悄地向人丛里换妆隐逃，因此上流落久蓬飘。（【五般宜】）"而评者则曰："才情竭处，忽生幻想，真有水穷山尽，坐看云起之妙。"洪君此作自为文章狡狯，以波折弄姿，别无深意。但以予观之，此说殆得《长恨歌》及《长恨歌传》之本旨。

> 窃以为当时六军哗溃，玉环直被劫辱，挣扎委顿，故钗钿委地，锦袜脱落也。明皇则掩面反袂，有所不忍见，其为生为死，均不及知之。诗中明言"救不得"，则赐死之诏旨当时殆决无之；《传》言"使牵之而去"，大约牵之去则有之，使乎使乎？未可知也。后人每以马嵬事訾三郎之负玉环，冤矣。其人既杳，自不得不觅一替死鬼，于是"蛾眉"苦矣，既可上覆君王，又可下安六军，驿庭之尸俾众入观者，疑即此君也。或谓玄礼当识贵妃，何能指鹿为马？然玄礼既身预此变而又不能约束乱兵，则装聋作哑，含糊了局，亦在意中，故陈尸入视，即确有其事，亦不足破此说。至《太真外传》述其死状甚悉，乐史来人，其说固后起，殆演正

史而为之。

玉环以死闻，明皇自无力根究，至回銮改葬，始证实其未死。改葬之事，《传》中一字不提，《歌》中却说得明明白白："马嵬坡下泥土中，不见玉颜空死处。"夫仅言马嵬坡下不见玉颜，似通常凭吊口气，今言泥土中不见玉颜，是尸竟乌有矣，可怪孰甚焉？后人求其说而不得，从而为之辞，曰肌肤消释（《太真外传》），曰乱军践踏，曰尸解（均见上），其实皆牵强不合。予谓《长恨歌》分两大段，自首至"东望都门信马归"为前段，自"归来池苑皆依旧"至尾为后段，而此两句实为前后段之大关键。觅尸既不得，则临邛道士之上天下地为题中应有之义矣。其实明皇密遣使者访问太真，临邛道士鸿都客则托辞耳；《歌》言"汉家天子使"，《传》言"使者"，可证此意。

明皇知太真之在人间而不能收覆水，史乘之事势甚明，不成问题。况《传》曰："使者还奏太上皇，皇心震悼，日日不豫，其年夏四月，南宫宴驾。"是明皇所闻本非佳讯，即卒于是年（肃宗宝应元年），而太真之死或且后于明皇也，按依章实斋氏所考，则其时太真亦一媪矣，而犹摇曳风情如此，亦异闻矣，吾以为其人大似清末之赛金花，而《彩云曲》实《长恨歌》之嫡系也。惟此等说法，大有焚琴煮鹤之诮耳。[1]

此文撰于 1927 年，明言受《长恨歌》"马嵬坡下泥土中，不见玉颜空死处"的启发。《长恨歌传》为传奇体，小说家言或非信史，而白氏之歌行实诗史之巨擘。至少，宜信白氏之确有所闻，而所闻又合乎情理。

---

[1] 俞平伯：《〈长恨歌〉及〈长恨歌传〉的传疑》，《诗词曲杂著》，上海古籍出版社 1983 年版，第 401、405～409 页。

137

挚诚情缘
千古遗恨
《长生殿》

WEN

HUA

ZHONG

GUO

他认为为了生计，杨贵妃可能与清末状元之妾赛金花一样，不得已沦落风尘。

杨贵妃是否逃到日本

杨贵妃最后是否逃到日本，在日本度过后半生并留有后代一事，周作人和俞平伯师生都很关心，并有长达 30 多年的断续讨论。

俞平伯作于 1927 年的认为杨贵妃并未死于马嵬坡的考证文章《〈长恨歌〉及〈长恨歌传〉的传疑》，发表在 1929 年《小说月报》第 20 卷第 2 期。后来，周作人听到了关于杨贵妃在日本的一些传说，觉得与俞平伯的观点有吻合处，就在 1930 年 7 月 30 日给俞平伯写信函告，随信还附寄了四张照片。俞平伯看了手札和照片后，兴趣大增。他在 8 月 1 日的回信中说："传说虽异证据，亦足为鄙说张目，闻之欣然。不知能否由日本友人处复得较详尽之记叙乎？照片阅之，大有'山在虚无缥缈间'之感。"周作人在 8 月 6 日回信，续谈杨贵妃的传说。经过几次书信研讨后，周作人同意将此传说发表，唯希望俞平伯"能为之加上一顶帽或一双靴，斯更善耳"。俞平伯于 1930 年 9 月 5 日，写成《从王渔洋讲到杨贵妃的墓》一文。他从自己用王渔洋韵填的《蝶恋花》词，其中讲到杨贵妃"钿盒香囊何处冢"谈起，并生发去，将周作人的两封来信全文引入，详加说明。他还十分谨慎地谈出了自己的揣测："这种传说在日本既流布广远，附会甚多，虽未必可信，却决非没有考虑一下之价值。附会果然是附会，但若连一点因由也没有，那么就是附会也不容易发生的。当时白老头子会不会听了这种谣言，才去写《长恨歌》。所谓海上蓬莱，就隐隐约约指了日本？或者是《长恨歌》既传诵海外，有日本的俞平伯之流猜出《长恨歌》的夹缝文章而后造出该项流言来？这两个假定都有点可能。无论你采用何种，对于鄙说的估价总不无小补。"

事隔 30 多年后，周作人从日文杂志里看到了一则消息，说近时日本电视上有一个少女出现，说是杨贵妃的后代，还展览古代文件作为佐证。他立即将这个新闻函告俞平伯。俞平伯在 1963 年 11 月 17 日的回信中说："昔年曾妄谈《长恨歌》，固当悔其少作，然东土既有杨妃墓，又有其后裔一再流传，亦可异也，岂所谓事出有因者乎？"俞平伯的回信也引发了周作人的写作兴趣和灵感，他写了《杨贵妃的子孙》，于同年 12 月 21 日发表于香港《新晚报》。文中不仅回忆了俞平伯考证杨贵妃的往事，而且直接引用了俞平伯最新回信中的那段精彩论述。周、俞师生二人由《长恨歌》研究引出的话题，竟然延续了 30 多年，演绎出一个有趣的治学故事。① 我们可以不赞成俞平伯的观点，但俞平伯的说法也可成为一家之言，供我们参考。

关于杨贵妃逃亡日本一说，在日本也有种种说法。

日本民间和学术界流行着这样一种说法：当时在马嵬坡，禁军将领陈玄礼惜贵妃貌美，不忍杀之，遂与高力士谋，以侍女代死。另一种说法也说被缢死的乃是一个侍女，高力士用车运来"贵妃"尸体，查验尸体的便是陈玄礼，他放高力士过关。杨贵妃则由陈玄礼的亲信护送南逃，行至现上海附近扬帆出海，飘至日本久谷町久津，并在日本终其天年。

日本另有一种著名的传说是杨贵妃一行人被日本遣唐使救走，在濑户内海的一处港口登陆。那时的日本一切都仿拟唐朝，大唐贵妃驾临日本，真是让他们喜出望外。日本皇家对唐朝贵妃青睐日本，屈驾莅临，更是礼遇有加。孝谦女天皇亲切接见杨贵妃，将她安置在奈良附近的和歌山上。日本都城迁平安京（今称京都）时，她也随迁至京

---

① 孙玉蓉：《关于周作人俞平伯往来通信》，上海《东方早报》2013 年 1 月 21 日。

都，最后病逝于此。京都等古城还有她的塑像。

　　还有一个传说是，杨贵妃在安史之乱爆发之时，无奈之际乘坐"空舻舟"遁入大海，经过漫长时日听天由命的漂泊，到了日本山口县一个叫作"久津"的渔村的"唐渡口"。可是杨贵妃在海上已经染病，上岸不久便香消玉殒，热情的村民在痛惜之余，合力将她葬于隔山望海之处。当地村民还为她立了墓碑，塑了雕像。这个传说引发的"考证"，否定了山口百惠是杨贵妃后裔的说法，至多承认她是与杨贵妃同去日本的杨国忠之孙杨欢的后人。

　　比海边渔村树立杨贵妃雕像更为隆重的是，杨贵妃在名古屋的热田神社被供奉为"热田大明神"。

　　此外，还有一种更离奇的说法。据周作人、俞平伯师生早年著文说："杨贵妃辗转到日本定居。日本学者渡边龙策在《杨贵妃复活秘史》一文中考证说，杨贵妃逃脱马嵬坡后得到唐代舞女和乐师的帮助，辗转到扬州，在那里不仅见到了其兄杨国忠、长子杨暄之妾及其幼子，还见到日本遣唐使团的藤原制雄，在藤原的协助下，杨贵妃搭乘日本使团的船到日本久津登陆，时间为公元 757 年。到日本后杨贵妃受到天皇孝谦的热诚接待。后来，杨贵妃以她的智谋帮助孝谦挫败了一次宫廷政变，从此在日本名声大震，获得日本人民尤其是日本妇女的好感。至今还有日本妇女说她是杨贵妃的后代。一些日本妇女到马嵬坡访问时，总喜欢装一袋白色的'贵妃土'带回去。而当地人传说贵妃洁白的皮肤把周围的土染白了，妇女取'贵妃土'搽脸美容，坟土因此变少，后来不得不砌砖盖顶和围边。"

　　由以上种种传说可知，日本并不以杨贵妃被中国史家贬为"红颜祸水"为意，还颇以杨贵妃来到日本为荣。日本民众甚至将杨贵妃当作自己喜爱和崇拜的大唐国来到日本的美的化身。

　　日本山口县"杨贵妃之乡"建有杨贵妃墓，因此日本著名演员山

口百惠郑重声明自己是杨贵妃的后裔。1963 年，有一位日本姑娘向电视观众展示了自己的一本家谱，说她就是杨贵妃的后人。正是关于她的报道引起了周作人的注意并函告俞平伯。

既然杨贵妃最后到了日本，她死后的坟墓当然应该在日本。但奇怪的是，日本竟然有两座杨贵妃墓。

日本文学名著《源氏物语》、《溪岚拾叶集》都提到杨贵妃，而近代如《今昔物语》等书中，关于杨贵妃题材的故事更多得不计其数。在日本的传统戏曲里，李隆基和杨贵妃的爱情故事更是经典剧目。14 世纪中叶由著名作家金春禅竹创作的日本"能乐"《杨贵妃》上演至今，2010 年上海世博会期间，也曾来上海演出。李隆基和杨贵妃这一帝妃之恋的悲剧故事非常适合这些剧目"物哀"与"幽玄"的要求，因而深受日本人的喜爱。日本人津津乐道地传颂的是杨贵妃的"天生丽质"和她的"霓裳羽衣舞"，以及和她有关的爱情故事。

白居易在日本之所以极受重视，影响很大，其《长恨歌》中的杨贵妃到了日本是重要的原因之一。虽然白居易将《长恨歌》归入"讽喻诗"，但是像众多中国读者一样，日本人将此诗看作"爱情诗"。

更奇妙的是，随着岁月的流淌，大唐文化在日本相当完美地保存至今。宋明之后，他们不仅认为大唐文化即中华文化是日本文化的祖先，而且他们自认为日本文化是中华文化的一部分。

从东亚文化的背景可知，日本民众热爱杨贵妃，是他们热爱中华文化的产物。"在日本人眼里杨贵妃是来自大唐国里的贵妃娘娘，日本人把对杨贵妃的喜爱和对大唐文化的崇拜集于一身，以至于被神话了的杨贵妃和大唐文化一起在日本流传至今。"[1]

---

[1] 高冬梅：《杨贵妃深受日本人喜爱，被供奉为"热田大明神"》，《济南日报》2012 年 4 月 6 日。

141

挚诚情缘
千古遗恨
《长生殿》

WEN

HUA

ZHONG

GUO

因此，这是一个非常美丽的传说。杨贵妃在日本起了中国文化使者的作用，具有中日文化交融和中日"同文同种"的重大意味。

杨贵妃死后成仙说

《长生殿》选择第四个结局，是化用了另一个美丽的传说，即杨贵妃死后成仙的传说。

叶堂评论说，《长生殿》"于天宝逸事，摭采略遍，故前半篇多佳制，后半篇则多出稗畦自运，遂难出色"（《纳书楹曲谱》卷四目录）。

陈寅恪的评价更高，他评论《长恨歌》时，一再强调"乐天之诗句与陈鸿之传文所以特为佳胜者，实在其后半节畅叙人天生死形魂离合之关系"[1]，极其欣赏其末段灵魂和仙境的描写。俞平伯因为相信杨贵妃未死，所以反对此说，认为："神仙之事，十九寓言，香山一老岂真信其实耶？"[2]

《长生殿》选择了杨贵妃超凡成仙的结局，运用了神秘浪漫主义的手法，生动表现阴间、仙境的景象，写了杨贵妃死后追悔生时的失误，也是一种重大的艺术创新。

《长生殿》较《长恨歌》更为热情地精心描绘杨贵妃死后，历经地狱、仙境的磨炼，终于和李隆基重逢。《长生殿》这段"上穷碧落下黄泉"的描写，是继承和发展白居易《长恨歌》和陈鸿《长恨歌传》的出色创新。但与《长生殿》相比，《长恨歌》《长恨歌传》的描写是简短的，而《长生殿》则在《冥追》《情悔》《神诉》《尸解》《仙忆》《怂合》《雨梦》《觅魂》《得信》《重圆》中，以长达十出的宏大篇

---

① 陈寅恪：《元白诗笺证稿》，上海古籍出版社1978年版，第262页。
② 俞平伯：《〈长恨歌〉及〈长恨歌传〉的传疑》，《诗词曲杂著》，上海古籍出版社1983年版，第402页。

幅，畅写地狱景象、天上仙境、玄幻梦境，抒发李杨两人灵魂的深切痛苦，表现两人对平生骄奢淫逸、误国害民的行径深深忏悔和决心洗心革面，终身修行以赎前罪的曲折历程。

细察李杨爱情这个题材，只有用这种神秘浪漫主义的手法，才能生动有力、酣畅淋漓地表达作者既谴责和批判李杨的荒淫误国，又歌颂他们真挚深沉的爱情这样丰富复杂的主题。

四、悔恨换得永生：古典爱情模式的全新创造

《长生殿》的伟大，还体现为它并不只描写帝王后妃的知音互赏式的爱情，还通过对失败的爱情的后续历程的探索，创造了一种新的爱情模式——背叛者的后悔痛苦式。

一般爱情题材的作品，如果描写一方背叛爱情、造成悲剧，就会在爱情失败时戛然而止；少数作品虽描写爱情失败的后续过程，也不过是遭到背叛的人因受到欺骗和抛弃，深感痛苦。

《长恨歌》中就描写了这种后悔和痛苦，叙述唐明皇到成都之后即"后宫见月伤心色，夜雨闻铃断肠声"。在"蜀江水碧蜀山青"的美丽景色中，无限思念贵妃的"圣主朝朝暮暮情"。回京后更是"孤灯挑尽未成眠"，"翡翠衾寒谁与共"，并感叹："天长地久有时尽，此恨绵绵无绝期！"

《长恨歌传》也说他回京后，思念之情，"三载一意，其念不衰"。

《长恨歌》和《长恨歌传》都描绘唐明皇求之梦魂，终不可得，希冀通过神仙之助，与玉环的魂魄相见。

《杨太真外传》中也叙述玄宗晚年对杨贵妃之死一直是耿耿于怀。他从成都回来后，即派人去祭悼她；后来又想改葬，遭宦官李辅国反对，又密令宦官将贵妃遗体移葬他所。宦官回来后献上了贵妃的香囊，

143

挚诚情缘
千古遗恨
《长生殿》

WEN

HUA

ZHONG

GUO

玄宗把它珍藏在衣袖里；又让画工画了贵妃的肖像，张挂于别殿，"朝夕视之而欷歔焉"。

元杂剧《梧桐雨》第四折也描写唐明皇"退居西宫，昼夜只是想贵妃娘娘"，"挂起真容，朝夕哭奠"。

继《长恨歌》《梧桐雨》之后，《长生殿》充分利用传奇体制宏大的优势，反复描绘和抒写唐明皇的追悔和悲痛，畅写了背叛者的后悔和痛苦。

《长生殿》后半部用了占全剧五分之一的长达十折的篇幅，全力描写唐明皇作为背叛者的追悔和痛苦。用如此宏大的篇幅来细腻描绘背叛者刻骨铭心的后悔和痛苦，将这个过程写深写透写足，这是前所未有的，是《长生殿》杰出的艺术创造。

史书记载，至德二载（757）九月，郭子仪收复两京后，唐肃宗假意表示交还皇权，邀请其父回京。李隆基怕回京后遇害，不敢同意。因为唐朝宫廷历来弥漫着政变的邪恶气氛，自唐太宗玄武门之变，到唐玄宗下野，已经发生了十次政变。经谋士李泌提醒，唐肃宗再发邀请，改变了措辞，李隆基同意了，于十二月被迎回京。此后，玄宗不再过问政事，过着悠闲的生活。起先，他居住在兴庆宫，偶尔也去大明宫。侍卫他的仍是龙武大将军陈玄礼与内侍监高力士，另有玄宗的亲妹妹玉真公主与旧时宫女、梨园弟子为他娱乐。

失去权柄、身为太上皇的唐玄宗，回京后即落入儿子肃宗的控制中。而肃宗并非明君，公私皆未能处置适当，从而造成国家的危难和玄宗的痛苦。

玄宗迁居不几天，他的几个亲信也遭到彻底清洗。肃宗下旨：高力士以"潜通逆党"罪，被流放于巫州；陈玄礼被勒令致仕；玉真公主也出居玉真观；所有旧宫女都被赶走。另派宫女百余人，到西内以备洒扫。玄宗被软禁后很少饮食，孤家寡人，无人理睬。这就暴露了

唐肃宗在暗中指使或暗示、纵容宦官软禁、迫害李隆基，欲置他于死地，以防他复辟，并以此报复早年其父对自己的胁迫和虐待。

作为背叛者，李隆基在晚年重新唤起了对杨玉环真挚的情感，深感后悔和痛苦，并最终忧郁、惊恐而死。上元二年（761）四月，玄宗在孤苦郁闷中崩于神龙殿，时年七十八岁。由于唐肃宗在李隆基死后数日迅即重病而死于长生殿，所以野史记载，李隆基还是死于唐肃宗的暗算。俞平伯认为："明皇与肃宗先后卒于同年，肃宗先病而明皇之卒甚骤，疑李辅国惧其复辟而弑之。观史称辅国猜忌明皇，逼迁之于西内，流放高力士，不无蛛丝马迹。唐人亦有疑之者，韦绚《戎幕闲谈》曰：'时肃宗大渐，辅国专朝，意西内之复有变故也。'此事与清季德宗西后之卒极相似，亦珍闻也。"①

《长生殿》更为曲折详尽地写出了唐明皇极度的后悔和刻骨的思念，也表现了以上的情节，但对于野史中所说唐明皇遭到谋害而死，则不取。

《长生殿》描写李杨爱情的情节过程是一见钟情、移情妒忌、知音互赏、定情密誓、背叛致死、追悔苦念、争取重逢、遗恨无期，最后是仙界团圆。其中最重要的是定情、背叛、追悔和痛苦的爱情三部曲。

这三部曲，首创了一个失败的爱情模式：山盟海誓，受到现实环境和条件的压力而背叛，反悔和痛苦，从而打破了定情、背叛这种简单的格局。

此类作品过去一般都是描写被背叛、被遗弃者的后悔和痛苦，《长生殿》则描写的是背叛者的后悔和痛苦。

《长生殿》之前的有些作品，如《杜十娘怒沉百宝箱》中也描写

① 俞平伯：《〈长恨歌〉及〈长恨歌传〉的传疑》，《诗词曲杂著》，上海古籍出版社 1983 年版，第 409~410 页。

145

挚诚情缘
千古遗恨
《长生殿》

WEN

HUA

ZHONG

GUO

了背叛者李甲的痛苦，但李甲背负的是眼见杜十娘丢弃大量财宝的痛苦，还不是对背弃爱情的痛苦。

不仅如此，《长生殿》还描写了背叛的复杂性和反复性。剧中首先描写杨贵妃的妒忌，描写她嫉恨唐明皇背着她与梅妃"幽会"，嫉恨唐明皇移情于她的姐姐尤其是虢国夫人。这是唐明皇对她的阶段性的背叛。后来在马嵬坡，唐明皇屈服于军队的压力，抛弃杨贵妃，让她死于非命。这是彻底性的背叛。尤其是没有实践他们"情重恩深，愿世世生生，共为夫妇，永不相离"，"在天愿作比翼鸟，在地愿为连理枝"的誓言。这次背叛，是李杨建立了知音互赏的爱情之后的背叛，他抛弃了杨玉环，同时也与他最心爱的艺术永别了，所以唐明皇才真正感到了刻骨之痛，他永远怀念他与杨玉环的爱情，他对自己的背叛也心怀真诚的悔恨。

正由于李杨二人建立了知音互赏式这种灵与肉相结合的最高层次的爱情，唐玄宗最后的背叛才使他在失去杨贵妃之后，感到无人可以替代，他才会对此深感后悔，极度痛苦。《长生殿》成功地探索和细腻地描绘了失败爱情的后续过程，即细腻深刻地描绘了失败爱情中的背叛者的后悔和痛苦，这在中外文艺史上也具有首创性的贡献。

《长生殿》最后，李杨二人对过去骄奢淫逸的生活做了真诚深刻的忏悔，两人的灵魂因此在仙界重圆并获得永生，他们挚真的爱情也得以复原。这样的描写也是对古典爱情模式的全新创造。

五、人间天上觅芳魂：挚诚情缘的浪漫升华

《旧唐书》和《新唐书》是两部唐代史书，其中关于唐玄宗和杨贵妃的传记都没有记载他们乱后重逢一事，因为一生一死，不可能相逢。但在文学作品中则不然。

白居易的《长恨歌》第六段竟然描绘道士受唐明皇的嘱托而到海外仙山去寻找杨贵妃的芳魂：

悠悠生死别经年，魂魄不曾来入梦。

临邛道士鸿都客，能以精诚致魂魄。

为感君王辗转思，遂教方士殷勤觅。

排空驭气奔如电，升天入地求之遍。

上穷碧落下黄泉，两处茫茫皆不见。

这段诗描写玄宗请道士升天入地寻求杨贵妃的魂魄，可惜一无所得。第七段：

忽闻海上有仙山，山在虚无缥缈间。

楼阁玲珑五云起，其中绰约多仙子。

中有一人字太真，雪肤花貌参差是。

金阙西厢叩玉扃，转教小玉报双成。

闻道汉家天子使，九华帐里梦魂惊。

揽衣推枕起徘徊，珠箔银屏迤逦开。

云髻半偏新睡觉，花冠不整下堂来。

风吹仙袂飘飘举，犹似霓裳羽衣舞。

玉容寂寞泪阑干，梨花一枝春带雨。

奇迹竟然出现了，终于在海上仙山寻到了杨太真。她也不忘旧情，孤独寂寞地在泪雨中思念汉家天子。第八段：

含情凝睇谢君王，一别音容两渺茫。

昭阳殿里恩爱绝，蓬莱宫中日月长。

回头下望人寰处，不见长安见尘雾。

唯将旧物表深情，钿合金钗寄将去。

钗留一股合一扇，钗擘黄金合分钿。

但教心似金钿坚，天上人间会相见。

挚诚情缘

千古遗恨
《长生殿》

WEN

HUA

ZHONG

GUO

临别殷勤重寄词，词中有誓两心知。

七月七日长生殿，夜半无人私语时。

在天愿作比翼鸟，在地愿为连理枝。

天长地久有时尽，此恨绵绵无绝期。

杨玉环回忆当年与唐明皇的情爱，拿出他们真挚爱情的信物，讲了他们的密誓。最后四句是此诗的结尾，有力地深化、渲染了"长恨"的主题，是杨玉环珍惜真挚情爱的愿望和"长恨"的现实与将来，给读者以联想和回味，言有尽而意无穷。

无独有偶，陈鸿的《长恨歌传》最后一段也有类似记叙。

这样的结尾，完全是违背史实的，因为唐明皇晚年在宫中受到唐肃宗的监视，他的亲信旧僚高力士、陈玄礼都被贬斥，旧日的宫娥也都被调走，唐明皇完全成了孤家寡人，不可能有素昧平生的道士进入宫中与他交往，并受托四处奔走。这完全是浪漫主义的想象而已。

但是洪昇非常欣赏这个结尾，他不仅接受了这种描写，而且将这个结局作为此剧后半本二十五出的核心部分，精心创作。

关于《长恨歌》和《长恨歌传》的这个结尾，陈寅恪先生评价极高：

若以唐代文人作品之时代，一考此种故事之长成，在白歌陈传之前，故事大抵尚局限于人世，而不及于灵界，其畅述人天生死形魂离合之关系，似以长恨歌及传为创始。此故事既不限于现实之人世，遂更延长而优美。然则增加太真死后天上一段故事之作者，即是白陈诸人，洵为天才之文士矣。虽然，此节物语之增加，亦极自然容易，即从汉武帝李夫人故事附益之耳。陈传所云'如汉武帝李夫人'者，是其明证也。故人世上半段开宗明义之"汉皇重色思倾国"一句，已暗启天上下半段之全部情事。文思贯

彻钩结如是精妙。特为标出，以供读者之参考。①

此后，研究家继承陈寅恪的以上论断，公认此诗最后笔锋突折，别开生面，展开想象的彩翼，构思了扑朔迷离的仙境，把悲剧故事的情节推向高潮，使故事更加回环曲折，有起伏，有波澜。这一转折，既出人意料，又尽在情理之中。由于主观愿望和客观现实不断发生碰撞，诗歌把人物千回百转的心理表现得淋漓尽致，故事也因此而显得更加委婉动人。

对《长生殿》后半部及其结局的描写，过去也有人提出批评。曲学权威吴梅则在《瞿安读曲记》中指出："后人以《追冥》、《神诉》、《恸合》诸折，谓凿空附会，是未知传奇结构之法，无足深辩。"

《长恨歌》、《长恨歌传》和《长生殿》一脉相传，并经《长生殿》大力弘扬的这个结尾，是纯美挚诚的李杨爱情的浪漫升华，也是中国神秘浪漫主义文学艺术的一个重大成果，值得我们珍视和反复咀嚼与回味。

我首创的"神秘现实主义和神秘浪漫主义的创作方法"，是以神秘文化为基础的。神秘文化主要包括宗教、道术、法术、巫术、气功和特异功能，以及神仙、妖魔、鬼魂、梦幻、占卜等内容；还有道佛两教宣扬的仙境神界、天堂地狱、三世轮回与因果报应等。这些宗教、巫术等神秘文化的伟大成果都极大地启发和开拓了作家的艺术想象力。

我给"神秘现实主义"和"神秘浪漫主义"文学艺术所下的定义是：对于作品中所表现的神秘人物、故事、现象，作者和部分读者认为是实际生活中真实存在的，属于神秘现实主义；大家都认为所描写的人物和情节在真实生活中不可能存在，因而纯属作者艺术虚构的，则属于神秘浪漫主义。

---

① 陈寅恪：《元白诗笺证稿》，上海古籍出版社1978年新一版，第13页。

149

挚诚情缘
千古遗恨
《长生殿》

WEN

HUA

ZHONG

GUO

戏曲中的神秘现实主义和神秘浪漫主义手法主要有：

一、神仙妖魔、宗教人物的艺术形象；二、宗教活动场面和天堂地狱的生动描写；三、人与动物之恋、人鬼之恋和再世故事、两世姻缘；四、鬼魂复仇；五、占卜和预测描写；六、奇异之梦。①

《长生殿》结合"神仙妖魔、宗教人物的艺术形象"，"天堂地狱的生动描写"，"人鬼之恋"，"奇异之梦"，描写了许多精彩的场面。

---

① 周锡山：《戏曲中的神祕现实主义和神祕浪漫主义描写略论——中国戏曲的首创性贡献研究之一》，2008·香港中文大学主办《"重读经典：中国传统小说与戏曲国际学术研讨会"论文集》，香港：牛津大学出版社，2009 年版。

第五章

《长生殿》中其他人物
所散发的文化现象

151

挚诚情缘
千古遗恨
《长生殿》

WEN

HUA

ZHONG

GUO

《长生殿》这部戏曲有着深厚的文化背景，故而意蕴深厚，其所描写的人物所散发的文化现象也颇为值得注意。

一、难再复现的成功范例

围绕李杨爱情，史书和《长生殿》都记载和描写了首创兵谏的禁军将领陈玄礼与郭子仪尊荣寿考的完满结局。他们两人的事迹是古代难再复现的成功范例。

首创兵谏的禁军将领陈玄礼

陈玄礼，生卒年和籍贯不详。史书的记载比较简单，仅知他初任果毅都尉。景龙四年（710），任万骑果毅，参与李隆基起兵诛杀韦后

及安乐公主的政变。玄宗即位后，宿卫宫中，任禁军龙武大将军，淳朴自检，严守宫禁。

安史之乱次年（756），陈玄礼率禁军保护玄宗逃蜀，行至马嵬驿，陈玄礼与太子李亨、李辅国谋，以"将士饥疲，六军不发"为借口，请杀宰相杨国忠、御史大夫魏方进、太常卿杨暄。于是，杨国忠被乱刀砍死。玄礼又请诛杨贵妃。杨贵妃死后，玄礼等乃免胄释甲，顿首请罪。上慰劳之，令晓谕军士，史称"马嵬之变"。

另有传闻说：陈玄礼怜贵妃貌美，不忍杀害，遂与高力士密谋，以侍女替死。高力士用车运来替死的侍女尸体，陈玄礼查验尸体时，指派亲信护送杨贵妃南逃，大约在今上海附近扬帆出海，到了日本。

离开马嵬坡后，陈玄礼继续护送唐玄宗入蜀。

至德二载，乱平后，陈玄礼随玄宗回长安，居兴庆宫（南内），封蔡国公，食邑三百户。《资治通鉴》第二百二十一卷记载：

> 上皇爱兴庆宫，自蜀归，即居之。上时自夹城往起居，上皇亦间至大明宫。左龙武大将军陈玄礼、内侍监高力士久侍卫上皇；上又命玉真公主、如仙媛、内侍王承恩、魏悦及梨园弟子常娱侍左右。上皇多御长庆楼，父老过者往往瞻拜，呼万岁，上皇常于楼下置酒赐之；又尝召将军郭英乂等上楼赐宴。有剑南奏事官过楼下拜舞，上皇命玉真公主、如仙媛为之作主人。

在陈玄礼的保卫下，唐明皇过着安逸愉快的日子。但好景不长，上元元年（760），宦官李辅国离间肃宗与上皇的关系，逼上皇移居太极宫（西内）。八月又勒令陈致仕。约于玄宗迁至西内甘露殿时，陈玄礼病重去世。

陈玄礼以淳笃自检，于唐玄宗在位的四十五年内备受亲信。

陈玄礼兵谏皇帝，杀死当朝宰相和大臣，逼死贵妃，竟然没有受到皇帝的报复和制裁，这种情况在中外历史上都是绝无仅有的。

一代名将郭子仪

至德二载九月，肃宗命郭子仪与元帅广平王李俶率朔方军及回纥、西域兵十五万人，东取长安。二十七日，在京西香积寺北、沣水之东，与叛将李归仁、安守忠十万之众激战。回纥兵从叛军背后出击，从午时战至酉时，叛军大败，伤亡六万多人，余众逃入城内，叛将张通儒当夜弃城出逃陕州，官军一举收复长安，郭子仪乘胜追击至潼关。十月，又大败安庆绪所派之叛军，收复洛阳。

至此，河东、河西、河北的失地大多收复。郭子仪因功，加司徒，封代国公，食邑千户。郭子仪入朝时，肃宗命隆重迎接，并嘉许说："虽吾之家国，实由卿再造。"

乾元元年（758）七月，郭子仪于黄河之上大败叛军，抓获叛将安守忠。入朝京师时，肃宗诏令百官于长乐驿迎接，还亲自在望春楼等待郭子仪，晋为中书令。

一代名将郭子仪是平叛有功、收复长安的盖世英雄，《长生殿》中有四出戏给予精当表现。

郭子仪在戏中首次出场是在《长生殿》第十出《疑谶》，描写郭子仪考中武举后，到京谒选。当时正值杨国忠窃弄威权，他心中郁闷，在新丰馆大酒楼买醉浇愁，忽听到楼下嘈杂，原来是杨国忠与韩国、虢国、秦国夫人豪宅在今日完工，因此合朝大小官员，都备了羊酒礼物，前往各家称贺。郭子仪不禁长叹："呀，外戚宠盛，到这个地步，如何是了也！"接着又听到楼下喧闹，原来是安禄山得到万岁爷的十分

挚诚情缘
千古遗恨
《长生殿》

WEN

HUA

ZHONG

GUO

宠爱，今日又封他做东平郡王，方才谢恩出朝，赐归东华门外新第，打从这里经过。郭子仪看出安禄山会谋反。他气得不吃酒了，付钱回寓，收到朝报：郭子仪被授为天德军使。他立即收拾行李上任，内心则充满激动："俺郭子仪虽则官卑职小，便可从此报效朝廷也呵！"他决心，"直待的把乾坤重整顿，将百千秋第一等勋业图。纵有妖氛孽蛊，少不得肩担日月，手把大唐扶"。

第二十出《侦报》，描写郭子仪自天德军升任以来，身在灵武，日夜担忧安禄山有变，不断派细作去范阳侦察。一日探子回来报告安禄山在范阳厉兵秣马，杨国忠在朝中上本，说禄山叛迹昭然，玄宗不信，禄山扬言要清君侧，诛灭权奸。郭子仪见外有逆藩，内有奸相，形势岌岌可危，十分忧心。探子又报告：安禄山行献马之计，带兵进京。郭子仪命众军明日教场操练。

第三十一出《剿寇》，肃宗灵武即位后，以郭子仪为朔方节度使。郭子仪带兵连战皆捷，杀奔长安。

第三十五出《收京》，记叙郭子仪收复长安。帝京初复，十室九空，他努力招集流移，使安故业。同时奉迎今上皇帝回京，并候圣旨，遣官前往成都，迎请上皇回銮。

郭子仪的戏份在《长生殿》中虽然不多，但他带兵杀奔长安的戏，以武场穿插，给《长生殿》以文场为主的生旦言情戏以鲜明的节奏的调节，而且弘扬正气，振奋精神，为全戏的家国兴亡主题有力服务。

《收京》

二、却是位卑品高

安禄山攻陷长安后，抓获了众多
唐朝官员。为保住性命和荣华富贵，不少人投降敌寇，出任伪职。但
是也有不少忠烈之士，例如杜甫也被抓获，但他很快就寻机逃出，追
寻朝廷。还有不少隐士，坚拒征召，不肯出任伪职。也有像雷海青这
样位卑品高的宫廷乐工，坚守忠义，宁死不屈。

忠烈乐工雷海青

雷海青（716～755），唐玄宗时的著名宫廷乐师，善弹琵琶。传说
他原是清源郡田庄村（今福建莆田东峤镇田庄村）人氏。民间传说他
于唐朝开元四年（716）四月初九出生于一户姓雷的畲族农民家庭，因
其嘴巴周围皮肤乌黑，家人以为不祥，就将其弃置在村外路旁田塍边。
当时有一个木偶戏班经过那里，见襁褓中的婴儿嗷嗷直哭，有一只毛
蟹正趴在他的嘴唇边，用涎沫喂他，他头上戴的帽子上还绣有一个
"雷"字，就将他带走抚养，并为他取名"雷海青"。他在戏班中学习
读书写字，弹琴唱戏，长得也眉清目秀，聪明乖巧。到18岁时，他既
能扮演不同角色，又会弹奏各种乐器，特别是善于吹奏一种名叫"筚
篥"（这种奇特乐器，莆仙戏一直沿用至今）的笛管。

唐玄宗谱成《霓裳羽衣曲》后，排练演奏时缺少一名吹箫的乐官。
于是有乐官奏禀，闽中莆田有一名精通韵律、能歌善舞的神童雷海青，
他能用任何乐器奏出美妙的音乐，不管什么曲谱他一看就会演奏。唐
玄宗就立刻派人日夜兼程宣召雷海青入宫，殿试取用。

雷海青吹奏玉箫，果然悠扬悦耳、优美动听。唐明皇任命他为掌
管宫廷歌舞的伶官和梨园戏剧的教官。他教闽中同乡梅妃及乐官们演

挚诚情缘
千古遗恨
《长生殿》

WEN

HUA

ZHONG

GUO

奏他自己谱成的乐曲《引梅敬酒歌》，教他们跳家乡的舞蹈《白玉惊鸿舞》、《八仙过海祝寿舞》，还把莆田、仙游各地流行的十音、八乐、大鼓吹和俚歌、山里诗等民间音乐、曲艺节目引进宫廷，又在宫中专攻琵琶弹奏，终成高手。

福建民间相传，开元后期（738～739年间），唐明皇曾派雷海青带领一班皇家梨园子弟前往莆田，慰问梅妃的家乡父老，首场戏即安排在乌石山下东边一里外的练兵广场（今头亭地方）演出，轰动了莆田。其后，戏班又深入乡间演出，所到之处，都热心传授宫廷戏剧艺术，培养了不少梨园乐师，为莆仙戏的发展打下了坚实的基础。

《明皇杂录·补遗》记载：安禄山叛乱后，攻陷长安、洛阳两京，大掠文武朝臣及黄门宫嫔、乐工、骑士，每获数百人，送于洛阳，强令他们为自己服务。安禄山尤其对乐工求访颇切，旬日间即抓获梨园弟子数百人。群贼因相与大会于凝碧池，宴请伪官数十人，大陈御库珍宝，罗列于前后。音乐声起，梨园旧人不觉唏嘘，相对泣下，群逆皆露刃持满，威胁他们，而他们悲不能已。有乐工雷海青者，"投乐器于地，西向恸哭"。逆党乃缚海青于戏马殿，肢解以示众，闻之者莫不伤痛。雷海青在群贼得意洋洋大办宴会之时大声痛哭，令他们感到大煞风景，破坏了"喜庆"气氛，虽然惨死，却伸张了正气。

王维当时为反贼拘于菩施寺中，听说这个情况后，赋《凝碧诗》云："万户伤心生野烟，百官何日更朝天。秋槐落叶空宫里，凝碧池头奏管弦。"

雷海青虽然只是一位地位低贱的乐工，但他用自己的生命谱出了一曲不畏强敌的忠贞之歌。

《长生殿》对雷海青的描写

《长生殿》第二十八出《骂贼》描写雷海青痛斥安禄山，是虚构的情节。史书中记载，雷海青仅是"投乐器于地，西向恸哭"，他并没有机会骂贼，就惨遭杀害。而《长生殿》中则有一出戏让雷海青痛斥满朝文武。

[外扮雷海青抱琵琶上]（眉批：此折大有关系，雷海青琵琶，遂可与高渐离击筑并传。尝叹世间，真忠义不易多有，惟优孟衣冠妆演古人，凛然生气如在。若此折使人可兴可观，可以廉顽立懦。世有议是剧为劝淫者，

《骂贼》

正未识旁见侧出之意耳。）"武将文官总旧僚，恨他反面事新朝。纲常留在梨园内，那惜伶工命一条。"自家雷海青是也。蒙天宝皇帝隆恩，在梨园部内做一个供奉。不料禄山作乱，破了长安，皇帝驾幸西川去了。那满朝文武，平日里高官厚禄，荫子封，享荣华，受富贵，那一件不是朝廷恩典！如今却一个个贪生怕死，背义忘恩，争去投降不迭。只图安乐一时，那顾骂名千古。唉，岂不可羞，岂不可恨！（眉批：奸人只一怕死，便无所不至。）我雷海青虽是一个乐工，那些没廉耻的勾当，委实做不出来。今日禄山与这一班逆党，大宴凝碧池头，传集梨园奏乐。俺不免乘此，到那厮跟前，痛骂一场，出了这口愤气。便粉骨碎身，也说不得了。（眉批：正人只一不怕死，便做出掀天揭地事业。）且抱着琵琶，去走一遭也啊！

接着他连唱两曲，继续痛斥投降的众官后，就自表决心。安禄山

157

挚诚情缘
千古遗恨
《长生殿》

WEN

HUA

ZHONG

GUO

带着随从上场，踌躇满志、得意洋洋地炫耀今日的宏大排场、山珍海味和《霓裳羽衣曲》之美。然而，正在他们极乐之时，雷海青的哭声传来：

【前腔】幽州鼙鼓喧，万户蓬蒿，四野烽烟。叶堕空宫，忽惊闻歌弦，奇变。真个是天翻地覆，真个是人愁鬼怨。〔大哭介〕我那天宝皇帝呵，金銮上，百官拜舞何日再朝天？（眉批：哭声突来，如见人鬼交讧，天地改色。）

〔净〕呀，什么人啼哭？好奇怪！〔军〕是乐工雷海青。〔净〕拿上来。〔军拉外上，见介〕〔净〕雷海青，孤家在此饮太平筵宴，你敢擅自啼哭，好生可恶！〔外骂介〕咳，安禄山，你本是失机边将，罪应斩首。幸蒙圣恩不杀，拜将封王。你不思报效朝廷，反敢称兵作乱，秽污神京，逼迁圣驾。这罪恶贯盈，指日天兵到来诛戮，还说什么太平筵宴！〔净大怒介〕咳，有这等事。孤家入登大位，臣下无不顺从。量你这一个乐工，怎敢如此无礼！军士看刀伺候。（眉批：尝读唐徐夤诗："张均兄弟今何在，却是杨妃死报君。"今见此曲，觉太平宴上诸人，不但生惭雷老，即他日九重泉路，并何面目见杨妃乎？后文以为国捐躯为杨表白，正为此辈抑扬耳。）〔二军作应，拔刀介〕〔外一面指净骂介〕

【扑灯蛾】怪伊忒负恩，兽心假人面，怒发上冲冠。我虽是伶工微贱也，不似他朝臣腼腆。安禄山，你窃神器上逆皇天，少不得顷刻间尸横血溅。〔将琵琶掷净介〕我掷琵琶，将贼臣碎首报开元。（眉批：等不得天兵，即以琵琶奋击。濒危，正气岳岳，愧杀鼠辈偷生。满朝旧臣甘心降顺，而一乐人独矢捐躯，烈性足千古矣！然文伯之丧，敬姜谓诸臣未出涕而内人行哭出声，知其旷礼，则天宝之治可知也。览者必于此等处着眼，方不失作者苦心。）

〔军夺琵琶介〕〔净〕快把这厮拿去砍了。〔军应，拿外砍下〕

［净］好恼，好恼！［四伪官］主上息怒。无知乐工，何足介意。［净］孤家心上不快，众卿且退。［四伪官］领旨。臣等恭送主上回宫。［跪送介］［净］酒逢知己千钟少，话不投机半句多。［怒下］［四伪官起介］杀得好，杀得好。一个乐工，思量做起忠臣来，难道我每吃太平宴的，倒差了不成！（眉批：仍结到太平宴，极周匝。语更蕴藉入妙。）

【尾声】大家都是花花面，一个忠臣值甚钱。［笑介］雷海青，雷海青，毕竟你未戴乌纱识见浅！（眉批：他人笑骂，不若自己写照之亲切。）

与民间传说相比，《长生殿》虚构雷海青悲哭后大骂反贼，还将琵琶丢掷敌酋的情节，进一步提升了他的形象，是艺术来于生活而高于生活的高明写法。

隐士拒绝出山各有奇招

安禄山叛乱自立之前，深感人才缺乏，为了顺利叛乱并抢得天下，就广罗人才。他在属地搜罗隐士，压逼他们出仕，如有不从，就严加处置。

隐士权皋名播远近，安禄山要他出山为官。权皋看出安禄山有拥兵自重的野心，拒绝出山，但怕老母受累，只得暂时应允，作为敷衍。他带上母亲赴任，上任后就处心积虑找机会逃脱。一次，安禄山派他外出押解犯人，他感到这是逃走的良机。走到半路，他假装暴病身亡，骗过众人，人们买来棺材，将他的尸首入殓。半夜，他顶开棺材逃走了。随从报告给安禄山，安禄山当然信以为真，见他母亲悲痛欲绝，就同意她回乡。权皋等在半途，母子二人相见后喜极而泣，相伴回乡隐居，度过劫后余生。

隐士甄济，在安禄山逼他出山时，他先是死活不从，后来见无法

159

挚诚情缘
千古遗恨
《长生殿》

WEN

HUA

ZHONG

GUO

抗拒，只好暂时应允。到任后，他看出安禄山蓄意谋反，又见他不听有识见的部下规劝，就决心用计逃脱，于是他就假称有病，装作吐血不止。安禄山信以为真，只好派人将他抬回原居疗养。安禄山反叛后，又要逼他出山，并令使者威胁说，如有不从，就砍头。使者到他的居处一看，甄济仍卧病于床，还当面吐血，装得逼真，成功骗过使者。使者回报后，安禄山无计可施，只好作罢。

被迫出任伪职的名臣

《旧唐书·王维传》记载，安禄山占领京城后，大诗人王维（701~761）和多位名臣未能及时逃走，被叛军抓获。王维故意装病不从。安禄山早就知道大诗人、大画家王维才华极高，非常重视他，派人将他迎至洛阳，拘于普施寺，迫以伪署。安禄山曾在凝碧宫设宴招待部下，勒令宫中乐工奏乐助兴。王维听了音乐，非常悲伤，暗中作了一首《凝碧诗》。叛乱平定、长安光复后，王维等人被捕论罪。王维因为有《凝碧诗》流传，肃宗对此诗沉痛抒发亡国痛苦和思念朝廷之情颇为嘉许。正好王维的弟弟王缙，请求削去自己的刑部侍郎之职为兄赎罪，肃宗特为宽宥，责授王维太子中允。乾元中，迁太子中庶子、中书舍人，复拜给事中，转尚书右丞。

唐王朝对王维这位具有盖世才华的大诗人兼大画家，还是很讲人情味的，宽宥他的过去，继续让他任职，还有升迁。王维也得以安度后半生，继续写诗、绘画。

《明皇杂录》卷下记载：安禄山占据两京后，王维、郑虔、张均陷入贼庭。朝廷克敌光复后，将他们都关押在杨国忠旧宅中。相国崔圆就召集他们到自己的宅邸，命令他们绘画。当时最流行的是壁画，他们每人画了多个墙壁。他们当时都认为崔圆勋贵莫二，希望以此得到他的救解，所以运思精深，极力发挥自己的才华作画，果然都得到宽典，即使被贬官降职，也必获善地。

三、知心奴才高力士

太监高力士（684～762），被誉为千古贤宦第一人。他本名冯元一，唐高州良德（今广东高州东北）霞洞堡人。其父冯君衡，曾任潘州刺史。10岁时，其家因株连罪被抄。武则天圣历元年（698），岭南招讨使李千里送来两个阉儿，一为金刚，一为力士。力士因强悟，为则天赏识，敕给事左右。后因小过被逐出宫，宦官高延福将其收为养子，故改姓为高。高力士与武三思关系亲密，一年多后，武则天又召力士入宫，禀食司宫台。既壮，长六尺五寸，性格和行事谨慎周密，善于传达诏令，为宫闱丞。

其实，高力士的祖先来头很大，父亲的官也不小，可惜在他幼年时家道衰落，他自己也沦为阉竖。然而他得到祖先的优秀遗传——多智，并富于魄力，从而使他得以在曲折的人生中腾飞。唐朝的宫廷政变频繁，尤其自武则天到唐玄宗即位，宫中连续出现了种种险恶和残酷的突变，善于审时度势的高力士从不贸然高攀任何高官达贵，而是慧眼看中了潞州（今山西长治）别驾李隆基。景龙中，高力士倾心附结临淄王李隆基。景龙四年（710），李隆基发动宫廷政变，杀韦皇后、安乐公主和武氏党羽。唐睿宗复位后，立隆基为太子，力士参与谋划有功。先天元年（712），力士协助玄宗再次发动宫廷政变，杀太平公主，为右监门卫将军，知内侍省事，授三品将军，权势甚大。玄宗常尊称他为"将军"，太子（肃宗）称他为"二兄"，诸王公主称他为"阿翁"，驸马辈敬称他为"爷"，戚里诸家尊称他为"爹"。力士常宿禁中，于是四方奏请文表，皆先呈高力士，然后进送皇帝，小事即自行裁决。玄宗曾曰："力士当上，我寝乃安。"于是权臣宇文融、李林

甫、杨国忠、安禄山、高仙芝等虽以才宠进，然皆厚结力士，故能踵至将相，其余逢迎附会者不可计，皆得所欲。资产丰厚，王侯不及。累官至骠骑大将军、进开府仪同三司，封渤海郡公。

高力士抓住时机投靠和帮助李隆基，证明他是一个不重眼前利益而颇有远见卓识的政治人物。他虽然得势后大肆敛财，在朝中作威作福，过着奢华的生活，但对唐代形成"开元盛世"的局面也做出了很大的贡献。

考古发掘证实，高力士身高一米七五左右，颇有度量，文武双全。高力士"善于骑射，一发而中，三军心服"，颇有大将之风。他深受玄宗信任，大权在握，唐玄宗"恩遇特崇，功卿宰臣，因以决事"，但高力士则"中立而不倚，得君而不骄，顺而不谀，谏而不犯。（进）王言而有度，持国柄而无权。近无闲言，远无横议。君子曰：此所谓事君之美也"（《唐故开府仪同三司兼内侍监赠扬州大都督陪葬泰陵高公神道碑并序》）。

高力士时行善事，有非凡的政治眼光，多次在关键时刻向唐玄宗进谏，如开元二十五年（737）太子李瑛被废，武惠妃极为得宠之时，李林甫等皆谋立武惠妃之子寿王，玄宗踌躇不决，竟然吃不下饭。"居忽忽不食。力士曰：'大家不食，亦膳羞不具耶？'帝曰：'尔，我家老，揣我何为而然？'力士曰：'嗣君未定耶？推长而立，孰敢争？'帝曰：'尔言是也。'储位遂定。"他看出皇帝寝食难安，主动相问，提醒皇帝立长子才能稳定政局，于是肃宗得立为太子。这就帮助朝廷避免了一次政治动荡。

高力士作为玄宗的心腹，在一系列重大问题的决策上，善于用"顺而不谀，谏而不犯"的方法提醒唐玄宗，让他少犯错误。他自称："供扫洒之余，遂蒙侍从之顾，扶戴明皇，逼畏艰难，大固不敢不密，小亦不敢不诚，事必记心，言无漏口，日慎一日，将二十年。"故而史

书称赞他"性和谨少过，善观时俯仰，不敢骄横，故天子终亲任之，士大夫亦不疾恶也"。高力士的这种态度，既是他的智慧所决定，也是他的品德的体现。

高力士明确指出唐玄宗重用奸相，大权旁落，造成政局黑暗，朝臣不敢说话，唐玄宗听了也不做声，可见他无法反驳，但终没有听从高力士的劝谏，后来果然酿成安禄山叛乱的大祸。

高力士为"开元盛世"所做出的另一个重要的积极贡献，是他在复杂的政治形势中，精明、果敢地保护了一些有功大臣，从而在一定程度上维护了当时政局的稳定。

对于高力士的出色表现，智慧出众的张说、张九龄、李邕等贤相名臣都看在眼中，对他尊重有加。《全唐文》中有多篇文章，如李邕有文《谢恩命遣高将军出饯状》赞誉高力士。燕国公张说还为其养父高延福、生父冯君衡、生母麦太夫人三撰碑铭，对高力士推许备至。

高力士一面为玄宗屡献奇谋，办实事；另一面，在皇帝说错话、做错事时，也能经常予以直言批评。玄宗在得知肃宗即位后，喜曰："吾儿应天顺人，改元至德，不忘孝乎，尚何忧？"高力士说："两京失守，生人流亡，河南汉北为战区，天下痛心，而陛下以为何忧，臣不敢闻。"对于玄宗眼看两京失守，百姓流亡，中原成为激战之地，天下人都感到痛心时，身为皇帝却说"我还有什么忧愁"，给予严厉批评。

安史之乱爆发后，高力士随玄宗入蜀，行至马嵬坡时，将士哗变，杀杨国忠，并胁迫玄宗杀杨贵妃，玄宗犹豫不决，力士力劝玄宗而缢杀之。另有传说，高力士设计帮助贵妃逃亡海外。至成都后，高力士因有功受封齐国公。

后来高力士随玄宗还京，加开府仪同三司，封赏五百户。

上元元年（760），因拥戴肃宗有功而握有权势的李辅国不断离间肃宗父子之间的矛盾，诬奏玄宗与高力士"日与外人交通"，并借口

"请太上皇到太极宫游玩"，强行把玄宗迁往西内。那天，玄宗骑马行至睿武门，忽然拥上五百名手执出鞘兵刃的禁军，拦住去路。为首的李辅国，竟傲慢宣称："陛下说，太上皇居住的兴庆宫太过狭小不便，请您去太极宫居住！"玄宗受了惊吓，几乎掉下马来。高力士连忙扶住玄宗，挺身上前厉声面斥李辅国："五十年太平天子，汝旧臣，不宜无礼，李辅国下马！"李辅国不觉失辔而下，冷笑着怒骂："高公公，真没想到事到如今还不知趣，滚开！"言罢手起刀落，斩杀了高力士的一个侍从。李隆基等人都吓得浑身发抖，只有高力士毫不畏惧，对挡道的士兵大声喊道："太上皇诰曰，将士各得好生（太上皇问将士们好）！尔等在太上皇面前拔刀拦路，就不怕犯王法么！还不赶快放下兵器，高呼万岁！"高力士的凛然正气震慑了气势汹汹的禁军，他们收刀下马，跪倒齐呼："太上皇万福！"高力士又直盯着李辅国呵道："还不赶快给太上皇拢马护驾！"李辅国看着高力士，只好悻悻然过去把马缰拉住，与高力士一左一右牵着玄宗的马，把玄宗护送到西内太极宫。宫门关上之后，李辅国带兵离去。玄宗握住高力士的手，悲泣道："微将军，阿瞒（玄宗小名）已为兵死鬼矣！"

唐肃宗为了迫害其父唐明皇，使用"清君侧"的手段，驱除高力士和陈玄礼。太上皇徙西内，居十日，高力士为李辅国所诬，除籍，长流巫州。此时，力士方逃疟功臣阁下，辅国以诏召，力士趋至阁外，遣内养授谪制，因曰："臣当死已久，天子哀怜至今日，愿一见陛下颜色，死不恨。"辅国不许。他被撵出长安时，临走要求见唐明皇一眼，也遭李辅国拒绝，只好与唐明皇不辞而别，甚是凄惶。

高力士既遣于巫州，山谷多荠而人不食，力士感之，作《感巫州荠菜》诗寄意："两京作斤卖，五溪无人采。夷夏虽有殊，气味终不改。"在诗中，高力士以荠菜自喻，说自己在长安、洛阳时很高贵，流放巫州却无人理睬；自己虽不在皇帝身边，但忠心和骨气永不会改变。

一个太监竟然能够以诗明志，颇为可贵。

宝应元年（762），唐代宗即位，力士遇赦还京，归至朗州，知悉玄宗上皇驾崩，见二帝遗诏，力士面朝北哀恸呕血曰："大行升遐（皇帝升天），不得攀梓宫（皇帝的棺材），死有余恨。"哀恸而卒，年七十九。代宗因他护卫先帝不辞辛劳，复其原官职，并赠封扬州大都督，陪葬唐玄宗泰陵。

高力士从不弄权惹事，从不仗势欺人，更从不挑唆皇帝做坏事。李浚的《松窗杂录》和段成式的《酉阳杂俎》中记载：高力士因李白命他脱靴，怀恨在心，诱使贵妃在玄宗处进谗，玄宗因此罢免了李白的翰林官职，断了李白的前程。俞振飞的名剧《太白醉酒》即演此事。不过，这本是子虚乌有之事。明人钟泰华在《文苑四史》即指出"恐出自稗官小说"。清人王琦《李太白文集跋》中亦云："后人深快其事（指高力士脱靴），而多为溢美之言以称之。然核其事，太白亦安能如论者之期许哉？"

高力士在陪伴唐玄宗当皇帝的整个时代，在政治上给予提醒和帮助，在情感上给予倾心关怀。武惠妃死后，高力士在唐玄宗无人中意、百无聊赖之时，为唐玄宗物色到美女杨玉环。虽然杨玉环此时已经名花有主，而且是唐玄宗的儿子寿王之妃，但是高力士仍然毫无顾忌地将她引荐给唐玄宗，解了唐玄宗的爱情饥渴。史宗义评论说："高力士在历史舞台上最精彩的一出戏是他一手撮合了杨玉环和唐玄宗的旷世姻缘。对于这件事的是非，历史已经作了很好的回答。"[①]

杨贵妃与唐玄宗每次发生矛盾，都是高力士从中调解或暗中护持。在《长生殿》中，按照史书《杨贵妃传》的记载，高力士还主动设计让唐玄宗迎还被驱逐的杨贵妃，帮助李杨和好、修复爱情。因此，他

---

① 史宗义：《高力士并非一无是处》，《文史天地》2009 年第 2 期。

165

挚诚情缘
千古遗恨
《长生殿》

WEN

HUA

ZHONG

GUO

为李杨爱情的巩固和发展是起了重要作用的。

李贽《史纲评要》赞誉高力士："真忠臣也，谁谓阉宦无人！"当代唐史专家胡戟认为："他与唐玄宗不离不弃、终生不渝的关系，更是超越了君臣，超越了主仆，那是一种生死与共的兄弟、知己情谊。"总之，像高力士这样忠心耿耿的知心奴才，皇帝们是难得遇见的。

四、奸相叛臣之死

唐玄宗执政时代，除了唐玄宗本人后期昏庸执政造成政局黑暗外，还有弄权祸国的两个奸相李林甫、杨国忠，拥兵作乱的安禄山、安庆绪和史思明、史朝义两对父子叛将，他们都起了极大的极坏作用，终于将大唐盛世作践成衰世，给中华民族带来又一场浩劫。

李林甫、杨国忠、安禄山父子及追随其叛乱的部将史思明、史朝义父子，虽然都因善耍阴谋得逞一时，但都死于非命，为后世提供了重要鉴戒。

奸相李林甫和杨国忠之死

宰相，在我国封建王朝历史上是辅助君主掌管国事的最高执行官的通称。唐玄宗时代，前期重用了多位贤相，先后有姚崇、宋璟、张说、张九龄等。

唐玄宗后期向往荒淫的生活，怠于政事，就重用善于谄媚逢迎、巧伪奸诈的奸相李林甫和杨国忠。

李林甫（683？~752），唐宗室。小字哥奴。善音律，会机变，善钻营，奸佞多狡诈。开元中，任御史中丞、礼部侍郎。与武惠妃和宦官结为深交，故而奏对皆能称旨。开元二十二年（734），拜礼部尚书，同中书门下三品，并代张九龄为中书令、集贤殿大学士，兼修国史。

李林甫居相位十九年，专政自恣，杜绝言路，善于玩弄权术。公卿不由其门而进，必被罪徙，附之者虽小人，亦被重用。对人表面可亲，暗加陷害，人称"口蜜腹剑"。玄宗后期怠于政事，他大权在握，堵塞言路，率意而行。

李林甫"性沉密，城府深阻，未尝以爱憎见于容色。自处台衡，动循格令，衣冠士子，非常调无仕进之门"（《旧唐书·李林甫传》）。他还与牛仙客等人修订整理了法典，颁行全国，《剑桥中国隋唐史》因此赞誉他是"一个精明的行政官员和制度专家"①。《旧唐书·李林甫传》说他"宰相用事之盛，开元以来，未有其比。然每事过慎，调理务众，增修纲纪，中外迁除，皆有恒度。而耽宠固权，已自封植，朝望稍著，必阴计中伤之"。可见他办事谨慎，纲纪严明，讲究效率。因此在相位十九年，独揽朝政达十六年之久。他立法完善，对于稳定封建统治秩序有一定的作用，故而维持了天宝时期十几年的安定局面。

167

挚诚情缘
千古遗恨
《长生殿》

WEN

HUA

ZHONG

GUO

李林甫很有才干，只是人品不好，从而坏事。玄宗晚年政治腐败，他有很大的责任。

李林甫晚年溺于声妓，姬侍盈房。自以结怨于人，常忧刺客窃发，重扃复壁，络板甃石，一夕屡徙，虽家人不知。有子二十五人、女二十五人，多名子、婿担任官职。

李林甫与杨国忠恶斗，李林甫不是对手，忧虑交加，几个月后即一病不起。李林甫借南诏攻侵蜀地，而杨国忠身兼剑南节度使，就上奏玄宗，把杨国忠派往成都，乘机将他排挤出长安。但是杨国忠很快即回京，李林甫自知失败。

李林甫晚年病重，眼见杨国忠依靠杨贵妃的裙带关系，夺了自己的权势，心知他要报复，最终心怀忧恨而死。李林甫死后，尚未下葬，

---

① 崔瑞德编：《剑桥中国隋唐史》，中国社会科学出版社1990年版，第396页。

即遭到杨国忠诬陷，说他"淫祀厌胜，结叛虏，图危宗社"，被削去官爵，子孙流岭南，家产没官，改以小棺如庶人礼葬之。

杨国忠（？～756），蒲州永乐（今山西永济东南）人。本名钊。为杨贵妃同曾祖兄。少年好酒嗜赌，不齿于亲族。曾从军，授新都尉。天宝初，因杨贵妃有宠，由金吾卫兵曹参军，逐步升迁至监察御史、御史中丞，赐名国忠。与李林甫相勾结，连起大狱，陷害、诛逐贵臣，权倾内外。两次发动对南诏战争，丧师二十万。

天宝十一载（752），李林甫死后，杨国忠代为右相兼礼部尚书。杨国忠也具有行政才能，史称他"强力有口辩，即以便佞得宰相，剖决机务，居之不疑。立朝之际，或攘袂扼腕，自公卿下，皆颐指气使，无不詟惮"。

杨国忠以宰相身份大量兼职，从朝廷负责监察官吏的御史、主管全国财政和管理官吏升迁的吏部，直到边远地方的剑南节度使，先后兼任四十余职，每天要他签署公文的官员，从早到晚在他的宅邸中等候。

他谄媚玄宗，结党营私，贿赂公行，选任官吏，均于私第暗定。

与李林甫勾结安禄山不同，杨国忠多次在玄宗面前诋毁安禄山，奏告他要造反。安禄山造反后，他随唐玄宗出逃，至马嵬坡被禁军处死。

叛臣安禄山、安庆绪和史思明、史朝义两对父子之死

玄宗后期，政治黑暗，中央实力削弱，藩镇握有重兵。玄宗昏庸地极度信任和重用安禄山，最终造成野心家安禄山叛乱。叛乱历时七年余，社会生产遭到严重破坏，唐朝从此由盛转衰，北方形成藩镇割据局面。

安史之乱是安禄山于天宝十四载（755）十一月发动的，史思明为

其部将，随同叛乱。至德二年（757），安庆绪杀父后自立。乾元二年（759），史思明杀安庆绪于范阳，自称燕帝。上元二年（761），叛军分裂，史思明被其子史朝义所杀。宝应二年（763）正月，史朝义穷蹙自缢，叛乱始平。

安史之乱

安史之乱前半阶段（755～759）以安禄山、安庆绪父子为首，后半阶段（759～763）以史思明、史朝义父子为首，故而以他们的姓氏作为这次政治事件的名称。

安禄山（703～757），唐营州柳城（今辽宁朝阳）胡人，本姓康，少孤。母阿史德氏是突厥巫婆。相传其母多年不生育，便去祈祷轧荦山（突厥尊此山为战斗之神），遂于长安三年（703）正月初一感应生子，故名其子为轧荦山。其父早死，其母改嫁突厥人安延偃，因此改名安禄山。骁勇善战，通九蕃语，为互市牙郎。

开元二十年（732），安禄山因盗羊遭到围捕和殴打。他大声呼喊："大夫不欲灭奚、契丹耶？而杀壮士！"幽州节度使张守珪见这个胡儿出言不凡，即放了他，令他与同乡人史思明同为捉生将。安禄山熟悉地形，作战勇敢，每战都能以少胜多，因功擢升边将，深受张守珪喜爱，并被收为养子。

开元二十四年（736），安禄山以功授营州都督、平卢将军。在讨伐契丹时军败，张守珪奏请朝廷斩首。宰相张九龄在此前安禄山入朝奏事时见过他，曾对侍中裴光庭说："乱幽州者，必此胡也。"因此，他见到这篇奏章，立即批准，却被玄宗否决。

此后安禄山厚赂往来朝官，博得玄宗宠信。天宝六载，安禄山入

169

挚诚情缘

千古遗恨
《长生殿》

WEN

HUA

ZHONG

GUO

朝，谄媚逢迎，甚至表示"愿以此身为陛下死"。安禄山肥胖异常，腹垂过膝，自称腹重三百斤，走路时须左右抬挽其身，才能迈步。一次玄宗调侃地问他肚子里有什么，他笑答："更无余物，正有赤心耳！"玄宗闻言，哈哈大笑。如此善于奉承，玄宗喜极，命杨铦、杨锜、杨贵妃与他兄弟相称。安禄山见贵妃权势炙手可热，尽管比她大十八岁，竟然请求为杨贵妃义子。每次入见，他先拜贵妃，后拜玄宗，声称"胡人先母而后父"。

安禄山大受重用，被玄宗倚为安边长城，却乘在外镇掌握重兵之机，招降纳叛，扩充实力，暗中于范阳收贮兵器，以蕃将代汉将，筹划叛乱。

天宝十四载（755），杨国忠屡奏安禄山谋反，玄宗不听。杨国忠为激怒安禄山，让京兆尹包围其京中住宅，搜求反状，捕杀其门客李超等。十一月，安禄山以讨伐杨国忠为名，率平卢、范阳、河东三镇十五万蕃汉兵于范阳起兵，发动叛乱，旋南下，攻陷洛阳。

至德元载（756）正月一日，安禄山于洛阳自称雄武皇帝，国号大燕，年号圣武。不久即攻入潼关。玄宗逃往蜀中，叛军遂据长安，烧杀掳掠，残暴至极。

安禄山素有眼疾，自起兵叛乱以来，视力不断减退，直至失明。同时又患疽病，性情特别暴躁，对左右侍从随意打骂杀戮。宦官李猪儿与任中书侍郎的宠臣严庄，也时遭打骂鞭挞，自然怀恨在心。安禄山宠幸之段氏及其子安庆恩常想夺太子之位，安庆绪担心被废。于是两人勾结安庆绪，于至德二载（757）正月五日夜，一起摸入安禄山住所行刺。

侍卫见安庆绪和严庄入内，皆不敢阻拦。两人持刀立在帐外，李猪儿手持大刀，直入帐内，用刀猛砍在床上安卧的安禄山腹部。他事先已偷走安禄山放在床头的防身佩刀，安禄山挨刀后，匆忙中摸不到刀，心知中了暗算，气急败坏地摇着帐竿，大声喝叫："贼子严庄！"随着叫声，

血和肠子从腹部流出，竟多达数斗。他迅即毙命，死年五十五岁。

安庆绪立即在安禄山床下挖了一个深坑，用毡子裹着尸体，尽快埋下，严令在场者不准泄密。

次日早晨，严庄对部下宣告：安禄山病危，诏令安庆绪为太子，全权处理军国大事。于是安庆绪即帝位，尊其父为太上皇，然后发丧。

安庆绪（？～759），初名仁执，玄宗赐名庆绪。安禄山次子。善骑射，年未二十，授鸿胪卿，兼广阳太守。天宝十四载，随安禄山起兵反唐，为都知兵马使，随军南下。禄山称帝后，封为晋王。后恐禄山不立己为太子，于至德二载（757）杀父自立，年号载初。他虽然成功篡位，但本性懦弱，讲话语无伦次，严庄恐怕众将不服，不让双方见面。安庆绪乘机每日纵酒取乐，不理政事，称丞相严庄为兄，加授御史大夫、冯翊王，"事无大小，皆取决焉"。

严庄也无魄力和才华，他们旋退守邺郡（今河南安阳），乾元元年（758），为郭子仪等九节度使统兵二十余万所围，后增至六十万。次年史思明来救，大败唐九节度使之六十万军，围解。至德二载十月二十一日，在唐军光复长安、洛阳后，严庄向唐军投降，被任命为司农卿。

安禄山生性狡诈凶残，叛乱得势后，行事猖狂，无理侵凌近侍和众官，触犯众怒，终于激反，死于非命。他们父子上演了一出叛乱中的叛乱。史思明在大败唐军后，杀了安庆绪，再次上演了叛乱中的叛乱。史思明接收了安氏的全部人众。

史思明（703～761），营州宁夷州突厥杂胡，原姓阿史那，初名窣干，玄宗赐名思明。通六蕃语，与安禄山一起长大，且同为互市牙郎。后任幽州节度使张守珪偏将。史思明骁勇善战，胸怀才略。天宝中，以功擢为将军，知平卢军。天宝十一载（752），从安禄山征奚、契丹，为平卢节度都知兵马使。玄宗曾亲自召见，与之亲切交谈，称赞其才华，期许他"日后一定会显贵"。

挚诚情缘
千古遗恨
《长生殿》

WEN

HUA

ZHONG

GUO

天宝十四载（755），安禄山反，派他经略河北，任命他为范阳节度使，占有十三郡，拥有兵马八万余众。次年，攻陷常山（今河北正定），后为郭子仪、李光弼击败，逃至博陵。肃宗即位，郭子仪、李光弼被排挤，他复据河北十三郡。

史思明所部是安史叛军中最为凶狠残暴的强盗，每破一城，皆抢掳财物，老幼病弱皆以刀槊残杀，掠壮丁为挑夫，妇女尽皆奸淫。魏州一役，其部一天即杀三万多人，平地流血数日。

至德二载（757）十月，安庆绪杀父称帝，封史思明为妫川王，兼范阳节度使。范阳本是安氏老窝，安禄山从东京和西京所掠珍宝，多半都运此存放，堆积如山。史思明恃富而骄，企图独占范阳，独立为王。

安庆绪丢失洛阳后，逃往邺郡，四处征兵，蔡希德、田承嗣、武令珣等先后投奔，又得大约六万人。史思明不派兵，也不派使者，安庆绪怀疑他有二心，即派阿史那承庆、安守忠、李立节带五千骑兵赶到范阳，以征兵为名，准备见机偷袭。史思明在营帐外设好埋伏，自己亲率几万士兵迎接。见到阿史那承庆等人，下马行礼，握手叙旧，殷勤有礼；又将他们接入城中，领进客厅，命令奏乐设宴，盛情款待。酒酣耳热之际，史思明掷出一只酒杯，作为动手信号，埋伏的士兵一拥而入，将三人拿下，对其部属则散发钱财，遣散回家。

乾元二年（759），史思明杀安庆绪，还范阳，于魏州（今河北大名东北）称大圣燕王，年号应天。后南下复陷洛阳。上元二年（761）春，史思明与唐军相持于河南，于洛阳北邙山大败李光弼、仆固怀恩军。复率军西进永宁（今河南洛宁北）。

史思明乘胜攻陕州、长安，被唐军挡在姜子坂一带。出战不利，退守永宁。史思明下令筑三角城，约期一个月筑成，以贮备军粮。其子史朝义率军士苦干，城筑好后，未及泥抹外墙，史思明巡视至此，寻故大怒，想杀掉史朝义、骆悦等大将，以立军威。史朝义哀求："兵

士太乏累，歇一歇马上就上泥。"史思明呵斥道："你爱惜属下，就敢违我将命吗？"遂立马城下，目视兵士上泥，斯须而毕。临走冲史朝义大骂："等我攻克陕州，斩却此贼！"

史朝义大惧。骆悦等人也因兵败惧诛，力劝他先下手为强。史朝义起先踌躇不定，骆悦等人就威胁说要投降唐军。史朝义思虑再三，最终应诺。

当夜，史思明宿营中，其亲信曹将军率人守卫。史朝义等人召他来宣布暗杀计划，曹将军不敢拒。史思明夜半因梦惊醒，坐在床边，怏怏不乐。他平时特别爱听优人唱曲，吃饭睡觉都有优伶陪伴。但因他为人残忍，杀戮为常，众优伶皆怀恨在心。见他惊起，忙问其故。他说："我方才梦见河里的沙洲上有群鹿涉水而至，鹿死水干。"说完，就起身如厕。优伶们偷偷议论："鹿者，禄也；水者，命也。此胡命禄都到头了！"

正说话间，骆悦等人提刀闯入，不由分说就劈死数人，逼问史思明所在，余人忙指厕所方向。史思明听见卧帐内响动不对，翻墙而出，骑马刚跑到马槽处，被追赶而来的兵将射中胳膊，滚落马下。史思明忍住痛，问："何人造反？"有人答是怀王（史朝义）起事。史思明软话求活："我早上说错话，才有现在这等事。你们别这么快就杀我，等我攻陷长安再杀我不迟。"连声哀求乞命。转头见低着头的亲信曹将军，又大骂："这胡误我！这胡误我！"骆悦让兵士把史思明捆个结实，幽禁在柳泉驿。

史朝义等得心惊肉跳，见到骆悦等人复命，连问："没有惊动圣人吧？没有伤着圣人吧？"一行人伪造史思明诏书，让史朝义继位，并杀掉在外统军的史思明的亲信大将周挚等人。为绝后患，骆悦等人先行动手，用绳子勒死了平时动辄就要人命的旧主子史思明。

史朝义（？～763），史思明长子。常从思明作战。史思明随安禄

山起兵作乱，他率军留守冀州、相州等地。乾元二年（759），史思明称帝，他被封为怀王。后失宠。上元二年（761），率兵杀父及弟朝清。三月十四日，自立为帝，改元显庆。又派散骑常侍张通儒等至范阳，杀皇后辛氏、太子史朝英等数十人。其下多为禄山旧臣，耻为所属，召之多不至。

宝应元年（762）十月，唐代宗以雍王李适为天下兵马元帅，朔方节度使仆固怀恩为副元帅，率诸道节度使及回纥兵会攻洛阳。三十日，在洛阳北郊大败史朝义军，史朝义仅率轻骑数百东逃。唐军追击，史朝义连败数仗。后众叛亲离，其主要将领田承嗣、李怀仙等均叛去。次年，北退幽州欲北逃奚、契丹，已经降唐的李怀仙，遣兵追之，他势单力孤，走投无路，被迫于林中自缢。历时七年多的安史之乱，至此结束。

这两对叛将父子有许多共同点：他们都是骁勇善战、善于带兵的将军，但不用于正路；他们多智力出众，但不用于正事而善要阴谋，用于叛乱；他们都是野心和胆子极大的叛臣；他们的野心和善要阴谋造成两个父亲起兵造反，两个儿子为了争权夺利而杀父；都是叛臣杀了叛君——安庆绪杀了安禄山，史思明杀了安庆绪，史朝义杀了史思明。史朝义，最终也因兵败途穷而自缢。

内讧、自相残杀，往往是野心家、阴谋家、叛臣的共同下场。

第六章

异彩纷呈看不足：
《长生殿》艺术精赏

175

挚诚情缘

千古遗恨
《长生殿》

WEN

HUA

ZHONG

GUO

《长生殿》作为中国戏曲史和文学史上的一流之作，在艺术上达到了极高成就。清代著名曲论家焦循在其《剧说》（卷四）中说："（洪昇）荟萃唐人诸说部中事及李（白）、杜（甫）、元（稹）、白（居易）、温（庭筠）、李（商隐）数家诗句，又刺取古今剧部中繁丽色段以润色之，遂为近代曲家第一。"清代曲论家梁廷枏在其《曲话》卷三中高度评价说："《长生殿》为千百年来曲中巨擘，以绝好题目，作绝大文章，学人才人，一齐俯首。"

《长生殿》问世伊始即风行天下，当时名声极大。"一时朱门绮席，酒社歌楼，非此曲不奏，缠头为之增价"（徐麟《长生殿序》），形成"家家收拾起，户户不提防"的局面。"家家收拾起"指"收拾起大地山河一担装"，本是李玉《千钟禄》《惨睹》一出中建文帝逃亡时的第一句唱词。此戏以悲凉的曲调唱出了明代社稷覆亡之痛。"户户不提

防"指"不提防余年值乱离",本是《长生殿》《弹词》一出中宫廷乐师李龟年流落江湖的第一句唱词,唱出了国破家亡的沉痛。这两句唱词,在明亡后不久的清初,深得受尽亡国乱离痛苦、目睹妇女惨遭清兵抢掠蹂躏的全国士民的共鸣。

《长生殿》的艺术成就,仅次于《西厢记》,可谓中国戏曲第二,或可说与《牡丹亭》并列为第二。其精美的音乐结构和情节结构是此剧突出的艺术成就之一,向为戏曲研究家所津津乐道。"爱文者喜其词,知音者赏其律。以是传闻益远,畜家乐者攒笔竞写,转相教习。优伶能是,升价什佰。他友游西川,数见演此,北边、南越可知已。"(吴人《长生殿序》)王季烈在其昆曲理论著作《螾庐曲谈》卷二中说,《长生殿》"不特曲牌通体不重复,而前一折宫调与后一折宫调,前一折主要角色与后一折之主要角色,决不重复"。"其选择宫调,分配角色,布置剧情,务令离合悲欢,错综参伍,搬演者无劳逸不均之虑,观听者觉层出不穷之妙,自来传奇排场之胜,无过于此。""予谓古今曲词、词采、结构、排场并胜,而又宫调合律,宾白工整,众美悉具,一无可议者,莫过于《长生殿》。"日本汉学权威、戏曲研究家青木正儿在《中国近世戏曲史》中对此深表赞同,并说:"细阅此剧,作者用意之周到,真足令人惊叹者。"① 因此《纳书楹曲谱》收《长生殿》折子戏,竟多至约占全剧的一半。

《长生殿》在安排宫调、曲牌方面,结构精美严密,匠心独具,屡为前人所称道。此属戏曲声律即戏曲音乐的范畴,非专业人士一般难以掌握,但经常欣赏,慢慢就会体会。一般读者主要从文学的角度观察和分析此戏的艺术成就,以利欣赏和借鉴。

---

① 青木正儿:《中国近世戏曲史》上册,王古鲁译,中华书局1958年版,第381页。

《长生殿》中一些精彩的篇章，如《定情》（又名《赐盒》）、《惊变》（又名《小宴》）、《疑谶》（又名《酒楼》）、《偷曲》、《絮阁》、《骂贼》、《闻铃》、《哭像》、《弹词》等出，至今仍在上演，为昆曲中的优秀传统剧目。下面我们选择几出，做一番欣赏。括号内的"吴评"，是洪昇的挚友吴仪一以眉批的形式，为《长生殿》撰写的评论。他的见解精当，分析细腻，得到洪昇本人的首肯，所以在此引用，供大家参考。

一、挚真情缘，李杨定情

177

挚诚情缘
千古遗恨
《长生殿》

WEN

HUA

ZHONG

GUO

　　按照明清传奇的体制，《长生殿》全剧的第一出《传概》是全剧的总纲，第二场《定情》则是全剧情节的开端。

　　《定情》描写唐明皇和杨贵妃爱情的开端，是全剧重要的一出。人们说："良好的开端，是成功的一半。"《定情》一出即是如此。

　　这个开端是非常成功的，表现为作者摈弃所有不利于杨贵妃形象塑造的史实和传说，摒弃杨贵妃所有的"秽事"，将杨贵妃的最初身份定为一个纯洁的少女，一个没有社会地位的宫女，将李杨爱情描绘成感天动地的

《定情》

"情之所衷，在帝王家罕有"的"钗盒情缘"，歌颂纯洁、持久、真挚的爱情。

　　这个开端之所以成功，还表现为李杨爱情的发展和结局，已预伏

其中；更表现为曲文优美动听，以高超的文笔与和美的曲调吸引、震慑住观众，让观众发出惊叹。

本出开场即由唐明皇开唱第一支曲【东风第一枝】，曲名就极佳，似乎天然就是全剧开首之曲最恰当的名字。

【大石引子】【东风第一枝】［生扮唐明皇引二内侍上］端冕中天，垂衣南面，山河一统皇唐。层霄雨露回春，深宫草木齐芳。升平早奏，韶华好，行乐何妨。愿此生终老温柔，白云不羡仙乡。

此曲头三句写出了盛唐的气势，接着唐明皇的念白说："朕乃大唐天宝皇帝是也。起自潜邸，入缵皇图。任人不二，委姚、宋于朝堂；从谏如流，列张、韩于省闼。且喜塞外风清万里，民间粟贱三钱。真个太平致治，庶几贞观之年；刑措成风，不减汉文之世。近来机务余闲，寄情声色。昨见宫女杨玉环，德性温和，丰姿秀丽。卜兹吉日，册为贵妃。已曾传旨，在华清池赐浴，命永新、念奴伏侍更衣。即着高力士引来朝见，想必就到也。"

这段说白简要自叙政绩，介绍杨玉环的来历、性格、资质和两人建立爱情的起始。

针对第一曲和说白，吴仪一的眉批说：明皇，英主也，非汉成昏庸之比。只因行乐一念，便自愿终老温柔，酿成天宝之祸，末路犹不若汉成。"升平"数语，足为宴安之戒。

上海昆剧团的著名编剧、昆剧研究家唐葆祥先生说，此曲不仅为唐明皇这个人物定下了基调：他曾是个开创"开元盛世"的有为之君，但如今成了"寄情声色"、"原此生终老温柔"的昏聩之君，也为李杨的爱情悲剧埋下重要伏笔。"寄情声色"是唐明皇一切行为的出发点，也是导致安史之乱和杨贵妃马嵬坡自缢的根源。

接着杨玉环即上场，并唱第二曲：

【玉楼春】［丑扮高力士，二宫女执扇，引旦扮杨贵妃上］恩

波自喜从天降，浴罢妆成趋彩仗。（眉批：白内补赐浴华清，"恩波"字即从新浴生出。此是杨妃承恩第一事，必从此写起。）〔宫女〕六宫未见一时愁，齐立金阶偷眼望。

她见驾后向皇帝感慨："臣妾寒门陋质，充选掖庭，忽闻宠命之加，不胜陨越之惧。"

唐评说：第二支曲是写杨贵妃的心态。杨玉环从一个普通宫女被册封为贵妃，真可谓"喜从天降"，因此有一种受宠若惊之感。"不胜陨越之惧"中，"惧"是次要的，"喜"才是主要的，尤其是当"六宫未见一时愁，齐立金阶偷眼望"时，杨贵妃那种得意之态、窃喜之情，充分地流露出来了。结合眉批的评语，可见其针线之细密。

下面四支【念奴娇序】由唐明皇、杨贵妃、宫女、内侍分别唱，气氛热烈：

> 【大石过曲】【念奴娇序】〔生〕寰区万里，遍征求窈窕，谁堪领袖嫔嫱？佳丽今朝，天付与，端的绝世无双。思想，擅宠瑶宫，褒封玉册，三千粉黛总甘让。〔合〕惟愿取，恩情美满，地久天长。

> 【前腔】〔换头〕〔旦〕蒙奖。沉吟半晌，怕庸姿下体，□□陪从椒房。受宠承恩，一霎里身判人间天上。（眉批：惊喜午须仿，冯媛当熊，班姬辞辇，永持彤管侍君傍。〔合〕惟愿取，恩情美满，地久天长。

杨贵妃在受宠若惊、喜悦万分之余，表忠心说，她要像汉元帝的婕妤冯媛一样，看到熊突然出现时，挡在前面保护皇帝；像汉成帝的婕妤班姬一样，婉拒皇帝邀请她同车而行的美意，谓明君应当近贤臣而远女色，自己要手持红色笔杆为皇帝纪事。

> 【前腔】〔换头〕〔宫女〕欢赏，借问从此宫中，阿谁第一？似赵家飞燕在昭阳。宠爱处，应是一身承当。休让，金屋装成，

179

挚诚情缘
千古遗恨
《长生殿》

WEN

HUA

ZHONG

GUO

玉楼歌彻，千秋万岁捧霞觞。（眉批：宫娥口中微含妒意，更得神理。）〔合〕惟愿取，恩情美满，地久天长。

【前腔】〔换头〕〔内侍〕瞻仰，日绕龙鳞，云移雉尾，天颜有喜对新妆。频进酒，合殿春风飘香。堪赏，圆月摇金，余霞散绮，五云多处易昏黄。〔合〕惟愿取，恩情美满，地久天长。

唐葆祥先生指出，每支曲子后三句相同，这是祝酒词，也是李杨对爱情的期望。在近代昆曲演出中，只唱前两支，后两支删除不唱。而第一支，艺人们将唐明皇的独唱改由台上所有演员一起合唱（称之为"同场曲"）。过去艺人们学唱昆曲时，首先学唱的就是这一类的同场曲，其中包括这一支"寰区万里"。因为此曲节奏缓慢，婉转动听，在南曲中极具代表性。

接下来：

【中吕过曲】【古轮台】〔生〕下金堂，笼灯就月细端相，庭花不及娇模样。轻偎低傍，这鬓影衣光，掩映出丰姿千状。〔低笑，向旦介〕此夕欢娱，风清月朗，笑他梦雨暗高唐。〔旦〕追游宴赏，幸从今得侍君王。瑶阶小立，春生天语，香萦仙仗，玉露沾裳。还凝望，重重金殿宿鸳鸯。

〔生〕掌灯往西宫去。〔丑应介，内侍、宫女各执灯引生、旦行介〕〔合〕

【前腔】〔换头〕辉煌，簇拥银烛影千行。回看处珠箔斜开，银河微亮。复道回廊，到处有香尘飘扬。夜色如何？月高仙掌。今宵占断好风光，红遮翠障，锦云中一对鸾凰。《琼花》《玉树》，《春江夜月》，声声齐唱，月影过宫墙。褰罗幌，好扶残醉入兰房。

〔丑〕启万岁爷，到西宫了。〔生〕内侍回避。〔丑〕春风开紫殿，〔内侍〕天乐下珠楼。〔同下〕

眉批说："三曲皆以月字映带。"唐评进而指出，这三支曲从赏月

写到入西宫，进兰房，赐金钗钿盒，皆以"月"字映带贯串。正因为"笼灯就月"，才能把杨妃的鬓影衣光掩映得"丰姿千状"；正因为"风清月朗"，才有此夕欢娱胜过楚王梦游高唐之感。真可谓"月华写绝，梦雨翻新"，俱是绝妙好词。

【余文】[生]花摇烛，月映窗，把良夜欢情细讲。[合]莫问他别院离宫玉漏长。

眉批评生唱：美人韵致，惟在定情之际，杜牧所谓"豆蔻梢头二月初"也。莽男儿或急色，或沉醉，草草成欢，最为可惜！"细讲"二字，妙，有无数温存在内，若少卤莽，便是党家风味矣。又评合唱：杨未承宠，亦别院人也。得意时更不管失意之苦，负恃争怜，于此可见。不但文笔拓开，饶有远神也。

[宫女与生、旦更衣，暗下，生、旦坐介，生]银烛回光散绮罗，[旦]御香深处奉恩多。[生]六宫此夜含颦望，[合]明日争传《得宝歌》（宋乐史《杨太真外传》说李杨定情之夜，上喜极，认为自己得杨贵妃"如得至宝"，亲自作曲《得宝子》）。[生]朕与妃子偕老之盟，今夕伊始。[袖出钗、盒介]特携得金钗、钿盒在此，与卿定情。

【越调近词】【绵搭絮】[生]这金钗、钿盒，百宝翠花攒。我紧护怀中，珍重奇擎有万般。今夜把这钗呵，与你助云盘，斜插双鸾；这盒呵，早晚深藏锦袖，密裹香纨。愿似他并翅交飞，牢扣同心结合欢。[付旦介，旦接钗、盒谢介]

【前腔】[换头]谢金钗、钿盒赐予奉君欢。只恐寒姿，消不得天家雨露团。[作背看介]恰偷观，凤翥龙蟠，爱杀这双头旖旎，两扇团圞。惟愿取情似坚金，钗不单分盒永完。

最后的说白和二曲，详细叙述唐明皇将定情之物金钗钿盒郑重赠与杨贵妃。眉批最后说：钗盒乃本传始终作合处，故于进宫更衣后写

181

挚诚情缘
千古遗恨
《长生殿》

WEN

HUA

ZHONG

GUO

二曲以致珍重之意，非止文情尽致，场上并有关目。唐评：金钗钿盒是贯串全剧的道具，其象征意义在于"惟愿取情似坚金，钗不单分盒永完"。整出戏的结尾落在金钗钿盒上，这也为唐明皇与杨贵妃的爱情定下了基调：他们的爱情是真挚的、细腻的，富于浪漫气息的，他们追求的是那种天长地久、永不分离的理想爱情。因此，这出《定情》是塑造唐明皇、杨贵妃人物形象，表达全剧爱情主题的极为重要的起点。

二、仙乐风飘人间闻

《长生殿》第十一出《闻乐》、第十二出《制谱》、第十六出《舞盘》，描写李杨二人合作创作《霓裳羽衣曲》的艺术灵感与心路历程，是全剧的重要篇章。

第十一出《闻乐》

此出描写月中嫦娥招邀杨贵妃的梦魂来月宫聆听《霓裳羽衣曲》，使她醒后凭借记忆，谱下此曲，流播人间。

此出嫦娥出场时唱："清光独把良宵占，经万古纤尘不染。散瑶空风露洒银蟾，一派仙音微飐。"（吴评：逗起霓裳仙乐，便非泛辞。）接着自报家门说："药捣长生离劫尘，清妍面目本来真。云中细看天香落，仍倚苍苍桂一轮。吾乃嫦娥是也。本属太阴之主，浪传后羿之

妻。"古代传说嫦娥本是后羿之妻，偷吃西王母的仙药后，飞升到月宫。

这一段唱词词清句丽，赏心悦目。这是《长生殿》唱词的基本风格，达到了很高的艺术成就。中国戏曲，不用布景，用描写风景的唱词，来说明人物所处的环境，所以人物能够在天上人间自由活动，舞台的场景没有限制。

嫦娥在月宫中，想道："向有《霓裳羽衣》仙乐一部，久秘月宫，未传人世。今下界唐天子，知音好乐。他妃子杨玉环，前身原是蓬莱玉妃，曾经到此。不免召他梦魂，重听此曲。使其醒来记忆，谱入管弦。竟将天下仙音，留作人间佳话。"

于是她派寒簧从天上月宫到人间唐宫，将杨妃的梦魂带来，聆听仙乐。

此出运用了神秘浪漫主义的写作手法。吴仪一的眉批指出："人间天上，一切有为法，皆非无因。玉环惟再到月宫，重听仙乐，故能记忆。若无宿根，而强欲求仙，秦皇汉武，徒自悔耳。"吴评认为，正因杨妃宿世是蓬莱玉妃，曾经到此，听过此乐，这次是重听，所以能够记住乐曲。

寒簧从月宫下凡，用唱词描写长空一色、清寒幽明的景色："明河斜映，繁星微闪，俯将尘世遥觇。只见空濛香雾，早离却玉府清严。一任珮摇风影，衣动霞光，小步红云垫。待将天上乐授宫襜（此借指杨贵妃），密召芳魂入彩蟾。来此已是唐宫之内。"眉批评论："此曲自月府下至人间，后《锦鱼灯》曲自宫中上至月府，情景各异，摹写宛然。"她到唐宫后，看到杨贵妃的睡姿优雅娇媚，感叹："你看鱼钥（锁，古代的锁都作鱼形）闭，龙帷掩，那杨妃呵，似海棠睡足增娇艳。"吴评："'小步'句与'海棠'句，皆隽。"

接着剧本描写杨妃在"卧榻前忽闻叫唤，又无宫娥通报，自起开

帘，写出睡梦迷离光景"（眉批评语）。宫人对杨妃说，月中仙子"奉姮娥口敕亲传点，请娘娘到桂宫中花下消炎（避暑）"。眉批说："追凉消炎，处处照合时景。后即以仲夏寒凉，转入月宫，草蛇灰线，绝无形迹。"宫女不知嫦娥邀请贵妃去听曲，她想当然地以为请贵妃去乘凉。

杨玉环接受邀请，随同寒簧上天，唱道："指碧落足下云生冉冉，步青霄听耳中风弄纤纤。乍凝眸星斗垂垂似可拈，早望见烂辉辉宫殿影在镜中潜。"

到了月宫，杨玉环首先看到的是桂花，因为桂花是月宫中"四时常茂，花叶俱香"的标志性景物。眉批评论："先用丹桂点染一层，然后转出《霓裳》法曲。文情不迫，而月宫精致，亦当尔尔。"

接着听见音乐声起，看到一群仙女，素衣红裳，从桂树下奏乐而来，好不动听。舞台说明为：[杂扮仙女四人、六人或八人、白衣、红裙、锦云肩、璎珞、飘带，各奏乐，唱，绕场行上介][旦、贴旁立看介]寒簧告诉她"此乃《霓裳羽衣》之曲也。"吴评指出，本出描写《霓裳羽衣曲》，妙在"此非《霓裳》本曲也，乃曲尾叙意，暗讽杨妃，使之回光返照，为后证仙之地。"为后面剧情的开展，留下重要的伏笔，"而且留本曲于《重圆》折敷演，以免复出"。

作者还精细描绘杨妃当时的心境和心理："爽然若失，自愧不如，正写杨妃娇妒之念魂梦不忘，与仙缘尚远也。此意深奥，匪夷所思。"（眉批评语）

杨玉环感叹："妙哉此乐。清高宛转，感我心魂，真非人间所有也！"于是她又回到人间。吴评指出作者描写梦境的逼真："梦魂之出，悠悠衍衍；及其醒也，一蹴而至。"即入梦和梦境进行缓慢，而出梦往往是一刹那的速度。

这出戏写杨贵妃梦中游月宫，为后来的"证仙"张本，即预为布置，先做伏笔。

三、《絮阁》生恨，贵妃醉酒

唐明皇虽然深爱杨贵妃，非常赞赏她的艺术才华，但是他并不只爱杨贵妃一人，他还有过去宠爱过的梅妃。在独宠杨贵妃一段时间后，唐明皇又想起了梅妃。于是第十九出《絮阁》就描写唐明皇暗中与梅妃旧情复燃、鸳梦重温之时，被杨贵妃发现，掀起了一场醋海风波。

此出开首，高力士介绍当年自己为皇帝选来梅妃的往事，以及今夜唐明皇与她幽会的情况。

[丑上] 自闭昭阳春复秋，罗衣湿尽泪还流。一种蛾眉明月夜，南宫歌舞北宫愁。咱家高力士，向年奉使闽粤，选得江妃进御，万岁爷十分宠幸。为他性爱梅花，赐号梅妃，宫中都称为梅娘娘。自从杨娘娘入侍之后，宠爱日夺，万岁爷竟将他迁置上阳宫东楼。昨夜忽然托疾，宿于翠华西阁，遣小黄门密召到来。戒饬宫人，不得传与杨娘娘知道。命咱在阁前看守，不许闲人擅进。此时天色黎明，恐要送梅娘娘回去，只索在此伺候咱。[虚下]
[旦行上]

吴仪一介绍："有客尝论此剧虢国、梅妃两番争宠，皆未当场扮出关目，近于不显。欲与排场加杨、虢相争，然后放归，《絮阁》这种破壁而出，时梅妃绕场走下。近演家有扮梅妃者，默坐幔内者。予谓虢国事，《傍讶》一折，高、永明言，观场者已洞悉。梅妃家门，此折力士又代为叙明，正无烦赘疣耳。"介绍了当时舞台演出的不同处理，说明当时的演唱者对剧本各有不同的理解，处理结果也各有不同。

高力士的介绍结束，杨贵妃上场，唱道："一夜无眠乱愁搅，未拔白潜踪来到。往常见红日影弄花梢，软咍咍春睡难消，犹自压绣衾倒。

挚诚情缘
千古遗恨
《长生殿》

WEN

HUA

ZHONG

GUO

今日呵，可甚的凤枕急忙抛，单则为那筹儿（指明皇与梅妃幽会之事）撇不掉。"眉批："起句直接和衣卷被情景，方见捱不到晓，急遽独行，不及待宫女随从安顿，绝妙。"

高力士马上发现杨贵妃寻踪而来：

［丑一面暗上望科］呀，远远来的，正是杨娘娘，莫非走漏了消息么？现今梅娘娘还在阁里，如何是好？［旦到科］［丑忙见科］奴婢高力士，叩见娘娘。［旦］万岁爷在那里？［丑］在阁中。［旦］还有何人在内？［丑］没有。［旦冷笑科］你开了阁门，待我进去看者。［丑慌科］娘娘且请暂坐。［旦坐科］

高力士随机应变，马上为皇上找出遁词，想蒙混过关：

【南画眉序】只为政勤劳，偶尔违和厌烦扰。［旦］既是圣体违和，怎生在此驻宿？［丑］爱清幽西阁，暂息昏朝。［旦］在里面做甚么？［丑］偃龙床静养神疲。［旦］你在此何事？［丑］守玉户不容人到。［旦怒科］高力士，你待不容我进去么？（眉批：力士所言不容人到，非指贵妃也。即借此语发怒，亦是机变人使狡狯处。）［丑慌叩头科］娘娘息怒，只因亲奉君王命，量奴婢敢行违拗！

高力士和杨贵妃，一个是步步抵赖，一个是步步紧逼，简洁的对话表现了人物的身份、性格、处境和心理活动。

贵妃见高力士坚持抵赖和阻挡自己，不由发怒：

【北喜迁莺】［旦怒科］咦，休得把虚脾来掉（掉枪花，献假殷勤），嘴喳喳弄鬼妆幺。［丑］奴婢怎敢？［旦］焦也波焦，急的咱满心越恼。我晓得你今日呵，别有个人儿挂眼梢，倚着他宠势高，明欺我失恩人时衰运倒。［起科］也罢，我只得自把门敲。（眉批：语气渐渐逼紧，使力士不得腾那，直是狡狯。）

贵妃决定自己敲门，闯进去看个究竟。高力士更着急了，只好不得已求其次，同意上去叫门：

[丑] 娘娘请坐，待奴婢叫开门来。[作高叫科] 杨娘娘来了，开了阁门者。[旦坐科]

他叫门时，特地高叫"杨娘娘来了"，向唐明皇通风报讯。唐明皇听高力士说杨贵妃前来，心中着急：

【南画眉序】何事语声高，蓦忽将人梦惊觉。[丑又叫科] 杨娘娘在此，快些开门。[内侍] 启万岁爷，杨娘娘到了。[生作呆科] 呀，这春光漏泄怎地开交？[内侍] 这门还是开也不开？[生] 慢着。[背科] 且教梅妃在夹幕中，暂躲片时罢。[急下][内侍笑科] 哎，万岁爷，万岁爷，笑黄金屋怎样藏娇，怕葡萄架霎时推倒（倒了葡萄架，指争风吃醋）。[生上作伏桌科] 内侍，我着床傍枕伴推睡，你索把兽环（宫门上的装饰，此指宫门）开了。（眉批：一时匆迫之状，色色绝倒。）[内侍] 领旨。[作开门科][旦直入，见生科] 妾闻陛下圣体违和，特来问安。[生] 寡人偶然不快，未及进宫。何劳妃子清晨到此。[旦] 陛下致疾之由，妾倒猜着几分了。[生笑科] 妃子猜着何事来？（眉批：贵妃望春一跌，已悔妒心。而西阁之事，又复唐突。明皇或疑其妒正欲炽，不暇顾虑。抑知妃之狡狯，早狎习明皇，而操纵之，度必无奈我何也。）

[旦]【北出队子】多则是相思萦绕，为着个意中人把心病挑。[生笑科] 寡人除了妃子，还有甚意中人？[旦] 妾想陛下向来钟爱，无过梅精。何不宣召他来，以慰圣情牵挂。[生惊科] 呀，此女久置楼东，岂有复召之理！[旦] 只怕悄东君偷泄小梅梢，单只待望着梅来把渴消。[生] 寡人那有此意。[旦] 既不沙（不然，否则），怎得那一斛珍珠去慰寂寥！（眉批：直以宣召梅精相诘，使明皇更无躲闪处，总是狡狯。）

[生] 妃子休得多心。寡人昨夜呵，【南滴溜子】偶只为微病，暂思静悄。恁兰心蕙性，慢多度料，把人无端奚落。[作欠伸科] 我神虚懒应酬，相逢话言少。请暂返香车，图个睡饱。（眉批：明皇无词抵搪，惟有推病。）

[旦作看科] 呀，这御榻底下，不是一双凤舄么？[生急起，作欲掩科] 在那里？[怀中掉出翠钿科][旦拾看科] 呀，又是一朵翠钿！此皆妇人之物，陛下既然独寝，怎得有此？[生作羞科] 好奇怪！这是那里来的？连寡人也不解。[旦] 陛下怎么不解？[丑作急态，一面背对内侍低科] 呀，不好了，见了这翠钿、凤舄，杨娘娘必不干休。你每快送梅娘娘，悄从阁后破壁而出，回到楼东去罢。[内侍] 晓得。[从生背后虚下]（眉批：力士乖人，亦料定明皇爱梅有心，制杨无术，故为破壁送归之计，以息两争，其与贵妃，可谓棋逢敌手矣。）

[旦]【北刮地风】子这御榻森严宫禁遥，早难道有神女飞度中宵。则问这两般信物何人掉？[作将舄、钿掷地，丑暗拾科][旦] 昨夜谁侍陛下寝来？可怎生般凤友鸾交，到日三竿犹不临朝？外人不知呵，都只说殢君王是我这庸姿劣貌。那知道恋欢娱别有个雨窟云巢！请陛下早出视朝，妾在此候驾回宫者。（眉批：忽作壮语规劝，更令明皇言塞，从来女子小人，挟制尊大，皆有此伎俩。）[生] 寡人今日有疾，不能视朝。[旦] 虽则是蝶梦余，鸳浪中，春情颠倒，困迷离精神难打熬，怎负他凤墀（台阶）前鹄立群僚！（眉批：若非出之妒口，何异鸡鸣？同梦之诚，语同人异，只争公私耳。）

[旦作向前背立科][丑悄上与生耳语科] 梅娘娘已去了，万岁爷请出朝罢。[生点头科] 妃子劝寡人视朝，只索勉强出去。高力士，你在此送娘娘回宫者。[丑] 领旨。[向内科] 摆驾。[内

应科］［生］风流惹下风流苦，不是风流总不知。［下］［旦坐科］高力士，你瞒着我做得好事！只问你这翠钿、凤舄，是那一个的？

［丑］【南滴滴金】告娘娘省可闲烦恼。奴婢看万岁爷与娘娘呵，百纵千随真是少。今日这翠钿、凤舄，莫说是梅亭旧日恩情好，就是六宫中新窈窕，娘娘呵，也只合佯装不晓，直恁破工夫多计较！不是奴婢擅敢多口，如今满朝臣宰，谁没有个大妻小妾，何况九重，容不得这宵！（眉批：贵妃以法言制明皇，力士即效之以对贵妃，不复更作巽语，而贵妃亦为气沮，出尔反尔，大是快人。）

【北四门子】［旦］呀，这非是衾裯不许他人抱，道的咱量似斗筲（斗、筲是两种小的量器，用来形容气量狭小）！只怪他明来夜去装圈套，故将人瞒的牢。［丑］万岁爷瞒着娘娘，也不过怕娘娘着恼，非有他意。［旦］把似怕我焦，则休将彼邀。却怎的劣云头（指唐明皇）只思别岫（指梅妃）飘。将他（指梅妃）假做抛，暗又招，转关儿心肠难料。

［作掩泪坐科］（眉批：说至此，亦自心软，惟有涕泪。）［老旦上］清早起来，不见了娘娘，一定在这翠阁中，不免进去咱。［作进见旦科］呀，娘娘呵，【南鲍老催】为何泪抛，无言独坐神暗消？［问丑科］高公公，是谁触着他情性娇？［丑低科］不要说起。［作暗出钿、舄与老旦看科］只为见了这两件东西，故此发恼。［老旦笑，低问科］如今那人呢？［丑］早已去了。［老旦］万岁爷呢？［丑］出去御朝了。永新姐，你来得甚好，可劝娘娘回宫去罢。［老旦］晓得了。［回向旦科］娘娘，你慢将眉黛颦，啼痕渗，芳心恼。晨餐未进过清早，怎自将千金玉体轻伤了？请回宫去寻欢笑。

［内］驾到。［旦起立科］［生上］媚处娇何限，情深妒亦真。

189

挚诚情缘
千古遗恨
《长生殿》

WEN

HUA

ZHONG

GUO

且将个中意，慰取眼前人。（眉批：明皇能解妒情，能耐妒语，真是个中人。）寡人图得半夜欢娱，反受十分烦恼。欲待呵叱他一番，又恐他反道我偏爱梅妃，只索忍耐些罢。高力士，杨娘娘在那里？〔丑〕还在阁中。〔老旦、丑暗下〕〔生作见旦，旦背立不语掩泣科〕〔生〕呀，妃子，为何掩面不语？〔旦不应科，生笑科〕妃子休要烦恼，朕和你到华萼楼上看花去。

〔旦〕【北水仙子】问、问、问、问华萼娇，怕、怕、怕、怕不似楼东花更好。有、有、有、有梅枝儿曾占先春，又、又、又、又何用绿杨牵绕。〔生〕寡人一点真心，难道妃子还不晓得！〔旦〕请、请、请、请真心向故交，免、免、免、免人怨为妾情薄。（眉批：明皇愈温存，贵妃愈娇妒，假使天威稍震，又作鱼贯想矣。然贵妃逆知上意，不能反目，故下文即以缴盒动之，情事周密，文章更有针线。）〔跪科〕妾有下情，望陛下俯听。〔生扶科〕妃子有话，可起来说。〔旦泣科〕妾自知无状，谬窃宠恩。若不早自引退，诚恐谣诼日加，祸生不测，有累君德鲜终（有始无终），益增罪戾。今幸天眷犹存，望赐斥放。陛下善视他人，勿以妾为念也。（眉批：亦自楚楚可怜，不由人情动。）〔泣拜科〕拜、拜、拜、拜辞了往日君恩天样高。〔出钗、盒科〕这钗、盒是陛下定情时所赐，今日将来交还陛下。把、把、把、把深情密意从头缴。〔生〕这是怎么说？〔旦〕省、省、省、省可自承旧赐福难消。

〔旦悲咽，生扶起科〕妃子何出此言，朕和你两人呵，【南双声子】情双好，情双好，纵百岁犹嫌少。怎说到，怎说到，平白地分开了。总朕错，总朕错，请莫恼，请莫恼。〔笑觑旦科〕见了你这颦眉泪眼，越样生娇。（眉批：明皇此时，亦畏亦愧，语意在不深不浅间，传神之笔。）

妃子可将钗、盒依旧收好。既是不耐看花，朕和你到西宫闲话去。［旦］陛下诚不弃妾，妾复何言。［袖钗、盒，福生科］（眉批：一语回心，急作收科，仍是狡狯。）

【北尾煞】领取钗、盒再收好，度芙蓉帐暖今宵，重把那定情时心事表。（眉批：交收钗、盒一番，结出固宠本意。）

［生携旦并下］［丑复上］万岁爷同娘娘进宫去了。咱如今且把这翠钿、凤舄，送还梅娘娘去。（眉批：周匝。）

柳色参差映翠楼（司马札），君王玉辇正淹留（钱起）。

岂知妃后多娇妒（段成式），恼乱东风卒未休（罗隐）。

最后四句集唐诗的诗句，选择得恰切，与剧情也非常贴切，这显示了洪昇掌握唐诗和古代文献的深厚功力。

本出描写杨贵妃因唐明皇背着她偷偷与梅妃相会，贵妃气了一夜，天不亮就去"捉奸"。照理皇帝应该有众多嫔妃，而唐明皇却不敢公开与别的妃子共度良宵，贵妃来查问，不但不敢承认，还要全力掩盖，可见他不敢得罪杨贵妃。杨贵妃并没有惩罚皇帝的权力，皇帝却怕她，这是强调唐玄宗怕失去贵妃的爱，他实在太喜欢杨贵妃了。杨贵妃也懂得适可而止，既要充分表达自己的气愤，又不能让唐玄宗完全下不了台，所以见好就收。如果横吵到底，就会彻底闹僵，双方也无法修复关系了。

由于正史没有梅妃此人，只有唐人（一说是宋人）笔记小说《梅妃传》记载了她的事迹，所以《长生殿》关于梅妃的描写全部取材于《梅妃传》。

四、六宫粉黛无颜色

第二十一出《窥浴》和第二十二出《密誓》相连，表现唐明皇从

191

挚诚情缘
千古遗恨
《长生殿》

WEN

HUA

ZHONG

GUO

表层的迷恋美色转向挚诚爱情，由肤浅而深沉，逐步达到人性本真的挚爱情感。

第二十一出《窥浴》

这出戏叙述唐明皇与杨贵妃在温泉同浴，唐明皇细看贵妃的天生丽质，极度恩爱，侍候他们的宫女虽然明里回避，却在暗里窥视。

此出开首即让宫女诉说幽闭在皇宫，荒废青春的痛苦：

【雁儿舞】〔副净扮宫女上〕担阁青春，后宫怨女，漫跌脚捶胸，有谁知苦。拼着一世没有丈夫，做一只孤飞雁儿舞。

接着通过宫女和太监的交谈，交代梅妃已经病死的情况：

〔丑〕姐姐，你说甚么《雁儿舞》！如今万岁爷，有了杨娘娘的《霓裳》舞，连梅娘娘的《惊鸿》舞，也都不爱了。〔副净〕便是。我原是梅娘娘的宫人。只为我娘娘，自翠阁中忍气回来，一病而亡，如今将我拨到这里。〔丑〕原来如此，杨娘娘十分妒忌，我每再休想有承幸之日。

眉批说："梅妃妒宠，原为杨妃点缀作波。随起随抹，是文章妙法。"意为用简洁的方法，安排梅妃消失，下面即可全力摹写杨贵妃。

唐明皇与杨贵妃带着随从上场时，内侍们唱："【羽调近词】【四季花】别殿景幽奇：看雕梁畔，珠帘外，雨卷云飞。逶迤，朱阑几曲环画溪，修廊数层接翠微。绕红墙，通玉扉。"描写他们到温泉的路上，"景色如画"（眉批语）。用优美的曲辞描绘景色，来代替舞台的

实景，这是戏曲将戏中景物虚拟化的高明艺术手段。

他们到温泉殿后，令内侍回避。

[生] 妃子，你看清渠屈注，洄澜皱漪，香泉柔滑宜素肌。朕同妃子试浴去来。[老、贴与生、旦脱去大衣介] [生] 妃子，只见你款解云衣，早现出珠辉玉丽，不由我对你爱你，扶你觑你怜你！（眉批：五个"你"字，次第温存，已尽风流情况。）

[生携旦同下] [老旦] 念奴姐，你看万岁爷与娘娘恁般恩爱，真令人美杀也。[贴] 便是。[老旦]【凤钗花络索】【金凤钗】花朝拥，月夜偎，尝尽温柔滋味。【胜如花】[贴合] 镇相连似影追形，分不开如刀划水。【醉扶归】千般捆纵（迁就、放任）百般随，两人合一副肠和胃。【梧叶儿】密意口难提，写不逴鸳鸯帐，绸缪无尽期。（眉批：刻至生动，两人恩爱，跃跃纸上。）[老旦] 姐姐，我与你伏侍娘娘多年，虽睹娇容，未窥玉体。今日试从绮疏隙处，偷觑一觑何如？[贴] 恰好，[同作向内窥介]【水红花】[合] 悄偷窥，亭亭玉体，宛似浮波菡萏，含露弄娇辉。【浣溪纱】轻盈臂腕消香腻，绰约腰身漾碧漪。【望吾乡】[老旦] 明霞骨，沁雪肌。【大胜乐】[贴] 一痕酥透双蓓蕾，[老旦] 半点春藏小麝脐。【傍妆台】[贴] 爱杀红巾蟠，私处露微微。（眉批：描摹冶丽，如有玉环，呼之欲出，觉杂事秘辛，犹形似非神似也。）永新姐，你看万岁爷呵，【解三酲】凝睛睎，【八声甘州】恁孜孜含笑浑似呆痴。【一封书】[合] 休说俺偷眼宫娥魂欲化，则他个见惯的君王也不自持。（眉批：凝睛私处，曲尽形容，翻见惯浑闲，又增新意。）【皂罗袍】[老旦] 恨不把春泉翻竭，[贴] 恨不把玉山洗颓（本比喻人醉倒，这里形容洗浴困倦，"侍儿扶起娇无力"），[老旦] 不住的香肩呜嗫（亲吻），[贴] 不住的纤腰抱围，【黄莺儿】[老旦] 俺娘娘无言匿笑含情对。[贴] 意怡怡，

193
挚诚情缘
千古遗恨
《长生殿》

WEN

HUA

ZHONG

GUO

【月儿高】灵液春风，澹荡恍如醉。【排歌】［老旦］波光暖，日影晖，一双龙戏出平池。【桂枝香】［合］险把个襄王渴倒阳台下，恰便似神女携将暮雨归。（眉批：全写双浴情景，故妙。不然几忘却二人身在温泉矣。）

　　［丑、副净暗上笑介］两位姐姐，看得高兴啊，也等我每看看。［老旦、贴］姐姐，我每伺候娘娘洗浴，有甚高兴。［丑、副净笑介］只怕不是伺候娘娘，还在那里偷看万岁爷哩。［老旦、贴］啐，休得胡说，万岁爷同娘娘出来也。［丑、副净暗下］［生同旦上］

　　【二犯掉角儿】［掉角儿］出温泉新凉透体，睹玉容愈增光丽。最堪怜残妆乱头，翠痕干晚云生腻。（眉批：新浴体态，宛然如生。"翠痕"句即形容乱头余润沾濡，曲尽甚妙。）

　　【尾声】［合］意中人。人中意，则那些无情花鸟也情痴，一般的解结双头学并栖。（眉批：《制谱》折鸳鸯并蒂串说，此结双头并栖对说，各极其妙，不嫌相袭。）

这一出戏中非常有趣的情节是，宫女抑制不住好奇，偷看贵妃洗浴时的胴体，一面看一面介绍看到的景象并作评论。用这种方式描绘杨玉环无与伦比的惊人之美，与《荷马史诗》描写海伦之美，《陌上桑》描写罗敷之美，《西厢记》描写崔莺莺之美，有异曲同工之妙——都借观者的眼光，即用旁笔刻画美女的惊人之美。她们看贵妃千娇百媚的身体，同时也看到了唐明皇对杨贵妃爱之不足的亲昵、甜蜜，两人的恩爱跃然纸上。这样的描写一举两得，自然生动。

宫女偷看贵妃洗浴，被太监发现并一语道破，说明此类事是经常发生的。太监还不信宫女解释自己不是看贵妃而是在旁侍候的说辞，毫不客气地指出她们作为深宫中的女性，目的是偷看皇帝的赤身裸体。这种调侃，活跃了场上的气氛，幽默色彩浓郁。

第二十二出 《密誓》

此出戏叙述唐明皇与杨贵妃七夕那夜，在长生殿盟誓。剧本将密誓的年份定在天宝十载（752），这是出于剧情发展的需要。但是作者在本出中不直接描写他们的盟誓，而是先让织女和牛郎出场，在天上看着他们在人间对自己的拜告活动。

七夕之夜，按常例，织女渡河后要与牛郎相会。此时，仙女报告，下界唐天子的贵妃杨玉环正在宫中乞巧。

【越调过曲】【山桃红】【下山虎头】俺这里乍抛锦字，暂驾香辀。[合] 趁碧落无云净，新凉暮飏，[作上桥介] 踹上这桥影参差，俯映着河光净沚。【小桃红】更喜杀新月纤，华露滋，低绕着乌鹊双飞翅也，【下山虎尾】陡觉的银汉秋生别样姿。（眉批：常时银汉，陡觉异姿，景由情生也。可以静悟悲欢之理。）[作过桥介][二仙女] 启娘娘，已渡过河来了。[贴] 星河之下，隐隐望见香烟一簇，摇扬腾空，却是何处？[仙女] 是唐天子的贵妃杨玉环，在宫中乞巧哩。[贴] 生受他一片诚心，不免同了牛郎，到彼一看。[合] 天上留佳会，年年在斯，却笑他人世情缘顷刻时。[齐下]（眉批：悲悯世情，便有度人之想，此犹泛说。后则直指唐宫，却好两层合语。）

【商调过曲】【二郎神】[二内侍挑灯，引生上] 秋光静，碧沉沉轻烟送暝。雨过梧桐微做冷，银河宛转，纤云点缀双星。[内

作笑声，生听介] 顺着风儿还细听，欢笑隔花阴树影。（眉批：明皇闻欢笑，本秽事也。借用于此处，映出杨妃骄横，甚有微词。且因其下文乞巧殿中，撤灯独步，增无限文情。）内侍，是那里这般笑语？［内侍问介］万岁爷问，那里这般笑语？［内］是杨娘娘到长生殿去乞巧哩。［内侍回介］杨娘娘到长生殿去乞巧，故此笑语。［生］内侍每不要传报，待朕悄悄前去。撤红灯，待悄向龙墀觑个分明。［虚下］

此曲写景如画，为密誓提供幽深优美的背景；叙事历历分明，文采洋溢而又不失本色，深得元曲的精髓。

杨玉环正拈香：

妾身杨玉环，虔爇心香，拜告双星，伏祈鉴祐。愿钗盒情缘长久订，［拜介］莫使做秋风扇冷。［生潜上窥介］觑娉婷，只见他拜倒在瑶阶暗祝声声。（眉批：拜倒时潜上，最妙！若在未拜及拜起时觑面，措词便费周折。）

［旦急转，拜生介］［生扶起介］妃子在此，作何勾当？［旦］今乃七夕之期，陈设瓜果，特向天孙乞巧。［生笑介］妃子巧夺天工，何须更乞。［旦］惶愧。［生、旦各坐介］［老旦、贴同二宫女暗下］［生］妃子，朕想牵牛、织女隔断银河，一年才会得一度，这相思真非容易也。

【集贤宾】秋空夜永碧汉清，甫灵驾逢迎，奈天赐佳期刚半顷，耳边厢容易鸡鸣。云寒露冷，又趱上经年孤另。（眉批：极为牛女写愁，直欲逼出杨妃堕泪。）［旦］陛下言及双星别恨，使妾凄然。只可惜人间不知天上的事。如打听，决为了相思成病。

［作泪介］（眉批：蓦然堕泪，直注到"提起心疼"。）［生］呀，妃子为何掉下泪来？［旦］妾想牛郎织女，虽则一年一见，却是地久天长。只恐陛下与妾的恩情，不能够似他长远。［生］妃子

说那里话!

【黄莺儿】仙偶纵长生,论尘缘也不恁争。百年好占风流胜,逢时对景,增欢助情,怪伊底事反悲哽?［移坐近旦低介］问双星,朝朝暮暮,争似我和卿!(眉批:"愿作鸳鸯不羡仙",是此曲注脚。)

［旦］臣妾受恩深重,今夜有句话儿……［住介］［生］妃子有话,但说不妨。［旦对生呜咽介］妾蒙陛下宠眷,六宫无比。只怕日久恩疏,不免白头之叹!

【莺簇一金罗】【黄莺儿】提起便心疼,念寒微侍掖庭,更衣傍辇多荣幸。【簇御林】瞬息间,怕花老春无剩,【一封书】宠难凭。［牵生衣泣介］论恩情,【金凤钗】若得一个久长时死也应,若得一个到头时死也瞑。(眉批:"得成比目何辞死",又是此曲注脚。)【皂罗袍】抵多少平阳歌舞,恩移爱更;长门孤寂,魂销泪零:断肠枉泣红颜命!(眉批:杨妃猝然伤感,虽为要盟之故,然乐极生哀,已动《埋玉》之机,下折,即惊破霓裳矣。)

［生举袖与旦拭泪介］妃子,休要伤感。朕与你的恩情,岂是等闲可比。【簇御林】休心虑,免泪零,怕移时,有变更。［执旦手介］做酥儿拌蜜胶粘定,总不离须臾顷。［合］话绵藤,花迷月暗,分不得影和形。(眉批:忽转到夜色上,状出形影不离,情与景会,神妙难言。)

［旦］既蒙陛下如此情浓,趁此双星之下,乞赐盟约,以坚终始。［生］朕和你焚香设誓去。(眉批:下半部全从此盟演出,宜其郑重。)［携旦行介］

【琥珀猫儿坠】［合］香肩斜靠,携手下阶行。一片明河当殿横,［旦］罗衣陡觉夜凉生。［生］惟应,和你悄语低言,海誓山盟。(眉批:情生文,文生情,神矣化矣!)

197

挚诚情缘
千古遗恨
《长生殿》

WEN

HUA

ZHONG

GUO

[生上香揖同旦福介] 双星在上，我李隆基与杨玉环，[旦合] 情重恩深，愿世世生生，共为夫妇，永不相离。有渝此盟，双星鉴之。[生又揖介] 在天愿为比翼鸟，[旦拜介] 在地愿为连理枝。[合] 天长地久有时尽，此誓绵绵无绝期。[旦拜谢生介] 深感陛下情重，今夕之盟，妾死生守之矣。[生携旦介]

【尾声】长生殿里盟私订。[旦] 问今夜有谁折证？[生指介] 是这银汉桥边双双牛女星。（眉批：结挽双星，前后掩映。）[同下]

天上牛郎织女作为他们的见证（眉批：牛、女证盟，伏后保奏补恨之根，不独点染风流也），牛郎说："须索与他保护。"但是织女已经预见："只是他两人劫难将至，免不得生离死别。若果后来不背今盟，决当为之绾合。"（眉批：此处正须明言，使观者得醒后半关目。）

这出戏具体描绘李杨两人盟誓的全过程，作者让牛郎织女目睹他们密誓的全过程，再次为以后情节的开展做铺垫。《长生殿》处处照应李杨的真挚爱情感动了天上人间，李杨爱情在人间失败、在天上重圆的结局。

五、宛转蛾眉马前死

第二十四出《惊变》

这一出描写乐极生悲，甜中生苦，居安不思危，终于风云突变，天下大乱！

这出戏的第一曲【粉蝶儿】"天淡云闲"一段，为千古名曲，文字和唱腔都非常优美。

开首的眉批说：从前宴赏，无非华筵丽景。此折花园小宴，后曲所叙，皆一派萧疏秋色。《密誓》已动忧端，《惊变》兆于哀飒矣。

[丑上]"玉楼天半起笙歌，风送宫嫔笑语和。月殿影开闻夜漏，水晶帘卷近秋河。"咱家高力士，奉万岁爷之命，着咱在御花园中安排小宴，要与贵妃娘娘同来游赏，只得在此伺候。[生、旦乘辇，老旦、贴随后，二内侍引，行上]

【北中吕】【粉蝶儿】天淡云闲，列长空数行新雁。御园中秋色斓斑：柳添黄，蘋减绿，红莲脱瓣。一抹雕阑，喷清香桂花初绽。

唐明皇携杨妃之手悠闲散步。杨贵妃唱：

【南泣颜回】[旦]携手向花间，暂把幽怀同散。（眉批：宠极欢浓，何有幽怀未散，总是萧索之情？冲口而出，云为动静，莫非先机自亦不解？）凉生亭下，风荷映水翩翻。爱桐阴静悄，碧沉沉并绕回廊看。恋香巢秋燕依人，睡银塘鸳鸯蘸眼。

唐明皇命高力士："将酒过来，朕与娘娘小饮数杯。"两人小饮，唐明皇说：

妃子，朕与你清游小饮，那些梨园旧曲，都不耐烦听他。记得那年在沉香亭上赏牡丹，召翰林李白草《清平调》三章，令李龟年度成新谱，其词甚佳。不知妃子还记得么？[旦]妾还记得。[生]妃子可为朕歌之，朕当亲倚玉笛以和。（眉批：清歌倚笛，与前寿筵羯鼓，征实遗事，俱极胜情。）[旦]领旨。[老旦进玉

笛，生吹介］［旦按板介］【南泣颜回】花繁，秾艳想容颜。云想衣裳光璨。新妆谁似，可怜飞燕娇懒。名花国色，笑微微常得君王看。向春风解释春愁，沉香亭同倚阑干。（眉批：醉草清平，在此处补写，映带风流，真尽文人之致。）

　　［生］妙哉，李白锦心，妃子绣口，真双绝矣。宫娥，取巨觞来，朕与妃子对饮。

妃子醉了（眉批：醉之以酒，以观其态，明皇真是风流欲绝。一语一呼，声情宛转。自此至《扑灯蛾》曲，写一幅醉杨妃图也。演着须着意模拟醉态入神，若草草了之，便索然矣。"燕懒"字见章质夫《杨花词》，非杜撰也），明皇命宫娥扶娘娘上辇进宫。这时——

　　［内击鼓介］［生惊介］何处鼓声骤发？［副净（杨国忠）急上］"渔阳鼙鼓动地来，惊破霓裳羽衣曲。"［问丑介］万岁爷在那里？［丑］在御花园内。［副净］军情紧急，不免径入。（眉批：急迫之状如画。）［进见介］陛下，不好了。安禄山起兵造反，杀过潼关，不日就到长安了。［生大惊介］守关将士何在？［副净］哥舒翰兵败，已降贼了。

　　［生］【北上小楼】呀，你道失机的哥舒翰……称兵的安禄山，赤紧的离了渔阳，陷了东京，破了潼关。唬得人胆战心摇，唬得人胆战心摇，肠慌腹热，魂飞魄散，早惊破月明花粲。（眉批：恰好韵脚，恰好妙词，在元人中亦不多得。"月明花粲"，仍顾游园，又文思之整暇也。）

　　卿有何策，可退贼兵？［副净］当日臣曾再三启奏，禄山必反，陛下不听，今日果应臣言。（眉批：际此乱离，尚以反唇为快，独不自念乎！及至军哗，噬脐何及。）事起仓卒，怎生抵敌？不若权时幸蜀，以待天下勤王。［生］依卿所奏。快传旨，诸王百官，即时随驾幸蜀便了。［副净］领旨。［急下］［生］高力士，

快些整备军马。传旨令右龙武将军陈元礼，统领羽林军士三千，扈驾前行。（眉批：点明陈元礼，起下折关目。）［丑］领旨。［下］［内侍］请万岁爷回宫。［生转行叹介］唉，正尔欢娱，不想忽有此变，怎生是了也！

【南扑灯蛾】稳稳的宫庭宴安，扰扰的边廷造反。冬冬的鼙鼓喧，腾腾的烽火㸌。的溜扑碌臣民儿逃散，黑漫漫乾坤覆翻，磕磕磕社稷摧残，磣磣磣社稷摧残。当不得萧萧飒飒西风送晚，黯黯的，一轮落日冷长安。

［向内问介］宫娥每，杨娘娘可曾安寝？［老旦、贴内应介］已睡熟了。［生］不要惊他，且待明早五鼓同行。［泣介］天那，寡人不幸，遭此播迁，累他玉貌花容，驱驰道路。好不痛心也！

【南尾声】在深宫兀自娇慵惯，怎样支吾蜀道难！［哭介］我那妃子啊，愁杀你玉软花柔要将途路趱。（眉批：不惜倾城国，佳人难再得。延年歌殆虚语耳，不意明皇实之。）

朝政昏暗，百姓不能安居乐业，统治者也不能安享太平，只能担惊受怕，为逃难而旅途奔波，甚至惨死途中。唐明皇和杨贵妃的下场就是如此。

在此出中，唐玄宗要贵妃唱李白为她写的《清平调》词三首：

云想衣裳花想容，春风拂槛露华浓。
若非群玉山头见，会向瑶台月下逢。

一枝红艳露凝香，云雨巫山枉断肠。
借问汉宫谁得似？可怜飞燕倚新妆。

名花倾国两相欢，长得君王带笑看。
解释春风无限恨，沉香亭北倚阑干。

挚诚情缘
千古遗恨
《长生殿》

WEN

HUA

ZHONG

GUO

《长生殿》将三诗檃栝成一曲:"花繁,秾艳想容颜。云想衣裳光璨。新妆谁似,可怜飞燕娇懒。名花国色,笑微微常得君王看。向春风解释春愁,沉香亭同倚阑干。"与李白原诗各尽其妙。俞平伯分析《清平调》时赞誉此曲:

> 这里用"倚"自妙,却稍费解释。令我想起洪昉思的《长生殿》来。他在《惊变》折【泣颜回】曲概括《清平调》说:"新妆谁似,可怜飞燕娇懒。"这"娇懒"两字便是"倚"字的确解。只一"倚"字,而美人、名花,姿态都见,可谓传神之笔。

> 这一章名花、倾国并提,是双管齐下,与前两章,或侧重美人,或侧重在花,交互相应。又说到了"君王"。倚阑干之"倚"专指贵妃可,兼指明皇亦可。《长生殿》曰:"沉香亭同倚阑干。"这"同"字添得也很好。①

当时,玄宗和杨妃在宫中观赏牡丹花,命供奉翰林的李白写新乐章,李白奉诏作诗。他用牡丹比拟杨妃,花即是人,人即是花,把名花和美人、人面和花光浑融一片,同蒙唐玄宗的恩泽。三首诗,第一首从空间的角度写,开首就用环回的语言,突出杨妃的旷世之美。见云而想到衣裳,见花而想到容貌;反过来,见衣裳想象为云,见容貌而想象为花,参差交互,将杨妃之美用云与花化开来写,写出无法描绘的美人之美。三、四句,比喻皇宫是人间仙境,"天上神仙府,地上宰相家",皇宫更胜相府,只有在皇宫中才有这样的绝色美人。

第二首从时间角度写,脑海中闪耀着楚襄王的阳台、汉成帝的宫廷,但神女和飞燕都远不及杨妃,突出杨妃是前无古人的旷世美人。相传赵飞燕体态细妙轻盈,能站在宫人手托的水晶盘中歌舞,而杨玉

---

① 俞平伯:《李白〈清平调〉三章的解释》,《论诗词曲杂著》,上海古籍出版社1983 年版,第 353 ~ 354、354 页。

环则身材丰满，故有"环肥燕瘦"之语。后有人据此编造，说杨妃极喜此诗，时常吟哦。高力士因李白醉后曾命其脱靴，认为受到大辱，就向杨妃进谗，说李白以飞燕之瘦，讥杨妃之肥，以飞燕之私通赤凤，讥杨妃之宫闱不检。于是杨妃向玄宗进谗，玄宗罢免李白官职。实际上，玄宗、杨妃都精通文学，不会误解此诗，这个传说是胡编的。而多数人的审美观是丰满优于瘦削，就像贾宝玉看到薛宝钗丰满的手臂，就深有为骨瘦如柴的林黛玉远所不及的遗憾！

第三首回到眼前的景象，在唐宫中的沉香亭北，唐玄宗和杨贵妃情意绵绵，正欢笑观赏牡丹。这样的日子，是皇宫中的长景，所以今日玄宗请杨妃再歌唱一番。

三首诗始终将花与人作对比，又将人与花交融，如觉春风拂面，花光灿烂，人面迷人。妙在"其一"中的春风，和"其三"中的春风，前后遥相呼应，春风绵绵不断，象征着李杨憧憬爱情的天长地久。可是他们的命运与他们的愿望正好相反，刚唱完《清平乐》，战鼓声就传来了，他们生离死别的时刻也即将到来！

第二十五出《埋玉》

唐玄宗突然命令仓促出逃，官兵们来不及向家人告别，就匆忙上路。

右龙武将军陈元礼引军士上场就哀叹："人跋涉，路崎岖。知何日，到成都。"

到马嵬驿后，众军呐喊："禄山造反，圣驾播迁，都是杨国忠弄权，激成变乱。若不斩此贼臣，我等死不扈驾。"

唐玄宗也是一路哀叹。

203

挚诚情缘
千古遗恨
《长生殿》

WEN

HUA

ZHONG

GUO

【中吕过曲】【粉孩儿】匆匆的弃宫闱珠泪洒，叹清清冷冷半张銮驾，望成都直在天一涯。渐行来渐远京华，五六搭剩水残山，两三间空舍崩瓦。

[丑] 来此已是马嵬驿了，请万岁爷暂住銮驾。[生、旦下马，作进坐介][生] 寡人不道，误宠逆臣，致此播迁，悔之无及。妃子，只是累你劳顿，如之奈何！[旦] 臣妾自应随驾，焉敢辞劳。只愿早早破贼，大驾还都便好。

此时众军杀了专权误国的杨国忠。眉批云："哗军直杀国忠，最妙！若待元礼辗转奏请，则与逼杀贵妃犯重矣。且因此惊动明皇，使后逼贵妃时，不得不从。皆是惨淡经营处。"

唐玄宗听了陈元礼的报告——

[生作惊介] 呀，有这等事。[旦作背掩泪介][生沉吟介]（眉批：惊皇隐忍之状，各在科介中。演者须摹拟尽情。）这也罢了，传旨起驾。[末出传旨介]圣旨道来，赦汝等擅杀之罪。作速起行。[内又喊介]国忠虽诛，贵妃尚在。不杀贵妃，誓不扈驾。[末见生介]众军道，国忠虽诛，贵妃尚在，不肯起行。望陛下割恩正法。[生作大惊介]哎呀，这话如何说起！[旦慌牵生衣介][生]将军，（眉批：明皇答语甚雅，细思方见其妙。）

【红芍药】国忠纵有罪当加，现如今已被劫杀。妃子在深宫自随驾，有何干六军疑讶。[末]圣谕极明，只是军心已变，如之奈何！[生]卿家，作速晓谕他，怎狂言没些高下。[内又喊介][末]陛下呵，听军中恁地喧哗，教微臣怎生弹压！

[旦哭介]陛下啊，【耍孩儿】事出非常堪惊诧。已痛兄遭戮，奈臣妾又受波查。是前生，事已定薄命应折罚。望吾皇急切抛奴罢，只一句伤心话……（眉批：贵妃口虽请死，心实恋生。"只一句伤心话"，是传神妙语。）

〔生〕妃子且自消停。〔内又喊介〕不杀贵妃，死不扈驾。〔末〕臣启陛下：贵妃虽则无罪，国忠实其亲兄，今在陛下左右，军心不安。若军心安，则陛下安矣。愿乞三思。

〔生沉吟介〕【会河阳】无语沉吟，意如乱麻。〔旦牵生衣哭介〕痛生生怎地舍官家！（眉批：不舍官家，方是贵妃真实语。）〔合〕可怜，一对鸳鸯，风吹浪打，直恁的遭强霸！〔内又喊介〕〔旦哭介〕众军，逼得我心惊唬，〔生作呆想，忽抱旦哭介〕贵妃，好教我难禁架！

〔众军呐喊上，绕场、围驿下〕〔丑〕万岁爷，外厢军士已把驿亭围了。若再迟延，恐有他变，怎么处？〔生〕陈元礼，你快去安抚三军，朕自有道理！〔末〕领旨。〔下〕〔生、旦抱哭介〕

〔旦〕【缕缕金】魂飞颤，泪交加。〔生〕堂堂天子贵，不及莫愁家。（眉批：用义山诗，以讽语作苦语，更觉凄然欲绝。）〔合哭介〕难道把恩和义，霎时抛下！〔旦跪介〕臣妾受皇上深恩，杀身难报。今事势危急，望赐自尽，以定军心。陛下得安稳至蜀，妾虽死犹生也。算将来无计解军哗，残生愿甘罢，残生愿甘罢！（眉批：伤心至此，无可奈何，只索甘罢矣。）

〔哭倒生怀介〕〔生〕妃子说那里话！你若捐生，朕虽有九重之尊，四海之富，要他则甚！宁可国破家亡，决不肯抛舍你也！（眉批：以下层层顿跌，皆逼人涕泪。）

【摊破地锦花】任谯哗，我一谜妆聋哑，总是朕差。现放着一朵娇花，怎忍见风雨摧残，断送天涯。若是再禁加（如果军队再闹下去），拼代你陨黄沙。（眉批：词意悱恻，足为情场生色。）

〔旦〕陛下虽则恩深，但事已至此，无路求生。若再留恋，倘玉石俱焚，益增妾罪。望陛下舍妾之身，以保宗社。〔丑作掩泪，跪介〕娘娘既慷慨捐生，望万岁爷以社稷为重，勉强割恩罢。〔内又喊介〕〔生顿足哭介〕罢罢，妃子既执意如此，朕也做不得主

了。高力士，只得但、但凭娘娘罢！［作哽咽、掩面哭下］［旦朝
上拜介］万岁！［作哭倒介］（眉批：醉中呼，后此又一呼，那得
不哭倒！）［丑向内介］众军听着，万岁爷已有旨，赐杨娘娘自尽
了。［众内呼介］万岁，万岁，万万岁！［丑扶旦起介］娘娘，请
到后边去。［扶旦行介］

　　［旦哭介］【哭相思】百年离别在须臾，一代红颜为君尽！
（这两句是唐乔知之《绿珠篇》的诗句）

　　［转作到介］［丑］这里有座佛堂在此。［旦作进介］且住，
待我礼拜佛爷。（眉批：又从佛堂作一顿。）［拜介］佛爷，佛爷！
念杨玉环啊，【越恁好】罪孽深重，罪孽深重，望我佛度脱咱。
［丑拜介］愿娘娘好处生天。［旦起哭介］［丑跪哭介］娘娘，有
甚话儿，分付奴婢几句。［旦］高力士，圣上春秋已高，我死之
后，只有你是旧人，能体圣意，须索小心奉侍。再为我转奏圣上，
今后休要念我了。［丑哭应介］奴婢晓得。［旦］高力士，我还有
一言。［作除钗、出盒介］这金钗一对，钿盒一枚，是圣上定情所
赐。你可将来与我殉葬，万万不可遗忘。（眉批：收拾钗盒姻缘，
并为后证仙信物。）［丑接钗盒介］奴婢晓得。［旦哭介］断肠痛
杀，说不尽恨如麻。［末领军拥上］杨妃既奉旨赐死，何得停留，
稽迟圣驾。［军呐喊介］［丑向前拦介］众军士不得近前，杨娘娘
即刻归天了。［旦］唉，陈元礼，陈元礼，你兵威不向逆寇加，逼
奴自杀。（眉批：亦是平心语，非过则元礼也。）　［军又喊介］
［丑］不好了，军士每拥进来了。［旦看介］唉，罢、罢，这一株
梨树，是我杨玉环结果之处了。（眉批：梨树又作一顿。）［作腰间
解出白练，拜介］臣妾杨玉环，叩谢圣恩。从今再不得相见了。
［丑泣介］［旦作哭缢介］我那圣上啊，我一命儿便死在黄泉下，
一灵儿只傍着黄旗下。（眉批：一灵不放，便是仙根，古来仙佛，

皆有情人也。读此折而不堕泪者，其人必不情。）

[做缢死下][末]杨妃已死，众军速退。[众应同下][丑哭介]我那娘娘啊！[下][生上]"六军不发无奈何，宛转蛾眉马前死。"[丑持白练上，见生介]启万岁爷，杨娘娘归天了。[生作呆不应介][丑又启介]杨娘娘归天了。自缢的白练在此。[生看大哭介]哎哟，妃子，妃子，兀的不痛杀寡人也！[倒介][丑扶介]

[生哭介]【红绣鞋】当年貌比桃花，桃花，[丑]今朝命绝梨花，梨花。[出钗盒介]这金钗、钿盒，是娘娘分付殉葬的。[生看钗盒哭介]这钗和盒，是祸根芽。长生殿，凭欢洽；马嵬驿，凭收煞！（眉批：夜筵总有散时，万事一场懡㦬，须识破情根，即是福根，早作好收煞耳。）

[丑]仓卒之间，怎生整备棺椁？[生]也罢，权将锦褥包裹。须要埋好记明，以待日后改葬。这钗盒就系娘娘衣上罢。[丑]领旨。[下]

[生哭介]【尾声】温香艳玉须臾化，今世今生怎见他！[末上跪介]请陛下起驾。[生顿足恨介]咳，我便不去西川也值甚么！（眉批：人不得道，多有事后之悔，如明皇，当六军逼迫时，不能自主，只得凭贵妃自尽。及至佳人没后，又视西川之去轻甚，总是欲动情根，都无是处。然惟有此情根，亦是生天种子也。）[内呐喊、掌号，众军上]

本出戏中的唐玄宗起先坚持保护杨贵妃，杨贵妃则为了保护唐玄宗而慷慨赴死，将两人的形象拔高，完全不同于史书和野史记载的唐玄宗听到禁军哗变，马上吓破了胆，立即抛弃杨贵妃，以及杨贵妃恳求活命、无奈自尽或被勒死的窝囊行径。洪昇如此虚构，在艺术上是容许的。这样写，可以引起读者、观众同情李杨两人，尤其是杨玉环，为歌颂挚真情缘的主题服务。

207

挚诚情缘
千古遗恨
《长生殿》

WEN

HUA

ZHONG

GUO

参考文献

《长生殿》

［清］洪昇著　清康熙稗堂刊本

《长生殿》

［清］洪昇著　徐朔方校注　人民文学出版社 1983 年第 2 版

《洪昇集》

刘辉校笺　浙江古籍出版社 1992 年版

《洪昇年谱》

章培恒著　上海古籍出版社 1979 年版

《长恨歌及同题材诗详解》

靳极苍著　山西古籍出版社 2002 年版

《元曲选校注》（第一册下卷）

王学奇主编　河北教育出版社 1994 年版

《全元戏曲》（第一卷）

王季思主编　人民文学出版社 1990 年版

《资治通鉴》

［宋］司马光撰　胡三省注　中华书局 1956 年版

《旧唐书》

［五代］刘昫等撰　中华书局 1975 年版

《新唐书》

［宋］欧阳修、宋祁撰　中华书局 1975 年版

《中国历史大辞典》

郑天挺等主编　上海辞书出版社 2000 年版

《中国通史》（第六卷，第 9、10 册）

白寿彝总主编　史念海、陈光崇主编　上海人民出版社 1997 年版

《中国通史简编》（修订本第三编第一册）

范文澜著　人民出版社 1965 年版

《剑桥中国隋唐史》

［英］崔瑞德编　中国社会科学院历史研究所译　中国社会科学出版社 1990 年版

《杜诗详注》

杜甫著　仇兆鳌注　中华书局 1979 年版

《白居易集》

白居易著　中华书局 1979 年版

《白居易资料汇编》

陈友琴编　中华书局 1962 年版

《长恨歌传》

陈鸿著　上海古籍出版社 1985 年版

《明皇杂录》》

郑处诲撰　上海古籍出版社 1985 年版

《杨太真外传》

乐史撰　上海古籍出版社 1985 年版

《高力士外传》

郭湜撰　上海古籍出版社 1985 年版

挚诚情缘

千古遗恨
《长生殿》

WEN

HUA

ZHONG

GUO

《李林甫外传》

无名氏撰　上海古籍出版社 1985 年版

《安禄山事迹》

姚汝能撰　上海古籍出版社 1983 年版

《梅妃传》

无名氏撰　上海古籍出版社 1985 年版

《开元天宝遗事》

王仁裕撰　上海古籍出版社 1985 年版

《开元升平源》

吴兢撰　上海古籍出版社 1985 年版

《开天传信记》

郑綮撰　上海古籍出版社 1985 年版

《唐国史补》

李肇撰　上海古籍出版社 1991 年版

《唐语林》

王谠撰　上海古籍出版社 1978 年版

《唐诗鉴赏辞典》

萧涤非等著　上海辞书出版社 1983 年版

《吴梅戏曲论文集》

吴梅著　中国戏剧出版社 1983 年版

《小说戏曲新考》

赵景深著　世界书局 1939 年版

《中国戏曲初考》

赵景深著　中州书画社 1983 年版

《中国古典小说戏曲论集》

赵景深主编　上海古籍出版社 1985 年版

《中国古典小说戏曲论集》

赵景深主编　上海古籍出版社 1987 年版

《戏曲笔谈》

赵景深著　上海古籍出版社 1980 年版

《曲论初探》

赵景深著　上海文艺出版社 1980 年版

《明清曲谈》

赵景深著　古典文学出版社 1957 年版

《读曲小记》

赵景深著　中华书局 1959 年版

《读曲随笔》

赵景深著　上海文艺出版社 1999 年版

《元明南戏考略》

赵景深著　人民文学出版社 1990 年版

《中国戏曲史探微》

蒋星煜著　齐鲁书社 1985 年版

《中国戏曲史索隐》

蒋星煜著　齐鲁书社 1988 年版

《中国戏曲史钩沉》

蒋星煜著　上海人民出版社 2010 年版

《十大名伶》

蒋星煜主编　周锡山等著　上海古籍出版社 1992 年版

《明清传奇鉴赏辞典》

蒋星煜主编　上海辞书出版社 2004 年版

《中国历代剧论选注》

陈多、叶长海选注　湖南文艺出版社 1987 年版

《中国戏剧学史稿》

叶长海著　上海文艺出版社 1986 年版

211

挚诚情缘

千古遗恨
《长生殿》

WEN

HUA

ZHONG

GUO

《中国戏剧史长编》

周怡白著　人民文学出版社 1960 年版

《中国戏剧史纲要》

周怡白著　上海古籍出版社 1979 年版

《中国戏曲通史》

张庚、郭汉城主编　中国戏剧出版社 1992 年版

《中国戏曲发展史》

廖奔、刘彦君著　山西教育出版社 2003 年版

《昆剧发展史》

胡忌、刘致中著　中国戏剧出版社 1989 年版

《昆剧演唱史稿》

陆萼庭著　上海文艺出版社 1980 年版

《明清传奇史》

郭英德著　江苏古籍出版社 1999 年版

《清代戏曲史》

周妙中著　中州古籍出版社 1987 年版

《鲁迅全集》

鲁迅著　人民文学出版社 1981 年版

《元白诗笺证稿》

陈寅恪著　上海古籍出版社 1982 年版

《唐代政治史述论稿》

陈寅恪著　三联书店 2002 年版

《讲义及杂稿》

陈寅恪著　三联书店 2002 年版

《金明馆丛稿》

陈寅恪著　三联书店 2002 年版

《金明馆丛稿二编》

陈寅恪著　三联书店 2002 年版

《论诗词曲杂著》

俞平伯著　上海古籍出版社 1983 年版

《汪辟疆文集》

汪辟疆著　上海古籍出版社 1988 年版

《五大名剧论》

董每戡著　人民文学出版社 1984 年版

《千古情缘：长生殿国际学术研讨会论文集》

谢柏梁、高福民主编　上海古籍出版社 2006 年版

《长生殿：演出与研究》

叶长海主编　上海文艺出版社 2009 年版

《长生殿讨论集》

中山大学中文系编　文化艺术出版社 1989 年版

《洪昇和〈长生殿〉》

黄永健著　上海古籍出版社 1982 年版

《洪昇及〈长生殿〉研究》

孟繁树著　中国戏剧出版社 1985 年版

《洪昇与〈长生殿〉》

李秀萍著　吉林文史出版社 2010 年版

《历史的艺术反思——中国古典悲剧自觉意识到的历史内容》

焦文彬著　陕西师范大学出版社 1998 年版

《天宝十四载：盛世终结与李杨情变》

谢元鲁著　济南出版社 2002 年版

挚诚情缘

千古遗恨
《长生殿》

WEN

HUA

ZHONG

GUO

后　记

　　我治学兴趣广泛，对文学、美学、史学和艺术学都有涉猎。在戏曲领域重点研究五大名剧中成就最高的《西厢记》、《牡丹亭》和《长生殿》三种。已出版《西厢记评注》（吉林人民出版社，2001）、《西厢记注释汇评》（上海人民出版社，2013），即将完成《牡丹亭注释汇评》。《西厢记》和《牡丹亭》有多种评点本，还有明清两代的众多评论，所以做汇评本。以上两种汇评本，还收入我本人的研究专著和论文。而《长生殿》只有原刻本有吴人的眉批，此外只有清人的一些零星评论，因此不能像上述两剧一样辑编成种类多、篇幅大的汇评本。

　　戏曲研究的成果大约占我全部成果的四分之一，除了以上著作和编入以上著作中的论文约 20 篇、艺术解析评论 75 篇外，还有《戏曲戏剧》（新概念学生教材，上海画报出版社，2002）、《水浒传评注》（黄明注释）、拙编《金圣叹全集》（4 卷本，江苏古籍出版社，1985；

增订导读解读 7 卷本，万卷出版公司，2009）及其《贯华堂第六才子书——西厢记》（校点本，1986，解读本，2009）、拙编《王国维集》第三册（王国维全部戏曲论著的汇编、校点本，中国社会科学出版社，2008、2012）、王国维《宋元戏曲考》释评（收入拙编《王国维文学美学论著集》释评本），共 6 种；论文约 20 篇、评论约 20 篇。其中重要的宏观性的论文有：《论戏曲在中国和世界文学史、美学史上的地位》、《中国戏曲的世界性意义》、《中国戏曲的首创性贡献述略》、《中国戏曲的多元性及其前景之探讨》、《江南：南宋至今的戏曲中心与其重大意义》、《试论明清传奇（昆剧）的重要意义》、《意志悲剧说和意志喜剧说》、《戏曲中的神秘现实主义和神秘浪漫主义描写略论》、《二十世纪中国戏曲发展的基本得失论纲》等，多是提交中国古代文学理论学会、中国艺术研究院、香港中文大学、华东师范大学等主办的高层次研讨会的论文。

与本书有关的重要论文有：《〈长生殿〉的结构特点》（上海《文科月刊》1985 年第 5 期）、《帝王后妃情爱题材的发展和〈长生殿〉的重大艺术创新》（2005·上海交大《长生殿》国际研讨会论文集，上海古籍出版社，2007）、《〈长生殿〉和两〈唐书〉中的李杨爱情新评》（2007·上海戏剧学院《长生殿》国际研讨会论文集，上海文艺出版社，2009）、《上昆全本〈长生殿〉观感》（同上会议上的发言）和《王渔洋与洪昇、孔尚任、蒲松龄的友谊和〈聊斋志异〉评论》。

本书运用了以上论文中的部分重要观点，限于篇幅，不再予以注明。

感谢乔力先生力邀我参与他多年主编的著名丛书——"文化中国"书系，让我承担本书的写作。过去已与乔力先生多次愉快合作，在他主编的书系中写作了《红楼梦的人生智慧》（海潮出版社，2006；上海

215

挚诚情缘
千古遗恨
《长生殿》

WEN

HUA

ZHONG

GUO

锦绣文章出版社，2013）等，得到他的不少有力指导和支持，谨致谢忱！

本书和以上提及的拙著、拙文，必有不少不足之处，敬希读者、学者提出批评。

周锡山
2013 年 1 月 25 日于上海静安九思斋